文春学藝ライブラリー

国家とは何か

福田恆存
浜崎洋介編

国家とは何か◎目次

Ⅳ　国家と個人　239

国家とは何か

本書は『福田恆存全集』（文藝春秋刊）を底本としているが、原則として、原文の旧字体を新字体に改めた。各稿末尾に初出を示した。

I　政治とは何か

俗物論

私は戦争中、俗物の生態に興味をもつて、研究といふほどではないが、かなり詳細にその類別表を造つたことがある。数年前、その一端をある友人に披露したのだが、それから間もなく、好事家のその友人はラッセル・ラインズといふ人の書いた「俗物《スノッブ》」といふ小冊子をどこかで見つけて来て、私に貸してくれた。一九五〇年に出た当時の新刊で、その副題には「諸君の友人、敵、仲間、ひいては諸君自身を知るための案内書」と書いてある。私はそれを一気に読みくだして啞然《あぜん》とした。日本の風土が生んだ日本特有の俗物を除いては、その分類は私が戦争中に造つた類別表とほとんど変りがなかつたからである。さらに驚いたことは、その結論の一致であるが、それについて語るのはまだ早い。落ちは最後にもつてくるべきである。

それにしても、私はこれを書くことによつて、多少とも友人知己の心を傷つけるであらう。が、小説ではないが、この小論にはモデルはゐない、強ひていへば、私自身がモデルである。だから、傷つくのは、誰よりも私自身である。もちろん私小説的発想から書くのではない。むしろ、私は自分に精神分析療法をほどこすつもりで書く。誰もお怒りにならぬやうに。

以上は「はしがき」で、いよいよ本論にかかるのだが、その前に、私が学生時代に読んだ「マルセル・プルーストの社会的態度」といふ本について一言しておく必要がある。著者はジョン・スパニョーリといふ人で、一九三六年、コロムビア大学の出版部から出てゐる。その第三章が俗物研究にあてられてをり、プルーストがいかに執拗に俗物を描いたか、そして、かれ自身、いかに俗物であつたかについて、詳細に述べてゐる。戦争中の私の俗物研究も、無意識のうちに、その影響を受けてゐたのかもしれない。

ジャン・マレーやダニエル・ダリューの顔を見たいといふ衝動的行為、そのために起る雑踏は、有名な野球選手の背番号に触りたいといふ小学生の心理と同様、俗物根性への志向はもつてゐるが、正しくは、野次馬根性といふべく、真の俗物根性はそんななまやさしいものではない。俗物とはなにか、その定義は徐々に展開することにして、まづ具体的な類型からはひつていかう。

誰でもすぐそれと気づくのは「地域俗物」である。ラインズもそれから筆を起してゐる。それは第一に中央対地方、都会対田舎の形で現れる。「おれは江戸つ子だ」――これが中央型、都会型の代表的形態である。厳密にいへば、三代江戸に棲《す》みついてはじめて江戸つ子といふのださうで、さういふ人間は私たちの周囲にはあまりゐない。俗にいふ江戸つ子はたいてい東京人を意味する。かれらは田舎者を馬鹿にしてゐる。その軽蔑感を露骨に表示するのは、ごく単純な俗物で、俗物も高級になるにしたがつて、といふのはますますひどくなるといふことだが、その軽蔑感を抑制するやうになる。つまり内々に、相手にはもちろん、自分自身にも気づかれぬやうに、田舎者を馬鹿にするやうになる。

一種の完全犯罪である。東京人はさういふ完全犯罪者の無表情をもつて、地方都市に出没する。汽車のなかでも、バスのなかでも、宿屋のなかでもかれらの周囲には、他人を寄せつけぬ超絶性がただよふ。かれらはつめたく明確に標準語を喋《しやべ》り、愛想よく方言への関心を示す。「やかましいといふのは有名の意味か。なるほど実感が出てゐるね。標準語はだめだな」などといふ。ラインズはこの型についてうまいことをいつてゐる。威ばつて胸をそりかへらせて、それがだんだんひどくなつて、髪の毛が踵《かかと》をこするタイプだといふ。ある種のニュー・ヨーク人はものわかりよさそうな顔をして、「ニュー・ヨーク人といふのは世界中で一番田舎者だとおもひますがね」といつたりするさうだ。

といつて、田舎者は安心してはならぬ。中央型、都会型の俗物がある以上、その反対に地方型、田舎型の俗物が存在する。ごく単純なのは代々の名門旧家を誇る連中である。かれらの拠りどころは現在の優位性ではなく、過去の優位性である。かれらは系図や家屋敷や骨董《こつとう》を背景に自分の威信を保たうとする。

この傾向は一地方のある種の人々によつて示されるばかりでなく、その地方全体によつて表示されることがある。京都、奈良、大阪、長崎、鹿児島、山口、等々、過去の一時代に、あるいは文化経済の中心となり、あるいは周囲に権勢を誇示しえた地方に、しばしば見られる現象である。

お国自慢といふものは、かうして江戸の昔から、江戸にたいする劣等感にもとづき、江戸を補足することによつて、おのれの存在理由を自他に納得せしめようといふものであつた以上、俗物根性の汚名はまぬかれまい。

この心理が地方の顔役を生む。これは地方型俗物の最たるものである。かれらは中央との聯繋を背景に、お山の大将として地方民の上に君臨する。知事、役人、そしてかつては軍人がそれである。さういふ連中を軽蔑する人種、かならずしも俗物たることをまぬかれえない。かれらが「実力俗物」であるとすれば、それにたいして「文化俗物」が存在する。地方における官公立大学の先生や戦争中に疎開した文化人がそれに該当する。先生や文化人にかぎらぬ。大学、高等学校、中学の生徒までが、それぞれ、その地方の最高学府に籍を置くものとして、他の地方民にたいし優越感をもつて臨む。理由は知的水準が上であるといふだけではない。やはり、可能性として、中央への窓口が開けてゐるからである。

この「地域俗物」の研究は日本人として絶対にゆるがせにしえぬ類型である。なぜなら、私たちは欧米先進国にたいして、つねに田舎者の意識を植ゑつけられて育つてきたからだ。つまり、日本は世界の一地方であり、中央は欧米にある。さういふ教育を倦《う》むことなくほどこしつづけてきた知的指導者たちは、私の俗物類別表にしたがへば、「文化俗物」であり「知的俗物」である。つまり、顔役であり、お山の大将である。かれらが日本を世界の片田舎と見なしてゐる点に変りはないが、ただ複雑なのは、時代により、人により、中央として選びとる対象がちがふことである。

そのもつとも卑俗な形は、外国旅行中、自分が会談した学者や作家の名を羅列し、かれら中央文化人の間で大いにもてたことを立証しようとする国際文化型の俗物である。さういふ愚劣さに業を煮やすのはいいが、それに下手に抵抗すると、また別型の俗物範疇《はんちう》が私たちを待ち受けてゐる。外国へ行つても、すこしももてなかつたこと、どこにも驚くに足るものを見いだせなかつたこと、それを強調するあまり、どうしても日本の優位性にまで結論をもつていかなければ気がすまなくなる。さうなれば、お国自慢型であり、一まはり上廻つて、単純な「地域俗物」に転化するものである。それは「愛国俗物」といふべきだが、自分の学校、自分の親兄弟、はては女房から友達まで、自分の持ちものは一番いいといふ人種は、この範疇に入る。

右に述べたラインズの「地域俗物」の分類、すなはち中央型と地方型とは、私流にいへば、正妻型と妾型とに分けうる。もつとわかりやすくいへば、主婦型と藝者型である。藝者諸君は怒つてはいけない。藝者のなかにも主婦型心理はあるのであり、主婦のなかにも、いや、私たち男性のなかにも藝者型心理は存在するのである。

外国を旅行して歓待してくれた知名人の名を羅列する気もちは、何某大将、何某大臣の席に侍《はべ》つたことを自慢する藝者の俗物根性とすこしも変りはないはずである。一番最初に挙げた例、すなはちマレーやダリューの顔をぢかに見たことを生涯の憶ひ出としたい気もちもそれである。役人や、大新聞社、大商事会社に勤めてゐる人たちが、自分自身の力とその背景の権威とを混同する心理も同様である。自分の名まへが新聞に出ることに快感をおぼえる私たち文筆業者の心理も同様である。

先日、朝日放送で、学校の教師、医者以外は「先生」といふ呼称を排するといふ申し入れがあつた。私は双手《もろて》をあげて賛成する。ある学者は、人民はみづから好む政治形態を選びとるといつてゐるさうだが、この「先生」のばあひ、なるほどと思はせるものがある。先生型俗物の氾濫は、やたらに「先生」と呼びたがる俗物の一群によつて生れたともいへよう。同様に外国旅行の話を喜んで聴きたがる俗物が、その話をする俗物を生みだす。ボス型俗物は取巻型俗物によつて増長する。

いや、それだけではなささうである。「先生」と呼ばれたい気もちを察して、人々はその呼称を濫用するのかもしれぬ。たしかにさういふ一面もある。戦前のことだが、私の友人がいつたことがある、「なにも先生と呼ばれたくはないが、あいつを先生と呼んで、おれをさんづけにするのはおもしろくない。」要するに「先生」といふ呼称がなければ、さつぱりするといふのだ。さうだとすれば、「先生」は「床の間」のやうなものである。なまじつか、それがあるために、床の間の前に坐りたがる床の間型俗物が生じるのであり、それをつねに辞退して下座に坐り、内心「床の間」に坐つた男に一晩中こだはる下座型俗物が生れるのである。試みにパーティを催してみたまへ。招待すれば迷惑がり、招待しなければ腹をたてる人種が、諸君の周囲にかならずゐる。これも「床の間」型俗物である。

それなら、「床の間」を廃すればいいか。「先生」といふ呼称を廃すればいいか。それだけでは片づくまい。世に俗物根性ほど始末に悪いものはないのである。たとへ先生と床の間を廃しても、ただそれを廃するだけなら、私たちはかならず、また別のところに「先生」や「床の間」を設けるであらう。自尊と謙譲といふ二律背反は、私たち人間が社会的動物であるかぎり、永遠に消滅しない。

たしかに、かういふ人間心理は非合理なものであり、その非合理性の上にあぐらをかいてゐれば、私たちは、なんらかの俗物範疇に所属することをまぬかれぬが、さうかといつて、「先生」や「床の間」さへ廃すれば、万事うまくいくと信じて、蠅たたき運動に熱中すると、今度は「合理主義俗物」といふ新範疇にぶつかつてしまふのである。安易な社会改革論者がそれである。

この合理主義俗物は対外的に働きかけるが、対内的に自分に向つて働きかけるとなんでもかんでも自分のすることにもつともらしい理由づけを考へだして、しまひにはお茶を飲むにも麻雀をするにも一理窟こねずにゐられない「首尾一貫俗物」と化する。が、現実はさうまでは理由づけの材料にならないし、こちらにそれだけの能力もないのに次から次へと編みだした理由づけはことごとく相矛盾するものとなる。

さういふ俗物根性のむづかしさについて、もうすこし例をあげてみよう。たとへば、「アルコール俗物」である。一方に、きき酒を得意とする質型俗物があるかと思ふと、他方では、どれだけ飲めるかを自慢する量型俗物がある。しかも、この量型のうちにも、単純に一升のんでも、びくりともしないといひきる陽型俗物と、「いや、飲めないはうで」とにやにやする陰型俗物がある。いづれにせよ、量的俗物は酒量によつて自己の強大さを示さうともくろむのである。

また「性的俗物」といふのがある。かれらは異性をひきつけ、性的に満足させる能力や技術に自信をもち、征服した異性の頭数を誇示する。「ヴァン・デ・ヴェルデ？　あんなことは読まないうちから知つてゐた」といふ人種である。この「性的俗物」は「肉体的俗物」の一種であるが、最近のスポーツやボディ・ビルへの憧れは、あきらかにこの「肉体的俗物」を背景としてゐる。しかも、これは過去に支配的だつた「精神的俗物」あるいは「知的俗物」への愛想づかしから起つたものである。それと関聯して、「道徳的俗物」といふのがある。聖職者、教育家、裁判官、ＰＴＡの会員、主婦などが陥るのが、その護教型であるが、これもまた最近では背徳型にけおされ気味である。この両者は、なんだ若いくせにといふ大人型と、その反対に若さの特権を主張したり、それを隠して大人ぶつたりする子供型といふ「年齢俗物」と重複する面がある。職業的にいへば、後者には、藝術家、文士等の自由業がこれに所属する。

ついでに「職業的俗物」について一言する。大体、これは前に述べた文化型と実力型に分けられる。そして相互に対立し、おたがひに軽蔑しあつてをり、相手を軽蔑することによつて俗物の真価を発揮してゐる。前者には藝術家、文士、学者、ジャーナリスト等が属し、後者には軍人、政治家、実業家、商人等が属する。が、最近では、その中間の型もふえてゐる。基本的には、どちらかに属しながら敵に内通してゐる人種である。内通といふと語弊がある。要するに、偏屈な職業的俗物性から脱して、他の領域にも、ものわかりのいい理解力を発揮する人たちである。この種の人々の存在は、やうやく戦争中に眼につきだした。文化型と実力型が、ともに頑迷型であるとすれば、かれらは理解型、寛容型であり、「職業的俗物」の存在を危からしめる「知的俗物」といふべきか。

「知的俗物」はまた容易に「情報俗物」たりうる。この「情報俗物」こそ、戦争中、私が俗物研究に興味をもちはじめた最初のものであることをつけくはへておく必要があらう。誰しも自分の周囲にさういふ存在を見いだしたであらうし、ときに自分自身がそれになりかねぬ危険をたびたび経験したに相違ない。当時、景気のいい虚偽の報道にとりまかれてゐた私たちは、その裏の不利な真相を聴きたがつてゐたのであるが、聴くよりはさらに、それを相手ほしげに喋《しやべ》りたがつてゐたのである。

そして喋つても聴いても、その後味は悪かつたはずである。戦況の不利を相手に先んじて喋りたがるのは、相手よりも自分のはうが国家や権力の枢機に通じてゐることを示す優越感に裏づけられてゐるものだが、それは逆にいへば、国家権力につながつてゐなければ、たえず不安を感じる自分といふものを裏切り示してゐる。権力を動かす地位に上れぬ以上、自分は相変らず動かされる地位にありながら、せめてその正体にだけは通暁してゐたいのである。この心理は、戦争中のとざされた社会においては、さういつた陰性の現れかたをするが、平和な今日においては、すくなくとも他人よりは通暁してゐることで安心してゐたいのである。この心理は、戦争中のとざされた社会においては、さういつた陰性の現れかたをするが、平和な今日においては、もつと陽性の表現形式をとる。「情報俗物」はまた「交際俗物」であり、「ゴシップ俗物」でもある。

だが、それを軽蔑し拒否してゐるからといつて、私たちは安心できないのである。その反対の極には「孤高俗物」といふ落し穴が私たちを待ち受けてゐる。試写会、結婚式、歓迎会、何々発起人会等々、肩書づきの自分の出席を促す招待状を心持よげに開封する「交際俗物」に——厳密にいへば、自分のなかにあるさういふ俗物性に——反逆しようとする心理は、今度は逆に招待状らしきものを開封もせずに屑籠《くづかご》に投げ入れる快感を醸成しはじめる。それは、つまり、交際の広さによつて自己の強大を誇示するかはりに、交際を絶つても微動だもせぬ自己の強大さを誇示してゐるだけのことだ。「孤高俗物」は男性的な形態だが、それと似たものに、誰も自分を理解してくれぬことをかこつ女性的形態としては、「孤独俗物」がある。

元来、「職業的俗物」は、呉服屋の番頭とか鳶職とかいふものに多かつた。かれらは自己の職能の特異性を衣服、態度、言語などの外面に露出して得意がつたものである。さらに藝人や職人は、その職能の神秘性をちらつかせたりしたものである。が、かういふ俗物は現代では減少しつつある。頭髪の不必要に長い文士や画家ですら、もうすでに現代的ではない。

が、最近、もつとも現代的であるべき機械操作に、俗物性が入りこんできた形跡がある。その顕著な例が「写真機俗物」であらう。かれらは鳶職の半纏《はんてん》のやうに、はつきりと写真機をぶらさげて歩く。また、藝人のやうに神秘的な藝談を好む。もちろん、その風潮に反発を感じる人種を生むのは当然で、さういふ人たちは「機械はおれの性にあはない」とうそぶく。それが昂じると、「あたしはガスがつけられない」とか、「あたしは卵がわれない」とかいふ「かまと族」になる。「器用俗物」があれば、かならず「不器用俗物」があるのである。

同様に、衣裳、頭髪、化粧、日用品など、すべて時の流行に追随しようとする「流行俗物」や、なんでも一流品、舶来品でいかうとする「一流俗物」があれば、他の極には、創意工夫や廃物利用を尊重する「個性俗物」が存在する。ベスト・セラーズしか読まぬ俗物がゐると同時に、絶対にベスト・セラーズは読まぬと宣言する俗物がゐる。別のことばをもつてすれば、「多数者俗物」対「少数者俗物」である。

かう列挙していけば、切りがないが、おそらく読者は、なぜ私がこれほど俗物に拘泥するか不可解に思ふであらう。不可解を通り越して不愉快になる人もゐよう。そのはずなのである。ラインズも、かう結論してゐる――あらゆる俗物が存在するが、それらすべての反対概念として、もう一つ別の俗物が存在する、それこそ「反俗的俗物」といふやつだと。「反俗的俗物」とは、いふまでもなく、いままで列挙したあらゆる俗物の範疇からのがれるべく腐心する俗物、つまり俗物ノイローゼにかかつてゐる連中のことである。プルーストはいつてゐる――「俗物は俗物を憎む」と。私がここまでやつてきたやうに俗物を分類すること、またあとでやるであらうやうに俗物を分析定義すること、それもやはり「反俗的俗物」の範疇にはひるのである。「反俗的俗物」はその前に立つすべての人をして「自分は俗物である」といふうしろめたさを感じさせる大罪人ではなからうか。

さて順序は逆になつたが、俗物とはなにか。いふまでもなく、本来は「無学、不風流の人」をさしたことばである。大抵の国語辞典や漢和辞典にはその程度の解しか見あたらない。英語では、俗物はスノッブであるが、その語源は不明瞭である。十八世紀の終りごろは靴職人を意味した。身分の低いもの、あるいは日本流に趣味の俗悪なるものを指して、スノッブといひはじめた使用例は、わづかに十九世紀前半にまでしか遡《さかのぼ》れぬ。同時にそのころからつぎのやうな意味を生じはじめたらしい。

「自分より上位の階級にあるもの、あるいは自分より豊かな富を有するもの、さういふ連中を露骨に尊崇したり、摸倣したり、さらにはそれとつきあはうとしたがる人種のこと。社会的地位ある人間と思はれたがる人種のこと。」（オックスフォード英語辞典）

私の俗物論がこの定義から発してゐることはいふまでもない。が、西洋では百年あまり、日本では千年近くのあひだ、「身分の低いもの、趣味の俗悪なる不風流者」といふその根本義は失はれてゐない。プルーストは俗物を依存心と劣等感とによつて定義してゐるが、身分の低いものはより上位の階級への依存心をもつてゐるであらうし、趣味の俗悪なるものは、自分の趣味に自信をもたぬがゆゑの劣等感から、通人の趣味を摸倣せずにはゐられないであらう。

ところで、俗物の分類にあたつて、私がわざと「趣味俗物」に触れるのを避けてきたのは、ここで述べるのが至当だと思つたからである。もちろん、一番素朴な俗物は、自分の身分の低さ、力の無さをカヴァーするため、富める強大な権力者の配下に属し、「おれは何某一家のものだぞ」といふ「取巻俗物」である。そしてそれは昔ならつねに同一方向をとらねばならなかつた。たとへ群雄割拠時代とはいへ、その目ざす価値観は同一だつたからである。ところが、今日ではさうはいかない。それぞれの価値を代表するそれぞれのボスがある。政治の面でも、一昔前は、目標は政権とはつきりしてゐたから、保守党にも「取巻俗物」があり、進歩党にも「取巻俗物」がゐて、おたがひに眼くそが鼻くそを笑ふわけにはいかなかつたのである。が、今日では「取巻俗物」は保守党のものと相場が決つたやうである。進歩党のはうは、実際はともかく、表面上はボスと取巻の関係ではなく、党員は上下を問はず平等に一つの価値、すなはち一定のイデオロギーに奉仕する。したがつて、一日本の政権に執着してゐる「取巻俗物」を憫笑《びんせう》し、自分のはうはもつと広い世界とつながつてゐるといふ自信をもつ新しい俗物を産するにいたつたのである。

政治ばかりではない。今日では、政治に手を汚さずして政治に関与しうる方式ができてゐるので、ボスも取巻も、政党のものとのみは限らなくなつた。それはそのはずで、政権ではなくイデオロギーといふことになれば、進歩党よりはもつと進歩的な、あるいはもつと公平な立場に立ち、もつと広い世界とつながつてゐるといふ自信をもつ批評家や学者が俗物たりえぬわけはないのである。

要は、価値の多様性といふことになる。その意味で「趣味俗物」は俗物の本性をになつてゐるのだ。趣味には客観性がない。昔も今も、多少の程度の差こそあれ、趣味は「たで食ふ虫もすきずき」の世界に属してゐる。政権や地位のやうに価値の安定性がない。雪舟もいいし光琳《くわうりん》もいい。ロング・スカートとショート・スカートとどちらが高級かを論じることはできない。価値の多様性こそは趣味の特性なのである。

さうなると、趣味のない不風流な人間は、光琳より雪舟を愛する根拠を失ふ。千円より一万円のはうがいいといふふうに、かんたんにはいかないのだ。しかたがないから、通人や伝統の教へに随はうといふ「酢豆腐俗物」が生じる。「自分の趣味をもたぬ人間が俗物になる」とプルーストもいつてゐる。もたぬくせに、もたねばならぬと思ふからである。同時に、さういふ他人の俗物性に嫌気がさして、「わからないものはわからないといへばいい」と居なほる人々が最近では多くなつた。かれらは喫茶店でベートーヴェンに聴きいる「趣味俗物」を嘲笑し、その優越感よりさらに激しい優越感をもつて、ジャズのはうがおもしろいといふ。しかも、それだけでは不安なので、「ジャズのはうが私たち現代人の生活感情にマッチしてゐる」と理由づけをおこなふ。これが「没趣味俗物」である。

だが、ベートーヴェンとジャズにせよ、碁と将棋にせよ、一般に趣味について、その優劣を論じはじめれば、私たちはかならず俗物性のわなに落ちこむのである。イギリスのエッセイには、ときとしてその厭味があるが、日本で「趣味俗物」の開祖は清少納言であり、その中興の祖は兼好法師である。後者は多少、没趣味俗物への志向を蔵してゐる。今日でも、そのエピゴーネンは跡を絶たない。かれらはいふ、「おれは煙草の灰を炭火の上に落とすのが嫌ひでね」などと。そして、その内容はなるべく自分ひとりの性癖や趣味のはうがいい。自分より優位の人間の趣味に準じようといふのも、自分だけの趣味を打ちたてようといふのも、つまりおなじことで、ただ後者のはうが近代的であり、前者を追求していけば、必然的に後者になるといふ性質のものなのである。

なぜ、両者がおなじかといふと――この辺でそろそろ俗物の定義をくださねばなるまい――俗物根性とは、世間にたいする自己の関係に不安を感じ、その不安を解消するために、劣弱な自己を拡大修飾して現実の自己以上の見せかけをつくらうとする心理だからである。その点で両者は本質的にはおなじである。ただ方法がちがふのだ。一方は他人に頼り、他方はそれをいさぎよしとしないといふだけの話である。

　私はかつて、かういふ情景に立ちあつたことがある。東海道線で私の乗つてゐた列車の前を走つてゐた列車が脱線し、顚覆しかかつたことがあつたが、そのとき、前の列車の乗客が私の乗つてゐた列車に乗りこんできた。もちろん、いたるところ興奮の渦が巻いた。読者諸君にもその種の経験はあらう。そして、諸君は気づくに相違ない。人は自分の生命にかかはるそんなばあひにも、脱線した列車に乗りあはせた特権を誇示し、「得意になつて」その経過を話すものであることを。

　私の列車の乗客は圧倒されて、かれらの話を聴いてゐた。が、いひおとしてならぬことは、私も、自分の乗つてゐた列車こそひつくりかへらなかつたが、前の列車に乗つてゐたなら危なかつたであらうことを、帰宅後家人に自分の特権として話したといふ事実である。特権そのものではないが、特権のおこぼれである。

　また、これはよくあることだが、誰かと話してゐて、その誰かがつまりＡがＢを凹《へこ》ました話を聴かされることがある。そんなとき、よく注意してゐると、ＡがＢにたいすることばは敬語ぬきで、ＢがＡに答へることばには敬語をつけてゐるのである。Ａは知らず識らずのうちに、自己拡大慾を満足させてゐるのだ。自分が誰にも頭をさげたことのない人間であることを、他人にも自分にも納得させたいのである。

それほどに人間は、誰もかれも、自我拡大慾に駆られてゐるのである。ただ、それがなまのままで出たときには、けつして俗物の形をとらない。他人の権威にすがるのをいさぎよしとしない人物にしても、それはただ直接に他人の力を借りないだけのことで、間接には他人の存在を前提とせねばなりたたぬ。なぜなら、自己そのものにおいて偉大であるだけでは、満足できようはずがない。他人の認証がどうしても必要なのである。

私たちの仲間では、原稿の注文が降るやうにあるのを言外に示す俗物がゐると同時に、それをかたはしから断ることに快感を感じる俗物がゐる。しかし、かれはその断つたことを黙つてはゐられない。あれやこれやを断つたといふ話を人にせずにはゐられぬのである。そのとき、かれは俗物になる。かうして、自己拡大慾は、つねに他人の眼を必要としてゐるのである。いや、おれは他人の眼はこはくない、自分を見てゐる自分の眼がこはいのだ、といつてみてもはじまらぬ。自分の眼などといふものはありはしない。それは結局、他人の眼が自分のなかにはひりこんだといふだけの話だ。

俗物の特徴として、自分が仲間入りしたい上流階級、あるいは文壇とか学界とかの悪口をいふ性癖がある。これは一見颯爽《さつさう》としてゐるようだが、やはり他人の眼を気にしてゐるさもしさには変りがない。さういふ俗物にかぎつて、その目ざす世界に仲間入りできたあとでは、猫のやうにおとなしくなる。つまり「孤独俗物」は水の向けやうで、容易に「交際俗物」に転化するのである。

俗物のもう一つの特徴がここから派生する。それは排他的傾向である。ひとたび仲間入りしたが最後、もうこれ以上、仲間をふやすまいといふ心理がきざすのである。特権はつねに維持する必要があり、それに与《あづか》るものが適当に少いことが望ましいのだ。

俗物根性が他人の眼を意識することから出てゐる以上、それはあくまで社会的な、あまりに社会的な情念である。自然のなかで、自然とだけ相対して生きてゐる人間のあひだには、俗物を見いだしにくい。また、「象徴」天皇は俗物たりえない。中世の西洋の王も俗物になりにくいが、天皇にくらべれば、まだしも機会がある。かれらは臣下にたいして虚栄を張る自主性があつた。つまり、臣下の眼を意識しえた。臣下といへども、中世においては、王と対等の身分関係を、すくなくとも可能性においてもちえたのである。すなはち王位簒奪《さんだつ》の機会があつたといふことだ。のみならず、王はもうひとつ他人の眼を意識してゐた。それはかれに先だつ治者たちである。かれは自分の治世がさらに立派であることを、それが他のどの王よりも長くつづくことを、そして領土がふえることを望みえたのである。万里の長城は必要物である以上に、俗物根性の表示であつたかもしれぬ。

すでに充分すぎるくらゐ充分であらうが、私たちは社会的動物である以上、どつちに転んでも俗物たることをまぬかれえない。ことに現代において、それがはなはだしい。一つには過渡期が、価値の多様性をもたらし、人々は帰趨《きすう》に迷つてゐるからである。昔なら、出世といふ概念は既成秩序への参加を意味してゐた。したがつて俗物は一種類しかなかつた。既成秩序と自分との関係を、実際以上に見せかけるものだけが俗物だつたのである。が、既成秩序の威力が怪しくなつた今日では出世を軽蔑する態度が、また別の価値体系から壮とされ正当化されるのである。現実型俗物にたいして理想型俗物が、過去現在型俗物にたいして未来型俗物が、自我主義型俗物にたいして社会正義型俗物が出現したゆゑんである。

すでにいつたやうに、俗物は自分をなまで押しだしはしない。たとへなまで押しだすにしても、そのときはそのときで、公正派を意識して、なまで押しだす「主義」を旗印にする。社会正義型となればなほのことさうである。社会正義が自分の身方であるといふ安心感と思ひあがりからまぬかれることはできないのだ。

それはそれでいい。だが、どちらへ廻つても俗物根性からまぬかれえぬといふ今日の実情は、たんに既成秩序が崩壊しつつあるといふことからのみ説明し尽されるものではない。原因は民主主義にある。さらに遡ればルネサンス以後の平等思想にある。いふまでもなく、平等思想は自由思想と裏表をなすものである。すなはち自己拡大慾を裏に隠しもつてゐる。その線を強調するときは「自由」の看板をかかげるのだが、自分の自己拡大慾が他人に邪魔されさうになると、今度は看板を裏がへしにして「平等」の停止信号をかかげる。が、さういふ使ひわけをやるのは自分だけではない。相手もそれをやる。こつちが「自由」の看板で押しだしていくと、向うから「平等」の看板で押してくるやつにぶつかる。かうして、おたがひに看板のひつくりかへしつこがうまくいかないのである。過渡期だからばかりではない。自由平等思想そのものにまちがひがあるのだ。

　中世の昔なら、二人の人間が看板のひつくりかへしつこをやつてゐて切りがつかぬときには、至上絶対の神がそれにけりをつけた。が、現代では、それにけりをつけるものがなにもない。俗物とは、いひかへれば贋物のことだが、看板のひつくりかえしつこに夢中になつてゐる二人は、おたがひに自分が本物で相手が贋物だと怒鳴りあつてゐるやうなものである。昔の贋物はつねに本物のお墨つきを懐中に用意してゐたが、その本物がなくなつてしまつたのである。あつたにしても相手はそれを本物と認めないのである。したがつて、めいめいに自分が本物であることを自分の手で証明してみせなければならなくなつたのだ。が、自分の価値を自分で証明することがどうして可能か。不可能に決つてゐる。

　そんなことは不可能ではあるが、それが困難であればあるほど、私たちは、さうしたい衝動に駆られるのである。自分がもつとも正当化されえぬときに、自己正当化の衝動は極点に達する。自我拡大慾が平等の看板にぶつかつて、すなほに許されぬときにこそ、その慾望はもつとも熾《し》烈《れつ》化《くわ》する。結論的にいへば、平等思想が俗物根性を嘲笑するやうになつて、世に俗物は氾濫しはじめたのである。平等思想はなにが社会的優位であるかをあいまいにしてしまつたからだ。

　さうなると、すなほな古典的俗物すなはち「俗物的俗物」が一番俗物根性から遠いといふことになりかねない。既成秩序にせよ、なんにせよ、かれは自分の劣弱性をよく知つてゐて、すなほにそれに寄りかかつてゐる。じつは、その「すなほさ」こそ俗物根性からもつとも遠いものなのである。「すなほさ」とは、つまり、自分がゐるべき処にゐるということ以外のなにものでもないが、近頃の悪平等の普及のため、世界中どこの国よりも日本において、ことにその知識階級において、「俗物的俗物」はめづらしい存在となつてしまつたらしい。

いまの私の眼には、その「俗物的俗物」こそが現代最高の美徳であるやうに思はれる。自我拡大慾にせよ俗物根性にせよ、それは私たちのうちから永遠に消えうせぬものである以上、それをへたに抑圧せぬほうがいいらしい。

処世術的教訓――諸君がもし誰かに真向うからへつらはれたとき、それで気をよくする俗物からまぬかれようとして、不機嫌な顔を見せぬこと。諸君はそれでいいかもしれぬが、相手は辛い。なぜなら、かれは諸君を俗物と呼ぶことができず、自分の俗物性のなかに立ち往生しなければならなくなるから。

だが、おそらくこの教訓は不要であらう。諸君は俗物根性のになひあひをよろしくやつてゐるにちがひない。ただ私は、ときをり、かたはうだけが重荷を背負つてゐるのを見かけるので、老婆心までにいつたのである。たとへば、自分が颯爽としてゐたいために妻に俗物の役割を演じさせてゐる夫がある。これは上役と下役、あるいは上役にたいする二人の下役どうしの関係、その他あらゆる持ちつ持たれつの人間関係において生じる現象である。よくよく注意することが必要だが、そのために、俗物擁護の一節を最後につけくはへる。俗物とは自分を現実の自分以上のものに見せかけたい人間のことである以上、かれは本質的に理想主義者なのである。見せかけるだけでなく、それにたいする努力と反省とがともなへば、尊敬すべき人物になりうる。

（「文藝春秋」昭和三十一年六月号）

少数派と多数派

一　少数派の絶望感

「少数派」といふものについて、ふだん私の考へてゐることを書くやうに頼まれたのは、大分まへのことだつたと思ひます。たしか社会党が議会で「暴力」をふるつた直後のことでした。そのときは、私の都合で書けなかつた。今度は、東欧、中近東で大きな事件が起り、ふたたびこの「少数派」の運命といふ問題が大きく浮びあがつてきた。しかし、ハンガリーのばあひも、エジプトのばあひも、半年前の日本社会党のばあひとは反対で「暴力」をふるつたのは「多数派」のはうであります。

その点、同じ「少数派」について書けといつても、前と今とでは、その気もちに多少の差があるやうに思はれる。社会党のばあひには、「少数派」は「暴力」をふるふ以外に、自分の主張を通す方法がないではないか、とまでいはなくとも、それ以外に方法はないのかといふ疑問が前面に押しだされてゐたやうです。が、ハンガリー、スエズのばあひは、「少数派」である小国はやはり大国の「暴力」の前には屈服せねばならぬのか、そして、永遠に「少数派」の主張は実現されえぬのかといふ疑問が、はつきり表面に出てきてをります。大ざつぱにいへば、前者には「希望」があり、後者には「絶望」がある。同時に、両者に共通の、しかも質を異にした「絶望感」があります。前者のばあひは、「少数派」が「暴力」をふるふことによつて、「現実」には勝ちうる道が開けてゐるのかもしれませんが、「少数派」の看板である「理想」を傷つけるといふ「絶望感」であります。後者のばあひは、「理想」においてのみならず、「現実」においても敗退していかねばならぬといふ全き「絶望感」であります。

私としては、前のばあひだけより、後のばあひをあはせて語るはうが、私自身の考へを、よりよく理解してもらへるやうな気がします。なぜなら、私の立場は、つねに「理想」と「現実」との二元論にあるからです。そして、この二元論的な生きかたは、ひとり私ばかりでなく、誰しも身につけなければならぬものだと思ひます。といふより、誰でも、多少とも、意識、無意識のうちに、それを身につけてゐる。ただ、このさい、そのことをはつきり自覚することが必要だといふだけのことにすぎません。国際政治、国内政治の別を問はず、また全く個人的な倫理問題においても、この「理想」と「現実」との両面にわたる二元論的な生きかたが、今後ますます強調されなければならないと思ひます。

一口にいへば、それは近代西欧の考へかたであり、生きかたであります。政治の面でいふなら、近世以来のナショナリズムの歴史に、それが如実に現れてをります。それについては、「国家的エゴイズム」のなかで触れておきました。また、倫理の面では個人主義の形をとつて現れます。それは「個人主義からの逃避」を参照してください。その問題をさらに突きつめていけば、クリスト教といふものが西欧において果した役割を考へなければなりません。そのことについては、「西欧精神について」と「絶対者の役割」の二篇にゆづります。

二　楽天主義的な政治観と道徳観

ハンガリーの動乱にたいするソ聯のやり口や、エジプトのスエズ運河国有化にたいする英仏の報復を見て、日本の知識人が一様に感じたことは、第一に、世界の歴史がふたたび逆転したといふことであり、第二に、国際政治においては、個人間における道徳は適用しないのだらうかといふことでありませう。そのいづれも、日本の知識人特有の早合点にすぎません。第一の問題についていへば、そのまへに反省しなければならないことがある。もちろん、世界の歴史は逆転などしてをりません。それを人々が逆転したと思つたのは、そのまへに、第二次大戦後、世界の歴史が理性の栄光に照されて急激に進歩したと思ひこんでゐたからにすぎない。「平和共存」といふ言葉の魔術にひつかかつてゐたからにすぎません。戦争のあとに平和が来るのは当然で、それは第一次大戦のあとと少しも変りはない。が、第二次大戦のあとでは、その平和が異常に強調された。なぜかといへば、第一次大戦後と比べものにならないくらゐ、平和が脅されてゐるからであります。平和が脅されてゐるから、それを守らねばならぬといふこと、それならいちわうわかります。しかし、そのことと、「平和共存」が可能であるといふこと、あるいは可能であるやうに人間が進歩したといふこととは、あきらかに別事です。それを同一に考へたのが、まちがひのもとであります。

もう一つ、問題がある。といふのは、第二次大戦後、二つの世界の間に冷戦がつづいてゐるとはいへ、それでも、戦争がひとまづ終つたことは、それだけで充分に平和がやってきたことを意味するのです。いくら破れる危険があつても、平和は平和です。いや、元来、平和といふものは、その程度のものでしかないのです。この現実世界では、絶対的平和などといふものはありえない。その証拠に、この十年間、朝鮮事変があり、インドネシア内乱があり、その他、諸処で小ぜりあひが起つてきた。米ソが戦はなくても、世界戦争にならなくても、やはり戦争は戦争でありませう。同じことを裏からいへば、ハンガリーやエジプトが戦乱にまきこまれても、日本は依然として第二次大戦後、平和のなかにあるわけであります。平和とは、戦争の終つたあとか、あるいは戦争の始るまへにすぎない。その程度のことでしかない。

私は二年前、「平和論にたいする疑問」のうちでそのことをいつて、皆から叱られた。が、私の信念は変りません。平和とは、それだけのことであります。そんな簡単なことを、日本の知識人が理解できないといふのは、絶海の孤島で、世界の動きを知らずに、ほとんど絶対的平和とでもいふべき江戸時代の三百年を過してきたといふ歴史的な条件のためでありませう。また明治になつても、その島国なるがゆゑに、生々しい戦争体験をもたず、他国からの脅威といふ実感からも遠かつたからでありませう。が、ひとまたぎで国境を越えられる大陸の諸民族間においては、絶対的平和といふものを現実の世界で考へることはできなかつた。平和といへば、つねに暫定的なものであり、また、それでけつこう満足してきたのであります。

したがつて、平和を守らうとする意思も、また「平和共存」といふ言葉の意味も、その平和観を前提として、いひかへれば、その裏では、いまにも平和がくつがへされるかもしれぬといふことを覚悟のまへで、はじめて成立しうるものであります。それほどせちがらく、きびしいものなのであります。したがつて、ハンガリーやエジプトの問題で、日本の知識人ほど、あわてふためきはしない。世界史が逆転したなどとは思はない。起るべきことが起つたのにすぎないのです。

次に第二の問題、すなはち、国際政治においては、個人相互の間柄を規制する道徳のやうなものは存在しないのかといふことについても、同様のことがいへませう。かれらは、日本の知識人のやうにいまさららしく、そんな疑問を提出しはしません。はじめから、その点では絶望してをります。国家と国家との間柄は、まだそこまで理性の支配下にはない。いや、意地わるくいへば、個人と個人との間においても、私たち人間は、それほど理性的でありうるか。道徳的でありうるか。商社と商社との関係はどうか。信頼を基調とする道徳だけで、夫と妻は、親と子は、おたがひに協調していけるでせうか。それができないからこそ、法律的制裁に、戦後の民主主義政治は大きな期待を寄せてゐるのではないでせうか。それなら、どうして、国家と国家との関係にのみ道徳的行動を望みえませうか。そんなことは夢にすぎません。

この点でも、日本の知識人は大きな錯誤を犯したといへませう。太平洋戦争において日本だけが非道徳的な行為をしたと思ひこんだ。そして、それを最後に、自分たちだけの反省によつて、世界中の国家が道徳的になりうると思ひこんだ。さういへば、いひすぎになるかもしれませんが、ソ聯や英仏にたいするかれらの絶望的な非難を見ると、その裏には、善には善をといふ道徳的楽天主義がひそんでゐるとしか思はれません。

三　必然悪としての暴力

いふまでもないことですが、私はソ聯や英仏の行動を肯定してゐるのではありません。強者である多数派の暴力を、それでいいといつてゐるのではない。ただ現実と理想とを混同してはならぬといつてゐるのです。いや、それについて述べるまへに、もう一つ問題があります。ハンガリーの動乱については、カーテンの向う側のことで、事情がよくわかりませんが、エジプトについていへば、弱者である少数派のエジプトは、はたして暴力をふるはなかつたか、どうか。突然のスエズ運河国有化は、暴力とはいへないでせうか。たとへ西欧の歴史が造りあげたものにせよ、「近代市民社会」の法則からいへば、契約は重んじなければなりません。その一方的破棄は、近代社会においては、一種の暴力であります。

もちろん、その契約の源をたづねれば、私たちは強者＝多数派＝先進国にいいやうに操られた弱者＝少数派＝後進国であつたエジプトを見いだすでありませう。が、その歴史を遡《さかのぼ》つての理由づけといふことをやりだすと、イスラエルの失地回復主義も、また認めねばならなくなりはしないか。そこまで古く遡らなくとも、イスラエルにたいするエジプト側の運河通行禁止や、国境を越えてのゲリラ活動など、アラブ民族よりもさらに少数派であるイスラエルの暴力を正当化しうる材料が出てきませう。

しかし、さらに歴史を遡ると、イスラエルの失地回復主義も、もとはといへば、イギリスの対中近東殖民政策に利用されたものでしかない。ここで、ふたたび、強者＝多数派＝先進国が悪玉になります。さうなると、先に目ざめた国が悪いといふことになる。強いやつ、頭のいいやつ、数の多いやつ、要するに勝つたやつは、みんな悪いといふことになる。それでいいでせうか。それでいいかもしれない。ただ、困ることは、ひとたびその原理を認めると、こちらではその原理に則《のつと》つた行動ができなくなるといふことです。相手の悪を指摘しておいて、そのあとで、こちらがその方法で相手側をやつつけるわけにはいきません。

ここで、半年前の社会党の暴力が問題になります。あのとき、社会党は暴力をふるつたからといふ理由で、だいぶ非難されました。同時に、社会党を弁護するつもりで、誰が社会党を暴力に追ひやつたか、それは多数をたのむ自民党の暴力政治ではなかつたかといふ理窟も出ました。が、当時、社会党を非難するものも弁護するものも、少数派と多数派といふ本質的な問題について、もつとよく考へてみるべきだつたやうに思はれます。といふことは、現実論として、社会党のやむなき暴力を認めれば、自民党の暴力をも認めねばならぬといふこと、また、それを否定すれば、自民党も否定せねばならず、さうなれば、それが日本の政党政治といふ現実論である以上、政治そのものを否定しなければならなくなるといふことであります。それでは困る。

そのばあひ、私たちのなしうることは、現実論として、両者ともに認めなければならないといふことです。両者の暴力を肯定して、それを承知のうへで、いづれかを支持政党として選ぶといふことです。そのうへでの批判でなければなりません。つまり、暴力そのものでなく、暴力の程度が問題になるのであります。ここで当然、必然悪といふ問題が出てまゐります。必然悪といふ観念なしには、私たち人間は、自分も生きられなくなるし、他人も許せなくなるでせう。

四　潜在的多数派としての少数派

ところで、その必然悪といふ観念が存在を認められるのは、一方に理想があるからです。必然悪といふと、ばかに現実主義的になりますが、現実主義一本でいけば、なんでも必然悪になつてしまふ。必然悪を真の必然悪にとどまらしめるものは、他の極に、強い理想追求の念があるからです。その強い理想追求の念が、私たちにあるかどうか。それが問題であります。少数派である社会党に、またその暴力を非難するさらに少数派の知識人に、はたしてどんな理想があるか。少数派の生きかたといふことは、その問題と関聯して考へられねばなりません。端的に申しますと、現在の私たちには、多数派といふ観念しかありません。誰もかれもが多数派のなかにもぐりこみたがつてゐるのであります。なるほど少数派といふものもある。が、それは絶対的な少数派ではなく、過程的に少数派であるにすぎないのです。いひかへれば、近い将来に、それどころか、自分の眼の黒いうちに、多数派にならうといふ考へ、あるいは多数派になれるだらうといふ見とほしをもつてゐる。あへていへば、潜在的多数派であります。いまは負けてゐても、近く勝てるだらうといふ潜在的勝利者です。したがつて、自分の主張はいまは理想主義的でも、やがては、その理想が現実に適応されるであらうといふ意味で潜在的現実派でしかない。

さういふと、あたりまへだ、時と処とを問はず、誰が見こみのない戦ひに精をだすものかといふでせう。将来、現実化しない理想を誰が信じるものか。いづれは勝利者になり、多数派になることを願はずに、誰が少数派に甘んじられるか。大抵の人がさういふ。絶対的な少数派でゐられるのは、特に選ばれた精神的強者だけで、それを民衆に強要するのはまちがひだといふ。つい最近、私は大宅壮一さんから「精神的貴族」といふ名称を頂戴した。もちろん、私は自分でそれほどのものとは思つてゐませんが、やはりさうなりたいと思つてゐることだけはたしかです。自分だけではない。私たちはそれを目ざさなければならないと思つてゐます。民衆にそれを求めなければならないと思つてゐます。

が、この求めるといふことに問題がある。ここでも、理想論と現実論との別がなければなりません。理想論としては、あくまで求めなければならぬ。が、現実論としては、人、それぞれに応じてといふことになりませう。それをやつたのが、中世のカトリック教会であります。一方の端には、この世においては、永遠に少数派でとどまることに堪へた極端な理想家がゐました。かれらはこの世で自分の理想が実現されるなどとは夢にも思はなかつた。そんな甘い夢などいだかぬといふ点で、かれらは同時に、はつきりした現実家でもありました。それほどに世に受けいれられぬ理想ではあつたものの、それを受けいれぬ現実を、だからといつて否定しはしなかつた。といふのは、かれらの理想と、それぞれの角度を保ち距離をおいて、つながつてゐる民衆の生きかたを、それはそれで肯定してゐたのであります。

さういふ意味の少数派といふものを、すくなくとも、さういふ少数派の観念を、私たちはもつてゐるか。おそらくもつてはゐないでせう。現代の日本人は、とかく多数をたのみ、多数の思惑を気にする。正しいことをするばあひにも、まちがつたことをするばあひにも、その正邪の観念よりは、数の観念に動かされることが多いのです。したがつて、正義派としての少数派であることを恐れるばかりでなく、エゴイストとしても少数派たることに臆病であります。自由やデモクラシーやヒューマニズムのために死を辞せぬといふ少数派も少いくせに、自由やデモクラシーやヒューマニズムの看板をかかげられると、それに刃向ふ少数派になるほどの悪党も少い。

しかも、をかしなことに、少数派はつねに善だといふ通念があり、そこから少数でさへあれば支持するといふ感情的な「判官びいき」といふものが出てくる。が、それも、けつして激しいものではありません。一見、少数派の誇りがあるやうでゐて、裏をかへせば、それもやはり多数派にもぐりこみたい気もちと同じなのであります。自分は多数派のなかにゐて、少数派に同情するといふセンチメンタリズム、あるいは、多数派でありながら少数派のやうなふりをしたはうが生きいいといふ被害妄想的な気分にすぎないからです。さういふセンチメンタリズム、被害妄想的ヘロイズムは、けつきよくのところ、正邪善悪そのものよりは、数と勝負にのみとらはれてゐることから生じるのであります。

五　絶望ののちに

が、真の意味の少数派は、自分が少数派か多数派かといふ勘定を、さうは気にしないはずであります。かれにとつて最大の問題は、自分の行動に論理の筋を通すといふことにあるのです。その結果、敗けても勝つても、しかたはない。いまは敗けても、いつかは、あるいは、自分の死後にでも、自分の主張が容れられるときがくるかもしれない。それとも、永遠に自分の敗北に終るかもしれない。自分がまちがひを犯したのかもしれない。それでもいい、まちがひはまちがひなりに、自分の行動に筋が通つてゐれば、さう考へるはずです。それでは救ひがないといふ人が出てきませう。が、当人は、神の救ひを信じてゐるでせうし、また、神の罰を信じてゐるでせう。救つてくれるにせよ、罰するにせよ、かれはその神に信頼してゐるでせう。

クリスト教の神は、西欧人にさういふ性格の強さを教へた。が、クリスト教にかぎりますまい。もし私たちが現実をはつきりと見つめるならば、なにかそれに似た、自己の一生以上のものを、あるいは国や民族の歴史以上のものを信じなければ、とてもあほらしくて生きていけないことを知るでありませう。そこにぶつからないで、ヒューマニズムだのデモクラシーだのを論じるのはをかしい。さういふと、また、それは極端なニヒリズムだといふ人が出てくる。そんなものではありません。もしそれがニヒリズムとすれば、ヒューマニズムもデモクラシーも、それを通過して出てきたものです。

大層、思ひつめたいひかたのやうですが、東欧や中近東における政治情勢にしても、たんなる現実論から大国の横暴を非難し、平和の危機に絶望感をいだくだけでは、事態を直視しえたとはいへません。日本流に、すぐ「神も仏もないものか」といふことになつては困るのです。もし、諸君が国際間の緊張に絶望感をいだいたなら、いや、本当に絶望感をいだいたなら、むしろ、それこそ好機といふべきで、そこから弱者＝少数派にとつて、なにが必要かを学びとるべきです。「神も仏もないものか」といふ事態に直面して、はじめて私たちは神や仏を必要とする条件を具備したといへるのですから。その絶望感を乗りこえたものにして、はじめて平和や愛の理想を語りうるのです。

同時に次のことも自覚しておくべきです。一年まへ、ソ聯や英仏に平和救済の神を見、アメリカに戦争挑発の悪魔を見てゐた日本の知識人が、今度は逆にアメリカに神を、ソ聯や英仏に悪魔を見てゐる。そのいづれもまちがひです。一つの事件、一つの時代、それだけで歴史や人類の値打を計ることもできなければ、理想といふものの機能に見きりをつけることもできません。理想と現実の二元論的な生きかたといふ西洋のお家藝は、中世のみならず、いまだに続いてをります。ジュネーヴ会議のころのやうに理想論的な色彩がいかに強く出てゐる時代にも、その背後の悪どい現実主義が根絶されてしまつたと思ひこんではいけないと同時に、今日のやうに悪魔的に見える時代にも、かれらの理想がまつたく虚偽のものだつたのかと、まるで遊女にだまされた良家の若旦那のやうなことをいつてはすまされぬといふことです。

もちろん、大事なことは、抗議も怒りも非難も、すべてさういふ現実を承知のうへで、大いにやることであります。少数派の劣等感や、その裏返しの誇りになど、甘えてゐられる時代ではありません。

（「政治公論」昭和三十二年二月号）

私の政治教室

私は政治については無学であります。国際政治も、あるいは一国の政治も、一企業体における政治も、家庭の中の政治も、みな同じように考へてゐる言はば「床屋政談」的な感覚から、私はものを言つてゐるに過ぎません。その感覚から、今度のチェコ問題を見ると、当然起るべきことが起つたといふ感じで、別にショックを受けた訳ではない。

キューバ事件の時もさうでしたが、当然起るべきことが起り、そして収まるところに収まりました。

今度のチェコの自由化の場合も、これはとても駄目だ、ソ聯は一時撤去しましたが、こんなことで収まる訳がない、必ず弾圧が来ると予期してゐましたが、結果はその通りになりました。詳しい資料を持つてゐるわけではありませんので、さう確かなことは言へさうもありませんが、今後何らかの形で妥協が成立するか、あるいは強固にソ聯体制のもとに組み入れられるか、そのどちらかになりませうが、たとひ妥協の線でいつたとしましても、それは表向きであつて、結局ソ聯の圧力から逃れることはできますまい。

一体、政治問題は、どちらがよいとか、どちらが悪いとかといふことで判断すべきではありません。どちらが強いのか、どちらが弱いのかといふことで考へなければなりません。

チェコ問題で、ソ聯のやり方はいけない、悪いといふことで、だれもかれもが反対声明を発表しましたが、これはみんな善意について判断してゐるのです。

そんなことはわかりきつてゐます。どうして、いい大人までがソ聯の是非について、貴重な頭脳をわづらはす必要があるのか。そんな必要はありません。チェコ侵入は、いはばソ聯といふ大国のエゴイズムなのです。一方、チェコが自由化をはからうとしたのも、チェコといふ小国のエゴイズムにすぎません。二つのエゴイズムが相互にぶつかり合へば、強い方が勝つにきまつてゐる。それを調停する機関といふのは、遺憾ながら今の世界にはありません。

私は、ことしの正月、「毎日新聞」に書きましたが、要するに国家と国家とは、エゴイズムとエゴイズムとの衝突です。それぞれ段階はあるにしても、大国には大国のエゴイズムがあり、小国には小国のエゴイズムがある。ところが、今の論調を見てゐますと、エゴイズムは大国だけの所有物で、小国にはないかのやうに言はれてゐる。が、そんな筈はありません。

一方、ナショナリズムといふのは、換言すれば、ナショナル・エゴイズムのことであります。したがつて、これが国家主義と訳されようと、民族主義と訳されようと、それは民族的エゴイズム、あるいは国家的エゴイズムに他なりません。

そこで問題は、その閲合《せめぎあ》ひをどうするかといふことであります。その調停役として国連や国際裁判所があることはありましても、事実上、その役割を果してをりません。とすれば、小国の場合、政治的にはあくまで大国のエゴイズムといふものを利用しながら、自分のエゴイズムを発揮しないといけない。自分のエゴイズムをただぢかに出してしまふと、いたづらに大国によつて押しつぶされてしまふ。

かといつて、大国ならば、どのやうなエゴイズムを発揮してもよいかといふと、矢張りさうはいかない。これは世論の圧力もあるが、むしろそれよりも大国自身のうちにある抑制力でありませう。

これは後で触れますが、人間といふのは、完全な現実主義者にはなりきれない。何処かにうしろめたいものがある筈です。現在のソ聯がさうでせうし、アメリカだつてさうに違ひない。が、それがあるといつても、今度のチェコ問題でも判るやうに、相互の抑制力に期待してばかりはゐられません。妥協が成立しないか、あるいは力の均衡が破れてしまふと、結局最後は、エゴイズムとエゴイズム、つまり力と力との闘争になるといふ、この現実の厳しさをはつきりと認識する必要があります。

チェコ事件について、各方面より抗議書が出されましたが、こんなもので調停できる訳がありません。

たまたま、ある政党の立看板を見たのですが、「ソ聯のチェコに対する弾圧に抵抗しよう」と書いてありました。が、一体何のために日本の東京の街中にあのやうな立看板を出すのか。何故あのやうな無駄使ひをするのか。これは汚職よりも悪い。つまり汚職は、悪いと思ひながら、陰でこつそりやつてゐる。しかしながら、あの立看板の場合は、よいと思つて堂々と金を使つてやつてゐる。立看板によつて教へられるまでもなく、誰も抵抗ができればしたいのです。

ところが、それでは何のために立看板を出してゐるかと言へば、「私はよいことをしてゐます」といふ、言はば自分の正当証明、存在証明のための声明にすぎません。言葉をかへれば宣伝です。それも他国の犠牲の上にたつた自己宣伝です。これも実は、一つの自分のエゴイズムにすぎますまい。

さういふこと、つまり立看板に書かれてゐたやうなことをわれわれは今さら教へて貰はうとは思ひません。それよりも、新聞やマスコミは、何故チェコの内部問題そのものを取扱はうとはしないのか。

チェコといふ国は、人口はたつた千四百万人、東京都に毛の生えたぐらゐの国家にすぎません。それが周りをほとんど共産国家に囲まれてゐて、出口はわづかに西ドイツしかない。それもごく小さな窓とすれば、これまで経済的にも政治的にも、ソ聯に依存してゐたのも無理はありません。あるいは圧迫されてゐたとしても不思議はない。そのチェコが、ソ聯との関係を断ち切つて、自立したとして、果して政治的、経済的にやつていけるのか、いけないのかといふ実情について、われわれは何の情報ももたらされてはをりません。

一体、チェコの政治的独立といふのは可能なのかどうか。もしソ聯圏から逸脱することが可能であるなら、これはもう西側につく以外にない。西側につく筈がないといふ見通しがついてゐれば、ソ聯はあんなことをやる必要がない。これは常識です。ソ聯がやはりやる必要があつたのは、あのまま放つておけば、西側についてしまふ心配があつたからに違ひありません。一方、チェコの指導者は、東と西との力の鬩合ひに挟まれて、中立ができると思つたか、あるいは、西側につかうと思つたに違ひない。

そんなことをソ聯が指をくはへて見てゐる筈はないでせう。チェコが自由を持つことは望ましいことに違ひありません。が、問題は、どのやうにしたら現状において最も国家的、民族的独立を保ちながら自由を確得することができるか、といふ方法です。

しかし、結果は御覧の通り、プラハは占領され、チェコの意思は挫折しました。つまり方法においで彼等は明らかにエラーをやつた。チェコの指導者は明らかに情勢判断が甘かつた。もし、エラーでないなら、あれが方法として正しかつたなら、私の観測は崩れるわけです。が、私の観測が正しいか正しくないかを判断する情報が何もない。私が一番知りたいのは、さういふ情報なのです。

よいか、悪いか、そんなことは今さら論議しても始らない。まして、誰がよいと言つてゐるか、誰が悪いと言つてゐるか、それもわかりきつてゐます。ある立場に立てば、よいことだとも、また悪いことだとも言へます。

これは他国の問題ばかりでなく、日本の問題についても同じであつて、安保体制にせよ、それからヴィエトナム問題にせよ、いいか悪いかでみんな議論してゐる。いいか悪いかといふ道徳的な問題となれば所謂ヒューマニズムの問題になるわけで、さうなれば話は甚だ単純です。これでは数学の世界でなく、算術の世界です。小学校の一年生でもわかつてしまふ。

問題は、さういふことよりも、アメリカと日本とが提携するとどれだけの得があり、どれだけの損があるのか、これがたとへば提携を断つて、チェコの自由化ならざる日本の自由化をはかつた場合に、これはどうなるのか、そのときの得はどれだけか、損はどれだけか、といふ勘定書をつくることです。

ところが日本人はさういふ作業はあまり好まない。たとひしたとしても、マイナス面だけをとり出すか、逆に黒字面だけをとり出してしまふ。これでは日米の安保体制は赤字ばかりで、独立すると黒字ばかり、あるいはその逆といふことになつてしまひます。

実際さういふことがある筈はありません。われわれが一つ行動を起せば、その行動には必ず赤字と黒字とが出る。ゲインとロスがあるわけです。それは動かないでゐてもあるし、動けばまたそれで出る。その時にどちらのはうが黒字が多く残るのか、両方とも黒字なら、どちらのはうが大きいのか、両方とも赤字なら、どちらの赤字が少いかといふことでわれわれの行動を決めなければなりません。

今回のチェコ問題や今までのヴィエトナム戦争に関する日本人の反応の仕方を見てみると、質的には全く同じでした。が、量的にはかなり違つてゐた。やはり今度のはうが一致団結して、一つの例外もなく反対表明をしてゐます。政府から反政府の最たる共産党に至るまで全部同じ態度を示してゐる。ところが、アメリカのヴィエトナム政策に対しては、これほどの一致は見られなかつた。

といふことは、言換れば、今度の問題は、アメリカのヴィエトナム介入以上にエクスキューズがなかつたといふことです。ソ聯側に正当性がなかつたことを示すものだと言へると思ひます。

しかし、その反応の仕方の質はどちらの場合も非常にエモーショナルなものであつた。つまり、前に述べた、よいか悪いかの判断であつて、これでは政治的には幼稚園と変りありません。私は今まで親米派だと目されてゐたやうですが、といつて今度のソ聯の問題で喜んでゐるわけではありません。ある種の親米派ならば、それ見たことか、ソ聯だつて同じではないか、といふことで喜ぶかもしれない。しかし私は、日本人の国際政治に対する感覚の幼稚さといふ点では、ヴィエトナム戦争と同じ憂ひが、チェコ問題でも同じやうに出てきたといふ点で、大袈裟な言葉を使へば、憂慮に耐へません。

憂慮といふ意味は、一つは前にも述べてゐるように、現実政治や国際関係を非常に単純に眺めてしまふといふこと、そしてもう一つは、あるいは前者以上に大切なことかもしれませんが、自己偽善を生むといふことです。

現代ではこの偽善者が非常に多い。昔も偽善者はゐたが、昔の偽善者は、自分が偽善だといふことを知つてゐたから、うしろめたいところがあつた。何か善人ぶつてゐるような……、つまり、表には出せない自分の悪い性を隠さう隠さうとしてゐました。私にだつて、さういふ昔流の偽善者ぶつたところがないとは言へません。人間なら、誰だつて自分の中の暗い面からは眼をはづしたい。あるいは暗い面を隠さうとします。

ところが今の偽善者といふものは、自分の中に暗い面が一つもない。まるで天使ばかりです。

つまり悪魔がゐないのです。寝ても覚めても他国のことを考へ、同時に日本のことを考へ、己れを滅して生きてゐるかのやうに思つてゐます。私が今まで附合つてきた人の中で、そのやうな人はまづ居りません。やはり自分の給料や、部内での地位が最大の関心事であるといふ人が大部分です。

ところが、さういふ問題にはまるで関心がないかのやうなことを言つてゐる。たとへば「チェコの怒りを我が怒りとして」とか。ヴィエトナム問題でも同じやうに怒つてみたり、これではたまつたものではありません。神経がすりへつてしまひます。それだけ腹の立つことなら、何故出かけていつて戦はないのでせうか。尤も怒りのたびごとに、義勇兵となつてゐては戦争屋になつてしまひます。それこそ命がいくつあつても足りますまい。

スペイン戦争の時には、多くのインテリが戦つて死んでいきました。そこまでやるなら自己欺瞞《ぎまん》も命をかけるのですから文句はありません。が、日本の彼等はさういふことはやらないのです。

例の立看板ではないが、俺はいいことをしてゐるんだといふ自己主張以外の何ものでもありません。こんなエゴイストはない。しかもそれがヒューマニズム……、つまり他人のため、他国のためといふヒューマニズムの仮面をかぶつてゐるところに最大の偽善があります。これは治しやうもない偽善です。私のやうな偽善者は「お前、偽善だ」と言はれると、たじたじとなつてもう一言もない。「おそれいりました」と言はざるを得ません。が、彼等の場合は、「偽善だ」と言はれても「偽」の意識がないのですから、救ひやうがありません。すでに偽善の病は膏肓《かうくわう》に入つてしまひました。もうこれは治療の施しやうがありません。病人なのです。気違ひや、病人にはあまり手を掛けないはうがよい。放つておく他ありません。ただ若い人達にその病気が伝染しないやうにすることです。

しかし考へてみれば、偽善や政治に対するエモーショナルな反応の仕方は、何も戦後の進歩主義に限つたことではありません。戦前の軍国主義も変りない。米英は強い、強いものは悪魔だといふ、つまり「鬼畜米英」といふ考へ方でありました。本当はどちらが強いのか、戦争に勝てるのか負けるのか、そのことが問はれるべきですが、「天に代りて不義を撃つ」といふやうに考へられてしまひました。

もつとも、戦前にはまだ国家が総動員で、不義を撃つと言つてゐましたが、最近では「チェコの怒りを我が怒りとして」のやうに、一個人が「天にかはりて不義を撃つ」をやり出しました。つまり日本人の一人一人が「天に代りて不義を撃つ」といふ正義派、私の言ふ偽善者の集団になつてきました。これでは気違ひ病院です。

われわれは決して天に代ることはできません。それは思ひ上りも甚だしい。ただ天の裁きは受けよう。しかし人が天になつてはならないのです。天のことは天に任せておけばよいのです。そして、われわれ人間は、人間同士の間で、なるべく天の罰を受けないやうに心掛ければよい。

私は天を信じます。その意味で私は理想主義者です。だから天の裁きといふのは必ずあると思つてゐます。さういふことを信じなければ人間はやりきれません。何をするにもこの世で勝負をつけなければならないとあつては、もうかなひません。生きることを止めるだけです。

われわれ個人は弱虫ですし、日本はいくら頑張つてもやはり小さい弱い国です。それでもわれわれは、やはり天を信ずるから生きてゐる。

たとへば、裁きにしても、現在は地上の裁判所で行はれてゐます。が、地上の裁判は必ずしも公正とは限らない。人間が行ふ裁判であれば、あやまちがないとは言ひきれません。事実、裁判の結果、無念の涙をしぼつた人がいくらでもをります。大きなニュースになつた裁判の中でも、泣き寝入りをした人がずいぶんゐる。そのやうな人の身になつてみれば、天を信ぜざるを得なくなつてきます。国際裁判でもそれと同じやうなことが起ります。

私は現実主義者のやうに扱はれてゐますが、本当は天を信じてゐる。天を信じてゐる現実主義者とも言へるでせう。一体、現実主義といふ言葉は非常に曖昧に使はれてゐます。それはたいてい理想主義と対立的に使はれてゐる。しかし、人間といふものは、そんなに現実主義になれるわけがない。自分さへ勝てばいいといふ極端な現実主義者のやうにみえる悪党でさへ、現実主義ではありません。やはり理想といふのを持つてゐる。あるいは持つてゐるやうな風をしたい。そこから偽善が発生するわけです。戦争をしたつて聖戦だといふふうにみんな思ひたい。

そして、ふつう現実主義者と言はれる人でさへ、もし現実主義であつたら、第一活字でメシを食ふといふやうな能率の悪い仕事などする筈はない。やはりある使命感を持つてゐる。つまり、本当の意味の現実主義ではありません。理想を持つてゐる。

そこで、その理想をどこに置くかといふ点で、これを現実主義に置くのが現実主義者であります。したがって、現実主義者といふのは、明らかに弱味がある。現実主義といふものを理想とするといふ点で弱味をもつてゐます。逆に、理想主義者は、理想と現実とを混同してしまつて、理想主義の目で見たものを現実とみなしてゐるといふ弱点があります。

ところが、日本人には、理想は理想、現実は現実といふ複眼的なものの見方がなかなか身についてをりません。自分ははつきりした理想を持つてゐるといふ意識、それと同時に、現実には、しかし理想はそのまま生かせられないから、かういふ立場をとるといふ現実主義的態度、つまり態度は現実的であり、本質は理想主義であり、明らかに理想を持つてゐるといふのが、人間の本当の生き方の筈です。これは個人と国家を問はず同じ筈です。これをもつと日本人は身につけるべきだと私は思つてゐます。　（談）

（「論争ジャーナル」昭和四十三年十一月号）

II　国家とは何か

国家的エゴイズム

一

戦後二年位たつたころでした。私は二十世紀研究所で清水幾太郎さんと会つて、つまらない賭《か》けをしたことがあります。「平和はせいぜいあと五年も続くでせうかね。」私がさう言ふと、清水さんは、「いや、十年は大丈夫だと思ふ」と言ふので、「それぢや、賭けをしませうか」と言つたのをおぼえてゐる。もちろん冗談まじりの茶飲話で、実際には賭けなどしなかつた。清水さんの平和十年説には多少学問的根拠があつたのでせうが、私の五年説はまつたくのでたらめです。強ひて言へば、のどもと過ぎれば忘れる熱さの感覚を心理的に五年と測定したまでのことでした。

結果は、幸か不幸か、二人とも予言適中といふことになりました。私のはうは朝鮮戦争とそれに続くインドネシア戦争があり、清水さんのはうは今度の中近東、東欧の動乱がありといふわけで、前者をもつて第三次大戦の最初の戦争とすれば、私の勝ちになり、後者がそれだとすれば、清水さんの勝ちになりませう。もつとも、そのいづれも、いまだ「戦争」と称するには足りぬといふ考へ方があります。それは今日では、考へ方といふよりは、むしろ心理といつたはうがいい。私たちのうちには暗黙のうちに、世界大戦でなければ、「戦争」と呼ばぬといふ心理が、かなり支配的であります。人々がさういふ気もちを懐《いだ》くに至つた理由は、大体、次のやうなことだと思ふ。

第一に、二度の大戦を経験したといふこと。人間の認識能力といふのは妙なもので、相似た強烈な経験をなめると、その共通な要素を型として身につけるやうになり、それ以後の現実の経験においても、すべてをその型によつて整理しようとする傾向を示します。したがつて、型以外のものは目に入らない。いや、目に入れようとしないのです。かうして、「戦争」といへば世界大戦を意味し、世界大戦以外は「戦争」を認めようとしなくなる。そのことと関聯して、第二に、二つの世界の分裂といふ事実があります。人々の関心は、この裂け目にのみ注がれ、この裂け目に煙があがらない以上、事は大して切実ではないと思ひがちであります。たとへば、朝鮮戦争のばあひでも、北鮮と南鮮との争ひといふことだけでは、人々はあまり関心をもたない。北鮮の背後に中共、ソ聯があり、南鮮の背後にアメリカがあつて、どうやらその両者がぶつかりさうだといふ様子が見えはじめて、これは大変だと思ふのです。ハンガリー問題でも、エジプト問題でも、同様であります。ソ聯とアメリカとが衝突しないかぎり、「平和」が破れたといふ切実な感じをもたないやうです。

第三に、原水爆といふ兵器の登場があります。戦争や平和について論じてゐる人々の言葉に耳を傾けてゐると、原水爆さへ用ゐなければ、「戦争」ではないかのやうな口吻《こうふん》がうかがはれる。戦闘機や軍艦や大砲は、もはや兵器ではないかのごとき話しぶりです。だが、こんな馬鹿な話はない。ソ聯とアメリカとが衝突しなくても、原水爆や毒ガスが用ゐられなくても、独立国と独立国とが武力をもつて戦へば、たとへ両者がどんな小国であらうと、使用された武器が前世紀製のものであらうと、やはりこれは「戦争」と呼ぶべきであります。傍観者の私たちが「局地戦争」とかたづけるものでも、当事者にとつては「全面戦争」であります。原爆で死なうと小銃弾で死なうと、死んだものは戦死であります。

だが、世界大戦以外を「戦争」と呼びたがらぬ第四の理由がある。それには、私たちは一つの希望をつなぐことができさうです。といふのは、世界が小さくなつたといふこと、世界の国々が、一つの有機的全体像を目ざしてゐるといふことです。その全体的統一はまだ達成されはしないが、すでに可能性として存在し、それが私たちの心理を支配してゐるといふことです。たとへて言へば、私たちは、小指の傷はさほど気に病まない。脳や心臓に衝撃を受けなければ、なんとかやつてゆけるといふ気もちがある。少々慎みのない言葉ではありますが、ハンガリーやエジプトの流血は、小指の傷にすぎぬといふことです。数十年前だつたら、一国の流血は、その国の脳や心臓の障碍《しやうがい》としてのみ受けとられた。それが、現在、小指の傷としか考へられぬといふことは、脳や心臓は一国に一つづつあるものではなく、世界に一つ、すくなくとも二つあるものだといふ実感が生れつつあるからです。すなはち、全世界の国々の間に、連帯感がかもしだされつつあるといふことです。これは私たちにとつて、明るい希望と言へませう。が、注意しなければならぬのは、この希望は、私が右にあげた第一から第三までの理由、ことに第二の絶望的事実と表裏をなしてゐるといふことです。いま、私は「慎みのない言葉」と申しましたが、そのことをよく考へていただきたい。ハンガリーの動乱にアメリカが武力介入をしなかつた大きな理由は、第三次世界大戦を避けようとしたからであり、自他の原水爆使用の脅威があるからでありませう。それだけではないが、すくなくとも、大国は第二次大戦前のやうに、気軽に兵を動かせなくなつてゐることは事実です。それは世界全体から見れば、たしかに喜ばしいことですが、一国から見れば、どうでせうか、結果からいふと、世界大戦を避けようとする動きが、ハンガリーを見殺しにしたと言へないでせうか。エジプトにおいては、国連軍の進駐によつて、ある程度の成功をさめましたが、それもこのさき、はたしてどうなることか。英仏とエジプトとイスラエルと、この三つのエゴイズムにどういふ裁きがつけられるか。それぞれ勝手なまねはできないでせうが、そのうち一番貧乏くじを引くのは、イスラエルでありませう。

二

大ざつぱに言へば、二つの見かた、考へ方があります。それは昔からある二つの立場、相も変らぬ現実論と理想論とです。ハンガリーにしてみれば、今度の事件が世界大戦にならうとなるまいと、おなじこと、戦争は戦争です。場合によつては、局地戦争で徒手空拳、大国と戦ふより、いつそ世界大戦になつたはうが、自国が救はれる希望がもてるかもしれない。さういふ当事者に向つて、世界的見地からの自己犠牲を期待するのは、無理な相談といふべきでせう。ブダペストの市民にとつて大事なのは、世界の心臓ではなくて、自分たちの心臓であります。世界が一つの全体を造りあげる「未来の可能性」よりは、世界がばらばらで、自国が孤立してゐるといふ「現在の事実」のはうが問題であります。

さういへば、これもずいぶん「慎みのない言葉」のやうに聞えませうが、さう聞えるのは、私たちが日本人だからではないか。海を隔てた島国にゐるからではないでせうか。現実論は、自国のことばかり考へて、人類全体のことが目に入りません。時間的に言へば、現在のことしか考へず、未来を想ふ暇をもちません。それも困るが、その反対に、自国のことを人類全体の立場からしか考えず、現在をつねに未来への一こまとしか考へぬ理想論も困りものです。いふまでもなく、日本の知識階級は、どうもその種の理想論に傾きがちですが、なぜ、さうなつてしまつたのか、その原因を考へてみる必要があります。一口に言へば、島国といふことですが、そのことをもうすこし分析してみませう。

太平洋戦争がどういふものであつたにせよ、それは近代日本がはじめて世界史と交つた大きな行動であります。日清、日露の戦ひとは根本的にちがふ。第一に、その規模がちがひます。第二に、日本の資本主義発展史における段階的役割の相違があります。第三に、前者では勝つたが、後者では敗けたといふ大きな差がある。この第三の要素が、戦後、もつぱら第二の要素によつて却《しりぞ》けられ、戦争に敗けたことが悪いのではなく、戦争そのものが帝国主義的侵略戦争だつたから悪いのだといふ解釈が徹底しました。が、考へてみれば、さういふ解釈が国民を納得させたのは、敗けたからであります。とすれば、敗戦といふ現実をあいまいにぼかしてすますことはできますまい。日清、日露の戦争では、勝つたがゆゑに、その戦争を日本の立場から解釈することが許された。が、今度の戦争では、敗けたために、世界史的な解釈が力を得ることができた。さういふ意味で、今度の敗戦によつて、はじめて、私たちは世界史の流れといふものにぶつかつたと言へませう。

　それまで、私たちは、世界史の適用なしですませてきたわけであります。それだけに、一度それにぶつかると、なにもかも引つかぶつてしまつた。島国の温室育ちがたたつたのです。それほどにあわてたのですが、世界史的解釈を鵜《う》のみにして、全き自己否定のうちに埋れてしまつた理由は、温室育ちの周章狼狽《らうばい》といふことのほかに、もう一つ無視できぬ事実がある。それは、欧米と共通な過去をもつてゐなかつたといふことです。欧米どころか、中国やアジアとも共通の過去をもつてゐなかつた。国史と東洋史と西洋史とをそれぞれ別個のものとして処理して来られたわけです。やはり、島国といふことであります。共通の過去をもつてゐるところでは、言はず語らずのうちに暗黙の諒解といふものが成り立つ。個人の生活においてもさうですが、共通の過去のあるところでは、相手がいくら立派なことを言はうと、こちらには「なに、さう言へた義理でもあるまいが」といふ腹があります。さもないと、相手の言葉をまともに引つかぶつてしまはねばなりません。

私はなにも東京裁判に因縁をつけてゐるのではない。問題はもつと大きなところにあるのです。といふのは、日本の知識階級は、第二次大戦後、世界は大きく変つたと考へた。そこにまちがひがあるといふことです。世界はなにも変りはしない。すくなくとも、依然として変らぬものがある。そこに目をつけることを忘れて、あるいは、目をつけたがらないで、ただ変らうとする可能性に、その希望的観測に、心を奪はれてゐたのが、日本の知識階級であります。それは、すこしも変りはしない共通の過去をもつてゐなかつたからです。変つたとすれば、日本が変つたのであります。日本が変つたのは、初めて世界史と交つたといふことであり、初めてその中の小さな歯車として自己を見いだしたといふことであります。後進国といふものは、敗北か革命か、そのいづれかによらなければ、世界史と交ることができぬやうです。

が、その世界史との交り方に問題がある。共通の過去をもたない新入りとして、私たちの世界史の捉へ方は、どうしても未来に比重がかかりすぎるのです。といふより過去を完全に消去して、未来からだけ世界史に交らうとする。自国の利害を無視して、来るべき世界の全体像にのみ奉仕しようとする。一口に言ふと、世界史の過去にたいする省察に欠けてゐるのです。あるいは世界の一致への胎動におけるエゴイズムの役割を見のがしがちなのです。

三

そのことは、知識人の政治や社会にたいする発言にのみ見られる傾向ではありません。文学や藝術についても同様のことが言へる。日本の近代文学はヨーロッパ文学の影響下において育つたとはいふものの、私たちの先輩は、ただその時々において新しい西洋の動きを捉へ、そのたびに世界は変つた、新しい時代がはじまつたと、変化にばかり目を注いできたのであり、その底に、過去から少しも変らずに流れてゐる本質といふものを摑《つか》みとることが、ほとんどなかつたと言へませう。そして新しい概念だけが氾濫《はんらん》する。自然主義、人道主義、不安の文学、社会主義的リアリズム、実存主義、等々です。

社会科学や思想の面でも同様です。唯物論、観念論、封建思想、民主主義、自由主義、国家主義、民族主義、すべてが、ただ前時代否定のための梃子《てこ》として採りあげられるだけです。したがつて、その言葉本来の意味が失はれ、その言葉の過去の歴史が捨象されてしまふ。さういふでたらめな言葉で、世界の動きを説明しようとするから、いたづらに混乱を招くばかりでなく、それぞれの言葉がすぐ役だたなくなるやうな事態が起る。さうすると、それを捨てて、また別の用語を用ゐる。それでは、いつになつても、現実はとらへられません。

早い話がアジア・アフリカの「民族主義」といふ言葉です。これは国家主義とどうちがふのか。戦前のナチズムやファシズムとどうちがふのか。西洋では、両方とも、おなじ「ナショナリズム」であります。といふことは、ヒトラーもナセルも、一様にナショナリストと見なす歴史的現実があるといふことです。さういふ過去をもつてゐるといふことです。さう言うと、その二つを混同するのは、既成秩序を温存しようとする西欧的な考へ方だと言ふ。日本の知識階級にとつて、それはもう古い。それこそ世界は変つたとくる。そこで、「ナショナリズム」に戦前と戦後とでは異つた訳語をつけ、戦前の「国家主義」は後向きで、戦後の「民族主義」は前向きだとする。それなら、ハンガリーやポーランドの「ナショナリズム」と、エジプトやイスラエルの「ナショナリズム」とを、どう区別し、どう訳しわけたらいいのか。さらに、イギリスの「帝国主義」とソ聯の「帝国主義」とをどう区別し、どう訳しわけたらいいのか。十九世紀的帝国主義と共産主義的帝国主義といつたのでは、日本の共産主義者は納得しますまい。が、西洋では、それで納得する共産主義者もゐるといふことは、なにを意味するか。

この問題は、どういふものに「戦争」といふ名称を与へるかといふ問題と、無関係には論じられますまい。局地戦争は「戦争」と見なさぬといふ考へと同様に、ある種の国家的エゴイズムは「ナショナリズム」と見なさぬと言ふつもりなのでせう。が、同時に、あらゆる国家的エゴイズムを「ナショナリズム」と見なす考へ方が、過去にも現在にも存在してゐるのです。それに眼をつぶるわけにはゆきますまい。さらに歴史をさかのぼれば、後進国の「ナショナリズム」と先進国の「帝国主義」と、その両者に共通の公分母を見いだしうるといふことも、改めて考へてみなければならぬと思ひます。

四

「帝国主義」と「ナショナリズム」とに共通な発想はなにかといへば、それは国家的自己意識であります。いふまでもなく、それは「世界が一つ」であつた中世にはなかつたものです。ルネサンスに、人々は、それまで実感してゐた全体感を失つて、自己を全体から切り離された断片と感じたのです。つまり、脳や心臓のない手足だけのやうな頼りなさを感じたのです。その空虚感を埋めようとする衝動が、広義の「ナショナリズム」であり、いはゆる「帝国主義」への出発点をなしたのであつて、いはば、それは、外にある法王庁にではなく、自国の内部に、脳や心臓を備へようとする生物学的な働きと言へませう。今日では猫も杓子《しやくし》も、手軽な唯物史観からのみ、「帝国主義」といふ言葉を理解しようとする。ですから、私はあへて、かういふ古典的な生物学的発生について、いまさらしく教科書ふうの説明をしてみたくなるのです。

もちろん、私はただ意地を張つてゐるのではない。「帝国主義」をさういうふうに理解したはうが、第一次大戦後の「ナショナリズム」にも、また現在の「ナショナリズム」にも、一貫した方向が見いだせると思ふからです。下部構造たる経済条件にとらはれずに、主体である人間の側から見れば、歴史は、全体を造りださうとする意識の絶え間なき運動であります。そして全体は、それが達成された瞬間、こぼたれる。のみならず、こぼたれた瞬間、新しい全体が目ざされる。いや、この破壊と創造との二つの運動は、時間的に相ついでくりかへされるばかりでなく、つねに同時に並行しておこなはれてゐるのです。

破壊と創造とが同時におこなはれるといふこと、さらにいへば、一つの行動そのもののうちにも、破壊と創造との二つの要素があるといふこと、その理解が唯物史観には欠けてゐるやうに思ふ。弁証法読みの弁証法知らずであります。なぜなら、唯物史観が「遅れてやつてきた形而上学」であるために、目的意識が前面に出すぎるからです。未来の目的を基準にして過去を眺めるため、過去の人間の意識が、つねに、その一定の未来のために、役だつか役だたぬかといふ見かたしかできない。かうして「帝国主義」は善か悪かといふ判決を受けねばならないのです。しかも、おなじ国家的エゴイズムが世紀によつて、あるいは善とされ、悪とされる。ヒトラーのそれは悪となり、ナセルのそれは善とされる。日清、日露の戦争は善とされるが、それも大東亜戦争を悪とするための手続として認められるにすぎない。英米のエゴイズムは悪なる「帝国主義」で、ソ聯のそれは善なる「共産主義」となる。それよりは、私のやうに、帝国主義およびその母胎の国家的エゴイズムは、同時に善であり悪であり、しかもいづれとも最後的決定をなしえぬものと見たはうが、はるかに筋が通りはしないでせうか。

そして、さういふ見方は、私一個の独断ではなく、西欧流の考へ方なのであります。考へ方といふよりは、もつと身についた生き方なのです。その意味で、西欧は没落などしてゐないし、世界は少しも変つてはをりません。世界の歴史は、いまだに西欧の敷設したレールの上を走つてゐる。私たちは、平和共存やスターリン批判や、東欧、中近東の動乱などに近視眼的な解釈をくださず、もつと西欧の歴史を深く考へてみるべきだと思ひます。

第一に、ナショナリズムの必然性は、ルネサンスとともに始つたといふことです。最初は、それは「帝国主義」「殖民主義」の形をとりました。が、その「殖民主義」を単に経済的要因や人口問題からばかり説明することはできない。そこには、はなはだ観念的な理想主義があつたからです。つまり、その「殖民主義」の主体は、国家や政府ではなくて、市民であり、クリスト教徒であつた。かれらは、理想的な都市を海外に造らうとした。理想的な都市といふのは、全体的な統一像をもつた都市といふことです。このやうな理想主義が、国家的エゴイズムと分ちがたく共存してゐたのであります。

かういふ微妙な事実は、たとへば、もつとも早くローマ法王と縁を切つたイギリスの国教の在りかたにも見いだせませう。ローマ法王と早く縁を切つたがゆゑに、イギリスの王権は、もつとも早く確立され、国家的自己意識がもつとも早くつくりあげられたのです。が、法王とは縁を切つたものの、イギリスの王は国教によつて神の加護を得、神の名によつて統治する。同時に、国教の守護者でもあります。すなはち、イギリス王とカンタベリー大僧正とは、持ちつ持たれつ、おたがひに相手を権威づけながら、法王の精神的、物質的な介入を却け、対内、対外、両面において、エゴイズムを発揮できる基盤を築いたと言へませう。

十九世紀の「殖民主義」においてミッションの果した役割も、同様に解釈することができる。日本の尊皇攘夷《じやうい》派《は》が宣教師をもつぱら悪意の面から眺めたこともまちがひなら、またその反対に、布教のうちにぜんぜん「帝国主義」の匂《にほ》ひをかがなかつた文明開化派もまちがひであります。その当時においても、西欧の天使と悪魔とは、相変らず手をつないで地球のあちこちを歩きまはつてゐたのです。

話は大分とびますが、事態は今日でも同じであります。戦争直後、アメリカを日本民主化の解放軍と見た知識階級が、今日では、その「殖民主義」を非難してゐる。言ひかへれば、当時のアメリカは善意の隣人であり、現在のアメリカは悪意の敵であり、その変化はもつぱらアメリカの側にのみあると考へてゐる。事実は、アメリカが変つたのではなく、日本人の目のつけどころが変つたのです。端的にいへば、戦争直後も、現在も、アメリカは世界に「民主主義」の福音を説く善人であり、同時に、遅れて「殖民主義」戦争に参加した「帝国主義」の悪人であり、いかに手術の名人でも、この二つの意識を腑分《ふわ》けすることは不可能でありませう。

五

同様のことが、フランス大革命についても言へます。フランスはカトリック国として、イギリスのやうに巧みに王権と教権とが手を握ることができず、そのため国家的エゴイズムの正当化が遅れたのでありますが、それだけに、大革命といふ荒療治を必要としました。が、半面、そのために、一挙に王政をくつがへす「民主的方法」が採用できたとも言へませう。すなはち、国家的エゴイズムとしてのナショナリズムに、自由・平等・友愛の名が冠らせられることになつた。したがつて、当時の国民議会は、解放軍の名によつて、他民族の独立と王冠打倒を助けると宣言したのであります。今様に言へば、「革命の輸出」の声明をしてゐるのです。

そのことを考へれば、ナポレオンの帝国主義がフランス大革命の精神を台なしにしたとは、軽々に言へなくなります。ナポレオンの帝国主義的権力意思は、フランス国民の意思である革命の精神に支へられてゐたのであり、その延長にすぎなかつたのであります。ナポレオンは、自由・平等・友愛の名において、ヨーロッパを荒しまはつただけのことです。先進国はあわてざるをえなかつた。なぜなら、この「革命の輸出」の精神によつて、フランス大革命は世界中をナショナリズムに目ざめさせ、しかも同時に、自国を利したからであります。

このばあひも、私たちは革命政府国民議会の声明に善意のみを見いだすことができないと同時に、ナポレオンの征服に悪意をのみ見てとることはできない。イギリスの教権と国権とが一人二役であるとすれば、フランスの革命精神とナポレオンの帝国主義も、同様に一人二役であります。先走つて言へば、ソ聯の「プロレタリアートの幸福」もハンガリー制圧も、やはり一人二役であります。裏がへしにすれば、「平和攻勢」といふ言葉は、たんにアメリカ的命名ではなく、文字どほり、「攻勢」のための手段としての「平和」といふことであり、アメリカの「武力による平和」と同様、一人二役であります。人々は、そんな単純な事実を、どうして認めようとしないのか。

それを認めようとしないのも、あながちためにする悪意とは言へないかもしれない。西洋流の二元論的な生き方である一人二役の精神が、ごくすなほにのみこめないのでありませう。一人二役と言へばすぐ悪意にしか解釈しないのが日本人の通弊ですが、さういふ解釈ほど善意に満ちた態度はありますまい。一人二役といふのは、けつして「ジキルとハイド」を意味しない。それこそ、まつたうなヨーロッパ精神の在り方なのです。英・仏も、ソ聯もアメリカも、それによつて生きてゐる。ただソ聯とアメリカとは、ヨーロッパ精神から出てゐながら、ときどきその一人二役を持ち扱ひかねるところがある。それゆゑに、ときをり、第三者には、うさんくさく見えるだけのことです。

もう少し寄り道をして、「ナショナリズム」の歴史をのぞいてみませう。スペイン、ポルトガルをも含めて、英・仏の「ナショナリズム」を、先進国の「ナショナリズム」とすれば、フランス大革命の自由・平等・友愛の精神に刺戟されて始つた十九世紀の「ナショナリズム」は、後進国の「ナショナリズム」と称しうるでせう。大革命後、十九世紀の終り近くまでは、この種の「ナショナリズム」の全盛期でした。それが、なぜ「ナショナリズム」と言えへるかといふと、その担い手の大部分が、オットーマン、ロシア、オーストリア、三帝国の治下にあつた民族だからです。言ふまでもなく、この三帝国は、中世の全体主義的宗教国家からの脱出がもつとも遅れてゐた「国」であります。いや、イギリスやフランスが「国」といふ意味においては、「国」と称しえない集団でした。

そのことは、言ひかへれば、それ自身、充足してゐて、断片としての民族的自己意識を感ぜずにすんでゐたといふことです。逆に言へば、それだからこそ、異民族を包含しながら帝国としての統一を保ちえたのです。それが、遅ればせながら、自己意識に目ざめたのが十九世紀、ことにその後半においてです。しかし、三帝国は揺れだし、諸処で流血の惨事をくりかへしたが、それだけで崩壊はしなかつた。「歴史はくりかへす」といふが、ここにも今日、一つのアナロジーが成り立ちます。現在のポーランドやハンガリーが、ソ聯に反抗しながら、そのたびにソ聯に制圧されてゐるやうに、当時のポーランドも、独立の火の手をあげながら、やはり帝制ロシアの軍隊に鎮圧されてきたのです。

ポーランドばかりではなく、当時の三帝国内の「ナショナリズム」運動は、ほとんど成功してをりません。フランス大革命の「革命の輸入」による「恩恵」は、結局のところ、「恩恵」を受けうるにたる段階に達した国々においてのみ実を結んだにすぎず、他のフランスの帝国主義を利するに終つたのです。「恩恵」を受けうるにたる段階といふのは、一口に言へば、「工業化」といふことでありませう。もちろん、地理的条件も忘れてはなりますまい。すなはち、第一には、当の帝国主義国との地理的関係であり、第二には、それに防壁を築いてゐた三帝国との地理的関係であります。

「工業化」といふ点では、ふたたび現在とのアナロジーが成り立ちます。ハンガリーがいくらソ聯の政治に不満でも、国内の「工業化」が不充分であるかぎり、民族独立の実をあげることは不可能でありませう。また、それを見越して、ソ聯はハンガリーに、充分な再生産を可能ならしめる「工業化」を許さなかつたのではないでせうか。帝政ロシアのはうはポーランドにそれを許さなかつたといふより、ロシア自身、「工業化」に立ち遅れてゐたと言へませう。このアナロジーは、エジプトをはじめ、アジア・アフリカの「ナショナリズム」についても、成り立ちはしないでせうか。現在のアジア・アフリカにおける「工業化」の立ち遅れは、精神的「ナショナリズム」だけならいざ知らず、実質的な「ナショナリズム」をどこまでものにしうるか、大いに疑問だと思ひます。

この調子で話していつたら、切りがない。私の目的は世界史について床屋政談を開陳することではありません。「ナショナリズム」といふのは、なにも第二大戦後の新現象ではなく、また第一次大戦後はじめて起つたことでもなく、ルネサンス以来、連綿として、執拗《しつえう》に展開されてきた歴史的事実であることを明らかにしたいのです。その方向にそつて、手つとり早く話にけりをつけませう。

六

第一次大戦は「ナショナリズム」の結果であり、またその原因ともなつた。ヴィルヘルム二世はフランス大革命とナポレオン戦争のドイツ版をやつただけのことです。三帝国内で失敗に終つた「ナショナリズム」がドイツで成功したのは、言ふまでもなく、その近代化、機械化、軍国主義のおかげであります。が、それを成功と呼ぶことができるかどうか。なぜなら、ナポレオンもヴィルヘルム二世も最後は敗軍の将になりましたが、後者の失脚はドイツにとつて、より決定的だつた。ナポレオン戦争に比べて、ドイツ帝国主義戦争は、自国よりも、中・東欧の民族自決に多く寄与したと言へませう。オーストリア、ロシア、オットーマン三帝国は崩壊した。同様に、太平洋戦争における日本の敗北は、東南アジア、インド、中国の民族自立に大きな役割を演じたのであります。

一般には、第一次大戦後の「ナショナリズム」を「ナショナリズム」と呼んでをります。少くとも、第二次大戦前までは、さうだつた。もちろん、悪しき意味においてです。だが、ルネサンス以来の近代国家の動きが「ナショナリズム」の方向にあつたとすれば、なぜ、第一次大戦後のそれだけが非難を受けねばならないのか。その理由は二つあります。第一は、それが軍国主義と結びついたこと。第二は、それを批判しうる共産主義理論の徹底、およびそのモデル国家としてのソ聯の成立、この二つであります。

第一の理由について考へてみませう。それが軍国主義と結びついたのは、すでに先進国の「ナショナリズム」がいちわうの完成を経て、自分が「ナショナリズム」のスタートを切らうとしたとき、周囲には独立した近代的民族国家があり、しかもねらふべき殖民地がなかつたので、どうしても他国の侵略と併呑《へいどん》を目ざさねばならなかつたからであります。一口に言ふと、「ナショナリズム」そのものが悪いのではなく、方法が悪いと言ひたいが、事実は、「ナショナリズム」のスタートが遅れたことが悪かつたのであります。この意味において、ドイツ帝国主義とヒトラーのナチズムも、後進国の「ナショナリズム」の代表者であります。軍国主義によらなければ、また、その軍国主義を可能ならしめる機械工業化によらなければ、他の中・東欧の小国のやうに、「ナショナリズム」の目ざめを第二次大戦後に持ち越さねばならなかつたでせう。さういふ意味では、ドイツは、遅れて「ナショナリズム」のスタートを切つた後進国中の先進国といへます。

次に第二の理由ですが、もちろん、第一の理由と無関係ではない。資本主義末期においては、資本がなほ自己の体制を維持しようとして、帝国主義戦争をはじめるといふのが共産主義の理論です。しかし、この原理は、右に述べたやうに、主として後進国の「ナショナリズム」を説明することになつた。ここに私たちが注意しなければならぬことは、共産主義もまた、その階級闘争の理論といふインターナショナリズムにもかかはらず、ルネサンス以来の運動である

「ナショナリズム」の流れの外に出ることはできなかつたといふことです。しかも、それは、必ずしも外に出られなかつたと言ふのではない。結果から見て明らかなことですが、ロシアの共産化は、「ナショナリズム」のスタートのもつとも遅れた帝国の一つとして、遅ればせながら、それに加はるための「ナショナリズム」の手段であります。近代化の遅れた後進国が先進国に追ひつくために採用した近代化運動であり、西欧化運動であります。

図式的に言ふと、少し遅れたドイツはナチズムをもつて、大いに遅れたソ聯は共産主義をもつて、しかもいづれも遅れて世界の「ナショナリズム」運動に参加したといふことになります。その観点から第二次大戦への動きをふりかへつてみると、後進国間の「ナショナリズム」の相剋《さうこく》と安定への要求とが、たがひに先進国を自分の身方に引き入れることによつて他をたふさうとした。いはば後進国同士の争ひであり、おたがひに後進国だつたために、争はねばならなかつたといふことになります。結果は、先進国を身方につけた後進国ソ聯の勝利となり、ドイツの敗北となつた。同様に、太平洋戦争においても、先進国を敵にした日本の「ナショナリズム」は敗北し、先進国を身方につけた中国を初めとする他のアジアの後進国が勝つたのでありますす。勝つたばかりでなく、それを機会に「ナショナリズム」へのスタートを切ることができたのです。

そして、今日、「ナショナリズム」は、悪しきものではなく、ふたたび前向きの善きものと見なされるやうになりました。なぜでせうか。共産主義が「ナショナリズム」のうちに見てゐた悪が滅んだからであります。もつと端的にいふと、現在、「ナショナリズム」を標榜《へうばう》するアジア・アフリカの国々は、ナチス・ドイツのやうに軍国主義を可能ならしめる機械化がおこなはれてゐないからです。ソ聯から見れば、到底、自国に追ひつけぬ後進国だからです。共産主義にとつて、いまや「ナショナリズム」はすこしも危険なものではなくなつた。のみならず、ソ聯と共産主義にとつて、唯一の敵は、欧米先進国であり、その力を弱めるために、アジア・アフリカの「ナショナリズム」は利用すべきものとなつたのです。これをアジア・アフリカ側から見れば、ふたたびアナロジーが成立します。第一次大戦後のドイツとソ聯と同様に、今日のアジア・アフリカ後進国は、遅ればせながら先進国を身方に引き入れつつ、自己の「ナショナリズム」を打ちだしてゆかうとしてゐます。ただ、今日では、その先進国がアメリカとソ聯と二つあるといふわけです。そのどちらかを利用しなければ、「ナショナリズム」は成りたたないでせう。

七

ハンガリーの動乱を見て、今さら、ソ聯が信用できぬとか、ソ聯も「帝国主義」ではないかとか、さういふことを言ふのはをかしい。反米と新米とを問はず、歴史的事実として、欧米の「帝国主義」を認めねばならぬと同様に、反ソと親ソとを問はず、ソ聯の「帝国主義」も認めるのが当然です。そしていづれもルネサンス以来の世界的な「ナショナリズム」運動のなかに、そのときどきの動きを位置づけて理解すべきです。それを承知のうへでの、反米、反ソ、親米、親ソでないと、ふたたび戦争中のごとき「複雑怪奇」などといふ言葉が流行しかねません。ドイツもロシアも、アジアもアフリカも、好むと好まざるとにかかはらず、西欧先進国の敷いたレールの上を走つて来たのであり、まだ当分その上を走りつづけるであらうといふ事実を忘れてはなりません。

英仏のエジプト進駐も、ソ聯のハンガリー制圧も、この観点から正しく理解することができませう。前者は善かれ悪しかれ、ルネサンス以来の「ナショナリズム」の正統派たる先進国の遣《や》り口《くち》であり、それだけの余裕も見られます。なぜなら、早く「ナショナリズム」のスタートを切つた英仏は、すでに「殖民主義」を卒業してをり、第一次大戦前から殖民地解放への方向に進んで来たのであつて、争ひの焦点はエジプトの主権でも領土でもなく、スエズ運河の石油であるからです。が、ソ聯のばあひは、遅れたるナショナリズム国家として、むしろ殖民地要求の段階にあるのです。殖民地とは、いふまでもなく衛星国です。

もちろん、ソ聯の必要とする衛星国は、過去の先進国帝国主義が欲した殖民地とは、その性格を異にしてをります。もちろん、自国のために資源や労働力もほしいが、それよりは相手方の先進国帝国主義を経済的、政治的、精神的に浮きあがらせてしまふことが主要目的なのです。したがつて、英仏が国連の警察軍を受け入れたやうには、ソ聯はハンガリーへの国連調査団を受け入れにくいわけですし、たとへエジプトに「義勇兵」を派遣しても、ハンガリーの離反を許すわけにはいかないのです。右の二つの事実から、ソ聯の「ナショナリズム」は、その対外的な行動においてすら、すべて内に向つたものと言へませう。つまり自国の「ナショナリズム」を防衛するための働きといつた性格が濃厚なのであります。先進国のそれのやうに、出来あがつた「ナショナリズム」の自然発生的な流露ではない。そのため、ナチズムと同様、「不寛容」になるのではないでせうか。

言ふまでもありませんが、私はさういふ「ナショナリズム」の歴史をふまへたうへでの親西欧派であり、親米派であります。といふのは、もちろん「そのかぎりにおいての」といふことであつて、西欧やアメリカに絶対忠誠を誓ふものではありません。解りきつたことですが、一々そんな弁解をしておかねばならぬ情勢でもあります。とにかく、私は個人間においても、国家間においても、「不寛容」は厭です。それにたとへ強いものが勝つのが生存の原理ではあるにしても、その原理の発現はなるべく自然発生的にやつてもらひたい。

もつとも、ソ聯を警戒したからといつて、親西欧、親米にならなくてもいいではないかといふかもしれない。なるほどアジア・アフリカ国家群といふものがあります。たしかにそれらの国々と行動を共にするのもいい。が、場合によりけりです。すでに申しましたやうに、それらの国家群が一つの集団としての意味をもちうるのは、西欧の敷いたレールの上を走つてゐる、それぞれの現在位置の同一性といふことでしかありません。すなはち、その近代化、機械化の度合が、大体おなじだといふことです。そのばあひ、べつに「アジアの盟主」といふ過去の夢を追つてゐるわけではないが、アジア・アフリカ国家群の「ナショナリズム」と歩調を合せなければ、欧米行きのレールに乗りそこなふとは、私には思はれないのです。それらとは別の道を通つて欧米に直行しうるだけ、日本の近代化と機械化は進んでゐるのではないか。単に人種や地理的関係からアジア・アフリカの「ナショナリズム」につきあふといふのは、あまり意味がないばかりでなく、損ではないでせうか。アジア・アフリカを経由しないで、直接に欧米と取引したはうが、日本の「ナショナリズム」のために得ではないでせうか。「平和論にたいする疑問」と同様な結論になりましたが、「世界情勢の変化」に応じて、もう一度、日本の知的指導者たちに同じことを問ひかけてみたくなつたのです。

　そもそも、アジア・アフリカの「ナショナリズム」も東欧の「ナショナリズム」も、結局は先進国の欧米と、いまや後進国中の最先進国たるソ聯と、両者がそれぞれ自国の国家的エゴイズムに火花を散らした結果として、またさらに各々がそれを有利に導くための原因として、造りあげられたものにすぎません。前大戦後と同様です。

　第二次大戦中、エーヴ・キューリーは聯合国を訪れて、「戦塵《せんぢん》の旅」といふ旅行記を書いてをりますが、そのなかで、エーヴは流浪するポーランド人の言葉をつたへてゐます。ポーランド人は言ふ、真に戦争の惨禍を経験したのは自分たちだ、決して大国ではない。が、戦争が終れば、大国はたがひに戦つたことを忘れて、たとへ敵とでもいいかげんに和解し、相互に都合のいいやうに、自分たち小国を配分し終るだらう、と。だからこそ、私たちは小国の聯合に期待しなければならないと同時に、それにはそれだけの限界があるとも言ひえませう。

　ふたたび弁解しておきますが、私はアジア・アフリカ会議に因縁をつけてゐるのではない。大いに一緒にやるがよろしい。が、私の心配なのは、日本の政治家も知的指導者も、とかく一辺倒で独立心に乏しいことです。一辺倒といふのは親米とか親ソとかいふことではない。そのいづれも、そのかぎりにおいて結構なのです。親米でも親ソでも、自主性があればよろしい。が、親米、親ソを避けるために親アジア・アフリカといふことでは、かへつて自主性のないことを証拠だてるやうなものです。その調子で親アジア・アフリカなどと熱をあげてゐてごらんなさい。そのアジア・アフリカが、またいつ分裂するか知れたものではない。第一、スエズ問題でも、全部がかならずしも最後まで行動を共にしうるかどうかわからない。いろいろ異つた利害があるはずです。

それよりは目標をはつきり欧米先進国につけて、アジア・アフリカの「ナショナリズム」ではなく、日本の「ナショナリズム」を打ちだしたはうがいいと思ふ。さうすれば、「世界情勢の変化」にたびたび驚くことは要らぬはずです。たとへどんなに高邁《かうまい》な社会科学的知識をもつてゐようと、今度の東欧、中近東の問題に、不測の感をいだき、それを「世界情勢の変化」と見た人々を、私は信用できません。もちろん、私たちは未来を見とほし、予言することはできない。が、その幾つかの可能性を読むことはできるはずです。日本の「進歩的文化人」にそれができなかつたのは、歴史に一つの可能性しか見ないからです。それは歴史を過去と経験とから見ないで、未来と観念から見ようとしてゐるからです。もう一度、現実を見なほしてくださ い。そして、そこに、あらゆる可能性を読んでください。

（「文藝春秋」昭和三十二年一月号）

現代国家論

一

今年の二月十一日、私は神奈川県庁で紀元節復活論の講演を行つた。話が済んで車に乗らうとした時、確か民青同の若者達だつたと記憶するが、彼等は私と内山知事とに向つて「国賊」「売国奴」と罵声を浴びせ掛けた。後で友人にその話をした処、彼は笑つてかう言つた、「今の若い人達は余程語彙《ごゐ》が少いのだな。」これは単なる笑話ではない。彼等は単に悪口の語彙が少いだけではなく、物事を考へる為の媒体としての概念が甚だしく不足してゐるのだ。その思考の手続は大体次の様に至極単純なものである。詰り、紀元節復活を唱へる者は戦前戦中の国家至上主義を恢復しようとする魂胆であつて、それは必然的に戦争に道を通じてをり、その戦争はまた必然的に苦難と敗北とに道を通じてゐる、故に紀元節復活論者は国を売り国を滅す賊徒であるといふ事になる。

この三段論法の大前提、小前提が誤りであり、随つて結論もまた誤りである事は今は問はない。問題は彼等が推論を進め、その結果、一つの判断を下す際に、彼等を支配してゐる価値観として戦後二十年も経つた今日でも戦前戦中と同様に国家しかないといふ事にある。勿論《もちろん》、紀元節復活論者は国家至上主義者だから、さういふ連中に対する悪口として「国賊」「売国奴」と逆捻《さかね》ぢを食はせる事が一番効き目があるからだといふ好意的解釈も成立たぬでもない。しかし、内外の政治情勢に対する近頃の左翼の言動には、さういふ逆説が出て来る余地は何処にも見出せない。

右翼が積極的ナショナリズムの上に立つてゐるとすれば、左翼は消極的ナショナリズムの上に立つてゐる。前者は国家主義と訳され、後者は民族主義と訳される。前者の看板は表には国家と大書してあり、裏には小さく国民と書いてあるが、後者の看板には表には民族と小さく書いてあり、裏には階級と大書してある。言ふまでもなく、大きい方が小さい方を抑へる。小さい方が大きい方に忠誠を誓はねばならない。大書してある方を表に出すのが当然で、さうしてゐる右翼の方は良く納得が行く。その点、左翼は悪びれてゐる。なぜ彼は大書してある階級を裏に廻さねばならないのか。それは言ふまでもない、第二次大戦後の、消費生活の向上や技術革新が階級的対立の激化を解消し、階級といふ概念はそれに忠誠を誓ふ程の魅力を失つてしまつたからである。そこで彼等は国内の階級的対立を国家と国家との階級的対立に擦替へざるを得なくなつた。何の事はない、これは「持てる国」と「持たざる国」との対立といふナチ的世界観に帰著する。悪びれて民族を小さく書かざるを得ないのだ。もしこれを大書すれば、それは国民を通じて国家に吸収されてしまふであらう。当然である、本はナショナリズムといふ一つ言葉である以上、飜訳の詐術を以て国民と民族との通路を鎖《とざ》さうとしても無理な話である。

　そこで彼等はその操作が比較的容易な場所を探さねばならない羽目に陥る。それがアジア・アフリカの後進国である。そこでは国家といふ枠が不安定である為、国民が民族を吸上げる力よりは民族が国民を吸込む力の方が強く働く。随つて民族主義といふ訳語がナショナリズムといふ原語を通じて国家主義に転化する危虞《きぐ》は、そこには殆ど無いと言つて良い。表看板の民族といふ文字はその危虞の少い処ほど大きく書けるといふ事になる。少くとも近代化が現段階に留る限り、さう言つて差支へあるまい。が、民族といふものは民衆や大衆と同様に底知れぬ力は持つてゐても、それ自体は無自覚なものであり、明確な意思や方向を持つてはゐない。この無定型なものを枠附けしようとして二つの強大な意思が働き掛ける。一つは看板の裏文字である階級闘争のそれであり、他の一つは近代化のそれである。どちらが先に手を出したのでもない。近代国家の枠が出来上らぬ民族が自らその二つの勢力を吸ひ寄せたのである。さうして同一の民族がそれぞれ民族主義的統一を旗印にして相争ひ、民族の分裂を促進する。

　この辺から、強大な二つの勢力にとつて手に負へぬ事態が生じ始める。一方では中ソの対立、中共とＡＡ諸国との対立、更にＡＡ諸国相互間の対立が激しくなり、表看板の民族を階級といふ一つの枠では締め括れさうもなくなる。他方、経済援助や技術援助による近代化が進むに随つて、民族は国家といふ枠附けに適応し始める。障碍物競争のナショナリズムといふ長い袋の入口では民族主義であつたものが、それを潜《くぐ》り脱けた時、国家主義に成熟し変化しないとは誰も断言出来ないのである。

二

元来のナショナリズム（国家主義）はフランス大革命から十九世紀後半にかけての近代国家の確立を、即ちヨーロッパ共同体からの国家的自律性を目ざすものであり、その意味において、それは個人の自由といふ観念と並行し、互ひに相手を補強促進する協調関係が成立つてゐた。そこでは国家と個人との利害が比較的一致する。さういふ両者の利害関係を他に先んじて調整し得た国を先進国と言ふ。ヨーロッパ大陸ではフランスが革命の流血と他国の侵略といふ荒療治を以て最も早くそれに成功したが、イギリスは島国であつて大陸共同体の束縛が緩かつた為、既にヘンリー八世、エリザベス一世の時代に早くも独立国家への道を歩み始めてゐた。その英仏両国に較べて他国は著しく遅れを取つた。この事実は重要な意味を持つ。遅れを取つた国々のナショナリズム（国家主義）は先進国のそれの様に国家と個人との利害は容易に一致しない。対外的には斉《ひと》しく国家的自律性を目ざすナショナリズム（国家主義）であつても、対内的には個人の自律性を犠牲にし、個人に対して国家への忠誠を要求しなければならなくなる。さういふ羽目に追込まれた国々を後進国と言ふ。

そこではナショナリズム（国家主義）そのものが既に変容してゐる。対外的には斉しく国家的自律性を目ざすものとはいへ、それは先進国に対する劣性の意識と守勢の立場とから、逆に攻撃的姿勢を取り、自国の国家的優位を確立しようとする。その専らの関心事は自律性よりは優位性にある。優位性によつてしか自律性が得られぬからである。十九世紀末から今世紀前半にかけて、さういふ後進国中での最先進国がドイツであり、それが第一次、第二次に亙る二度の大戦の震源地となつた。第二次大戦では、南欧、東洋での最先進国であるイタリアと日本がそのドイツと歩調を合せた。過去四百年に亙る近世近代史は、好むと好まざるとに拘らず、世界的規模によつて押し進められて来た近代化の過程において、先進国と後進国との間に醸し出される利害相剋《さうこく》の歴史と単純に割切る事が出来よう。

第一の自然発生的なナショナリズム（国家主義）が安定し、先進国がそれを卒業し掛けた時に、第二のナショナリズム（国家主義）が登場した。それは前者が自然発生的であり安定し掛けてゐる事に苛立《いらだ》ち、前者の押し進める近代化の刺戟に適応し兼ねる処に生じたものであつて、後進国特有の適応異常現象と解せられる。共産主義もその例外ではなく、成否は別として、後進国近代化の一手段に他ならない。第二のナショナリズム（国家主義）が第一のそれに遅れを取つた為の適応異常現象であるとすれば、共産主義は第三のナショナリズム（国家主義）であり、第二のそれに更に遅れを取つた為の適応異常現象であると言へよう。そればかりではない、第二次大戦後、中国の共産化によつて、第四のナショナリズム（国家主義）が登場し、その過程において、ナショナリズム（国家主義）はナショナリズム（民族主義）に変容する。中ソ対立がこの歴史の主題を明瞭に浮彫した。それは共産圏内の先進国に対する後進国の適応異常の現れである。

かうして、一方に第一と第三とが、他方、第二と第四とが互ひに照応する。第二次大戦までドイツや日本が英仏米の先進国に対して採つたナショナリズムの姿勢と、今日中共がソ聯に対して採つてゐるナショナリズムの姿勢とは甚だ相似的である。しかし、その内容には大きな違ひがある。第一に、ドイツや日本はたとへ後進国ではあつても、また近代化の過程において様々の適応異常を起し、国家至上主義の形を採りながらも、なほその程度において先進国に対立し、適応異常を克服し得る可能性を備へてゐた。第二に、近代化の一手段としての共産化の過程においても、中国は先進国ソ聯に対して、そのインタナショナリズムといふ名のナショナリズムに対立し、その為に生じる適応異常に堪へ得るだけの近代国家的成熟を遂げてゐなかつた。その意味では、共産主義は後進国近代化の為に取り附き易い手段ではあつても、最上必至の手段とは言へない。それにはそれだけの用意が要るといふ事になる。第三に、たとへ第二と第四のナショナリズムが如何《いか》に相似であるにしても、第四のそれは余りにも遅れてやつて来た。国家主義を民族主義と訳し変へた処で、それはもはやナショナリズムの名に価しないばかりでなく、ナショナリズムそのものが今日の国際政治に適合しにくいものになつてゐる。その自覚があればこそ、訳語の変更を余儀なくされたのではないか。

随つて、ナショナリズムといふ言葉は今のところ強者に対する弱者の反発心、或は劣等感の支へとしてしか作用しない。それなら民族主義と訳すより民族感情と訳す方が良い。それは国家的、民族的なエゴイズム以前のものであつて、その趣くままに随へば、その国家や民族のエゴイズムとさへ抵触し兼ねない。第二次大戦中のドイツや日本の国家的エゴイズムにも既にその要素は含まれてゐた。今日の中共や東南アジアの民族主義はそれ以上に危険である。吾々にとつてではない、彼等自身にとつて危険なのである。そこでは民族主義が民族のエゴイズムにとつて不利に働く。「ヴィエトナムの事はヴィエトナムに」といふ民族自決主義は俗耳に入り易いが、それはヴィエトナム人の為を思ふ言葉であるよりは、寧《むし》ろ吾々の為を思ふ吾々のエゴイズムによつて、ヴィエトナム人を突き落す残酷な言葉ではないか。

民族自決主義は既に時代遅れの思想である。ナショナリズムの各種の歴史的な形態に応じて、一口に国家と言つても、様々な形態がある。それを斉しく国家といふ、一つの概念で処理する事は出来ない。東南アジアの諸国は右に大別した四つのナショナリズムに照応する四種の国家概念のいづれかに依存しなければ成立たないであらう。自然のままに放置すれば、それ等の国々は第四の国家概念に吸収されてしまふ事は火を見るより明らかである。「ヴィエトナム人の事はヴィエトナムに」と言ふのは「ヴィエトナム人のことは中共に」と言ふのに等しい。民族自決の結果、民族はその国家的自律性を喪失する。

他国の事はどうでも良い。吾々は吾々の国家的エゴイズムに徹底してはどうか。宜しい、それもナショナリズム（国家主義）としての一つの在り方である。が、そのナショナリズムを成立たせる為に必要な基盤としての吾々の国家は何処にあるのか。吾々はそれを如何にして何処に見出したら良いのか。吾々が忠誠を誓つた積りでゐた第二の国家概念は悪として却《しりぞ》けられた。戦後二十年に近いその空白の後に、人々がアジア・アフリカに事寄せて縋《すが》り附かうとしてゐるナショナリズムは、その訳語の額面通り民族主義なのかどうか。それが私の指摘した様に単なる民族感情といふべきものでしかないとしても、それはアジア・アフリカ諸国における如く、いつまでも無定型、無意識のままで組織化されずに済むものであらうか。

左の極には、それを暫く無定型、無意識のまま温存し続けて、いづれは階級への忠誠心にまで導かうと志してゐる人々がをり、右の極には、それを国家への忠誠心にまで導かうとしてゐる人々がゐる。左の断崖《だんがい》に気附いてゐる国民の大半は、右に逃げようとして、またその壁に頭を打突ける。なぜなら、第二の国家概念は悪として却けられてしまつたからだ。ナショナリズムといふ曖昧《あいまい》な英語と、その戦後版の訳語に過ぎぬ民族主義といふ無内容な日本語が徐々に人気を蒐《あつ》めつつある所以《ゆゑん》である。ここで私は読者に一つの問ひを提出したい。第二の国家概念は果して悪なのか。それは単に時代遅れといふ事ではなかつたのか。国家的エゴイズムそのものは悪ではなく、それを主張する方法に誤りがあり、適応異常者の常として、その際に偏執狂じみたへまをやつただけの事ではないか。それなら、国家、或は国家的エゴイズムそのものは容認すべきであり、それを補ひ相殺する何物かを吾々は欠いてゐたのであつて、その結果として国家的エゴイズムをさへ満足せしめられなかつたといふ事になる。

端的に言へば、大東亜戦争は罪悪なのではなく、失敗だつたのである。失敗と解つてゐなければならぬ戦争を起した事に過ちがあつたのに過ぎない。吾々は多額の月謝を払つた。が、それを罪悪とし、臭い物には蓋《ふた》をせよといふ考へ方によつては、その月謝は取返せない。もしあの戦争を悪とする綺麗事にいつまでも固執するなら、その必然的結果として、それを善に高めようとする居直りを生じるであらう。皮肉な事に、この綺麗事も居直りもアメリカの占領と安全保障条約とによつて、その微温的性格を破られずに今日まで保たれて来た。もしそれが無ければ、吾々は疾くにヴィエトナム、或はインドネシアの悲運を経験してゐたであらう。が、私は「ヤンキー・ゴー・ホーム」とは言はない。ヤンキーがゴー・ホームしないうちに、その蔽《おほ》ひを取除いた状態を直視しろと言ふだけである。その位の想像力でも今の日本人に期待するのは無理であらうか。大事な事は吾々は吾々の国家を如何にして何処に見出すかといふ事である。

戦前の日本においては、現実はともかく観念の上では、国家は個人に対して絶対なるものであり、優位なるものであつた。明治のナショナリズムは先進国のそれの様に個人の自由と相補的な関係を保つ事は出来なかつた。この後進国の宿命は戦後においても本質的には変つてゐない。成る程、国家の権威は否定され、国家に対する忠誠心は拠り処を失つた。その国家に代つて出現した権威が社会であり、階級であり、民主主義であり、平和である。が、これらの概念はいづれも忠誠心を強要する力を持たない。個人は自己のエゴイズムを捨てる場所を失つたのである。勿論、社会も階級も、民主主義も平和も、元来は個人相互間のエゴイズムを調停する為の概念には違ひ無い。それがなぜその様に作用しないのか。大衆社会化、世俗化の波にそれらはなぜ抗し得ず、寧ろそれに便乗し、それを助長する形でしか働かないのか。社会は福祉を通じて、階級は賃上げを通じて、民主主義は人権を通じて、平和は生命を通じて、いづれも個人的エゴイズムに奉仕し、吸収されてしまふからである。

今日では個人に優先する概念は何処にも無い。しかし、人間はエゴイストであると同時に、そのエゴイズムを捨てたいといふ慾求を持つてゐる。それが何処かから与へられる事を願つてゐる。戦前の国家が再生しないといふ保証は全く無い。いや、さうならざるを得ないであらうし、またその方が良いであらう。が、その際、吾々は過去の日本人が一度も考へた事の無い課題に逢著する。それは次の事である。国家は個人に優先する、が、国家に優先するものは何も無いのか。個人は国家の前に自己のエゴイズムを抑へる、が、国家は何の前に自国のエゴイズムを抑へるのか。

戦前の日本人は国家を聖化する事によつて、国家的エゴイズムの存在に目をつぶつた。その反対に戦後の日本人はそれを否定する事によつて、同じくその存在に目をつぶつた。その為に国家的エゴイズムは、個人的エゴイズムに転化してしまつたのだが、人々は一向にその事に気附かず色々の大義名分によつてそれを聖化する偽善を犯してゐる。国家的エゴイズムを聖化するにせよ否定するにせよ、その存在に目をつぶりたがるのは、それを認めながら同時にそれを超える価値観を持たないからである。その弱点はまた次の様にも言へる。吾々は国家と個人とを対等に見做《みな》し得る価値観を持たなかつた事にあると。成る程、個人の内の或る部分は国家に対して忠誠を誓ふ。が、個人の内の他の部分は国家以上の存在に忠誠を誓ひ、その立場から国家を拒否する事もあり得る。が、いづれの場合においても、個人は自己の自由意思に基づいてそれを行ふ。自由気儘にではない、自由意識に基づいてである。その為には当然、国家と個人との間に一つの価値観の共有といふ黙契が成立つてゐなければならない。

吾々は明治以来、常にその事を怠つて来た。戦前は国家の名において、戦後は平和の名において、国家的エゴイズムだけではなく個人的エゴイズムをも美名を以て正当化し、両者の露骨な対立抗争を回避して来たのである。今日、ナショナリズムによつて国家意識を恢復しようとしてゐる人達も、その反対に同じナショナリズムによつてそれを拒否しようとしてゐる人達も、国家と個人の関係については頗《すこぶ》る旧弊な考へしか持つてをらず、その一方を悪として否定し、他方を善として肯定しなければ、自説の正当性を証《あか》し得ないと考へてゐる。正に前近代的であり、個人主義以前である。しかし、先進国は疾くに近代的個人主義やナショナリズムを卒業し、それぞれの国家的エゴイズムを国際秩序の維持といふインタナショナリズムに如何に適応させるかといふ処に新しい国家意識を見出さうと努力してゐる。吾々に今日最も必要なのはさういふ国家意識ではないか。

ナショナリズムを国家意識と訳さうが民族主義と訳さうが、それは日本固有の文化や価値観と何の関係も無い。それは対外的に強ひられた日本の一時期の姿勢に過ぎない。西洋に適応する為の国家意識であり民族感情なのである。西洋に強ひられた姿勢を、ナショナリズムといふ言葉に欺かれて自国本来の姿と見誤るのはをかしい。国家といふ概念はその国の歴史に則し、国際情勢の変化に随つて変化する。国家意識や民族感情と国体とは全く別個のものである。前者を後者と混同した為に、吾々は吾々の国体を失つた、或は失ひかけてゐるのではないか。もう一度、明治の初心に立ち還らなければなるまい。

（「読売新聞」昭和四十年十一月二十六日、二十七日、二十九日、三十日）

III　戦後とは何か

個人と社会——平和論批判

一　搦手戦法といふこと

「一平和主義者から福田恆存へ」（中島健蔵「中央公論」三月号）、「誤まれる平和論」（清水幾太郎「知性」四月号）、「知識人の知識人論」（佐々木基一「群像」四月号）、この三つを改めて通読してみて、私は共通のものを感じとりました。その理由はいろいろありませうが、まづ第一に、それらの論文は直接私の疑問に答へようとするよりは、むしろ私の書いたものの位置づけをしようとしてゐることです。私の思考法、私の性格、さらに広く、「私」的なるものの限界を突きとめ、批判すること、さういふ傾向が強いやうにおもはれる。一口にいへば、正攻法ではなく、搦手《からめて》戦法であります。

ところで、この搦手戦法といふことばですが、じつは右の論文のなかで佐々木さん自身が私の論法について名づけた悪口です。佐々木さんはかう書きはじめてゐる――「福田恆存の『平和論にたいする疑問』という論文を読んだとき、わたしは、ああまたこの手か、と思った。揚め手戦法、小股すくい、これがああいう論文に用いられる常套手段であるが、福田論文は余りにもこの戦法の定石にのっとりすぎているので、ああまたか、とわたしは思ったのである。福田論文については、中島健蔵が『中央公論』三月号に情理かねそなえた批判を加えている。」

その中島さんの論文の書きだしにも、「福田恆存のように、ひとひねりひねったもののいい方をする相手に対しては」とか、「彼の思惟形式はのみこんでいるつもりであるが」とか、「『平和論にたいする疑問』も、わたくしの理解から大してはずれない論法のワクの中にあるようである」とかいふいひまはしがあります。のみならず、「福田をこめての文化人には、少々ハッタリが多すぎるようである」とも書いてゐるし、「かねがね興味を持っていた福田の『演技』について」といふやうなことばづかひもしてゐます。

そのことは、つぎの清水さんのことばにつながります――「文章と自分との商品としての存在理由を確保しようとする途端、最も容易な道は、見境もなくケチをつける、手当り次第にヒネる、ということになります。」それと関聯して、こんな蔭口があるということも聴き知つてをります。「福田は一年間日本の文壇を留守にしてゐたので、忘れられた地位をとりもどさうとして、一芝居うつたのだ」といふのです。さういふ蔭口があることは佐々木さんの論文からもうかがはれます。

話がここまで落ちると、「そんなばかなことはない」と打ち消すのさへ、いやになる。打ち消す必要を、私自身が感じてゐるみたいだからです。それに似たもつと下等な蔭口は、「ロックフェラー財団から金をもらつて外国へいつたのだから、アメリカびいきになるのはあたりまへだ」といふやつです。これも打ち消す気にはならない。私の場合事実に反するからではなく、だれのばあひにしても、近代人としてはありえないことだとおもつてゐるからです。

しかし、搦手戦法といふことは、私としては黙過できません。このことばは、かつて小林秀雄さんが、左翼思想家の弱味を突いたときの論法につけられた名称ですが、それはジャーナリスティックには気のきいた比喩であるといふだけで、本質論にはなんのかかはりもありません。小林さんはなにも搦手から攻めようとおもつて、左翼思想家の実生活を突いたのではない。小林さんの生きかたにとつては、それが大手だつたのです。小林さん自身にとつて大手だつたといふばかりでなく、それを大手と見なさねば、西洋の近代精神の大手門をくぐれないぞといふ思想が、その根柢にあつたのです。

それが搦手戦法と呼ばれたのは、当時の風潮がさうでなかつたからです。みんなが大手門を避けてゐるなかで、「大手を突け」といふことばが搦手戦法と受けとられたのにすぎない。私のばあひだつておなじです。私は逆説的ハッタリなどいつてはゐません。平凡な常識が逆説と見えるところに、日本の歴史的現実そのものの逆説性がある、さういふことをいつただけだ。佐々木さんは「ああまたこの手か」とおもつたさうですが、私が「平和論にたいする疑問」を書くまへ、すなはち、外国から帰つてきて、しばらくぶりで日本の新聞雑誌を見たとき、最初に感じたのは、「ああまたこの手か」といふことでした。それが、私にあの論文を書かせたのです。

ですから、三氏の論文を読んだとき、私はにはかに理解できなかつた。話が逆もどりしてしまつてゐるからです。今度、三つの論文をまとめて読みなほしてみて、はじめて経緯が納得できました。三氏と私とのちがひは、平和論などを材料にして、話しあひのつく現象的なものではない。もつと本質的な生きかたのちがひです。はじめからわかつてゐたことですが、これほどまでとはおもはなかつた。三氏が揃つて私、および「私」的なものの位置づけをやらうとしたのも、もつともだとおもひます。だが、もう一度だけ、私の生きかた、考へかたといふものを知つていただきたい。もちろん、ここでは直接三氏のことばに関聯して、それを述べて行くつもりです。もつと本質的なことは、拙著「日本および日本人」や、「人間・この劇的なるもの」などを読んでくだされぱおわかりいただけるでせう。

二　興味欠落症といふこと

中島さんは「興味欠落症におちいっている文化人も困りものである」といつてゐる。さらに、「福田は、現象とつながりのある根本問題を、強いて締め出してしまおうとするふしぎな病気にかかつているのではないか」と書いてゐます。話が逆もどりするといふのは、かういふことです。私は「文化人」が現象相互間にやたらに関係をつけすぎる病気にかかつてゐはしないかといつた。それに対して、おまへは、また、あまりにそれを無視しすぎるといはれたのでは困る。私は現代病について語つたのです。その返事に私の病気を論じる手はないやうにおもふ。たとへ、私がさういふ病気にかかつてゐるとしても、それが現代人の一般的な病気でない以上、ここでは問題になりません。私個人に忠告してくれればいいことだとおもひます。

そのことは佐々木さんも、清水さんも、おなじやうにいつてゐる。すなはちある考へを、それを主張する人間の心理や人柄から論じてはいけない。二人ともさういつてゐます。

私の最初の論文のうちに、「文化人名簿」やチャタレイ裁判の話が出てきますが、正直のところ、中島さんのことは念頭にありませんでした。中島さんが「文化人名簿」の編輯責任者であることは、うくわつにも気がつかなかつたのです。チャタレイ裁判のことは、いくらかさしさはりあるかもしれないが、裁判友だちのことだ、私の考へかたは理解してくれてゐるだらうとおもつてゐたのです。第一、「チャタレイ夫人の恋人」の弁護人である以上、その著者のロレンスの思想は知つてゐるわけですし、ロレンスこそ、中島さんのいふ興味欠落症患者の第一人者だつたのですから。皮肉ではなく中島さんの人柄を信じてゐたし、今度の反論を読んでも、すこしも腹は立ちませんでした。

しかし、中島さん自身、私のいつたことにおもひあたらないとすれば、をかしいとおもふ。ここですこし中島健蔵論をやらせてもらひます。中島さんが多くの現象に関心をいだくのは、私がいだかないのと同様、ひとつの性格でせう。中島さんのばあひ、自我と現実との間にほとんど摩擦がない。ひとみしりしないのです。右翼や軍人とだつて、自分を開放して、さらりと話せるし、左翼の革命家や役人とだつてすなほに話せる。人徳でもあり修業でもありませう。

だが、さういふ美徳が逆に作用することもあるのです。簡単にいひきつてしまふと、中島さんのなかには、宿命といふ観念が微塵もない。現実はつねに御しうる柔いものとしてしか、存在しないらしい。

私はこれを好意をもつていふのですが、中島さんの希望的観測がつぎつぎに崩れていくのを、眼のあたり見てをります。甘いなどと、やにさがるつもりはありません。そのばあひ、中島さんは、いくら現実に裏切られても、すこしも凹《へこ》まないし、懲りない。これは立派なことです。だが、私に一点の疑いがある。現実に裏切られても平然としてゐるといつてもそれは意思的な現実拒否からくるのではなく、多分にオートマティックな性格からくるのではないかといふことです。

そんなことをなんのためにいひだしたかといふと、中島さんは、私が非難するやうな平和論は、すでに過去のもので、それがまちがつてゐることなど、「今や日本では常識になっている」と書いてゐるのですが、私にはそこが納得できないのです。「平和論の悪口をいう方が気がきいているらしく見えるという実情」といふのは、ほんたうでせうか。中島さん自身は、古い平和論を克服してしまつてゐる、といふより、はじめからそんなものにうつつをぬかさなかつたのでせうが、さういふ自分の考へ、ないしは相手もさうであつてほしいとおもふことを、そのまま相手のうちに見てしまふといふ傾向、すなはち自我と現実との距離意識が稀薄であるといふ傾向、それが中島さんにはないでせうか。

もちろん、私はそこに中島さんの善意も見そこなつてはゐません。中島さんが今度書いたもののうちには、いろいろこまかい心づかひがあらはれてゐる。両方の立場を理解して、調停役を務めてやらうといふ好意を感じました。その友情はありがたいことですが、私にとつては、両者の対立はもつと根本的、本質的なもののやうにおもはれるのです。それについて書きませう。

三　目的と手段

清水さんはかう書いてゐる――「平和の問題に熱心な文化人の中にも、厭らしい文化人が未だ皆無であるとは申せません。清水がそうだ、とおっしゃるなら、それでもよいでしょう。嫌いな方があっても仕方がありません。しかし、私が伺いたいのは平和が問題なのか、それとも平和を論じている文化人が問題なのか、ということです。」しかし、これは私の論文の曲解です。私はそんなことは申しません。世間の人が清水さんをどう考へようとも、今日でも、私の清水さんに対する友情は変らぬつもりです。むしろ清水さんはずいぶん誤解されてゐるとおもふ。私は清水さんに身近なものを感じるが、もし清水さんの弱点をいへといはれれば、ただひとつ、とりまきに甘えることだとおもひます。つまりは、さびしがりやなのでせう。ただ清水さんの育つた環境が、上の人に甘えることを許さなかつた。長上や強いものに対しては、つねに片意地な反抗の姿勢をとる。が、それだけ下のものに甘えるのです。

論文にかういふ個人的な性格論をもちだすのは怪しからんといふひとがゐるかもしれないが、小説家たちは始終それをやられてゐます。それが行きすぎの傾向もありますが、学者や批評家は、その点、あまり安全地帯にゐすぎるやうにおもふ。また搦手戦法といはれかねぬが、もうすこしがまんしてください。

いまの例でいふと、「清水がそうだ、とおっしゃるなら」といふところなど、やはり気になります。清水さんを支持する学習院大学の学生、すなはち「清水がそうだ」とはけつしていはない身方を前にして一種のみえを切ること、その種のことが、清水さんを知らぬ人たちに不快感を与へ、誤解を生んできたのでせう。が、それは甘えなのであります。

さて、「平和が問題なのか、それとも平和を論じている文化人が問題なのか」といふことですが、私はそんなことはいはなかつた。それに似たやうなことは申しました。文化人はだめだ、平和論にもそれが現れてゐる。さういつたのです。だが、改めて、問題をさう提出しなほされてみると、これはなかなか難問だとおもひます。

清水さんの問ひは、そのかぎりでは、佐々木さんのつぎの主張と一致します。佐々木さんはかう書いてゐる――「目的のためには手段を選ばぬことを是認する暴力論だ、といわれるかも知れないが、わたしは、手段の詮索からは事ははじまらない、行為の発条はつねに、目的にしかないと考えている。」清水さんの問ひはあとまはしにして、佐々木さんの本質論から、この問題にはひつてみませう。結論をいへば、佐々木さんの「目的と手段」についての考へは、少々軽率だとおもひます。目的とはなにか、手段とはなにかが、まづ問はれねばならないし、さういふふうに行為を二つに分けて考へなければならない文化的実情、文化感覚といふものを、もつと掘りさげて考へる必要があるのではないでせうか。

英語で目的といへば、aim とか purpose とか end といふことばがあります。が、もうすこし倫理的な語感をもつてゐることばに cause といふのがある。辞書によれば、それはまづ第一に「結果」に対する「原因」を意味します。また、「人をして行為に赴かせる事実、条件、考へ」すなはち行為の「動機」「理由」を意味します。それがいい意味に用ゐられれば「大義名分」になる。さらに、積極的に、行為の「目的」を意味することになります。purpose や end とおなじですが、より倫理的であり、final cause と結びつけば、アリストテレスの「目的因」となります。

私のいひたいのは、行為の目的と動機＝原因を一つことばで現す考へかた、生きかたがあるといふことです。そのばあひ、行為はつねに主体のはうから外にひろがつていく。なにが目的で、なにがそれを実現するための手段か、といふふうに考へない。手段と目的とが分裂してゐないからです。歩きたい衝動がまづあり、その歩きかたさへ正しければ、目的地に辿《たど》りつくと考へる。

さういへば、現代はそんなおめでたい時代ではないといふでせう。たしかにそんな時代ではない。また佐々木さんはかういふでせう。歩きかたの正しさだけを問題にするのは、目的を奪はれ、目的地を失つた時代である、と。じじつさう書いてゐます――人生論の流行は「明治社会の正常な発展が壁にぶつかり、内部矛盾が鋭くあらわれてきた明治末期にはじまるというのが、今日思想史上の常識である」と。これは半真理であります。私たちはある程度まで、それを認めなければならない。佐々木さんによれば、私もその人生論派のひとりといふことになるのですが、それは中島さんのいふ「現象とつながりある根本問題を、強いて締め出してしまおうとするふしぎな病気」の持主といふことになりませう。

しかし、ここに考へなければならぬことがあります。「社会の正常な発展が壁にぶつかり、内部矛盾が鋭くあらわれてきた明治末期」といふのは、唯物史観的な見かたでしかないとおもひます。第一に「正常な発展」とはなにを意味するのか。いまから過去をふりかへつて見れば可能だつたはずのことを、怠つてやらなかつたといふことでせう。かういふ考へかたのうちには、歴史をつねに自由意思でどうにでも書きかへられたはずのものとして見る安易さがあります。宿命論とは反対のものだ。歴史はそんなものではないといへば、かならず宿命論だとやつつけられます。今日の進歩主義者たちは、歴史を自由と宿命との二元性においてとらへない。論理的にさうしないばかりでなく、実感として、さういふ感覚が欠けているのです。

目的と手段についても同様です。人生論がときどき復活するのは、目的を見うしなつたからではありません。手段と結びつかない目的論ばかりが亡霊のやうに横行しすぎるからです。目的がないからではなくて、目的がありすぎるからだ。一般の民衆が社会生活のなかで、具体的にどう手をつけていいかわからないやうな目的論が流行すれば、かれらはその目的と自分との間にギャップを感じてとまどふばかりです。人生論にすがりつくのは自然でせう。

目的と手段とがなぜさう分裂してしまつたか。なるほど、それが一致しうるおめでたい時代ではないでせうが、現代の日本では、また特殊の事情があるのです。そのことについては私は度々ふれてきました。明治以来、私たちは外国製の目的をつぎつぎに輸入してきたからです。一つの目的が輸入され、それを目ざして進めといはれる。国民はそのとほりに歩きだす。いや、駈け足をさせられる。が、そこへ行きつかないうちに、もつと出来のいい目的が輸入される。いままでのはまちがつてゐたとか、なまぬるいとか、いきづまつたとか、いろいろに説明される。正直な国民は、またそれを目がけて駈けだす。そんなことが何度かくりかへされれば、いいかげんくたびれるし、もうどんな目的をもつてきても信用しなくなる。さういふひとたちが、目的なしでも安心立命できる生きかたを求めても文句はいへないでせう。

ついでにいへば、共産党の示す行動目的がつねにそれです。つぎつぎにまちがひを訂正して、新しい目的を提出してくる。「いや、それは目的の変更ではなく、たんに手段の修正だ」といふかもしれません。目的は終始ただひとつ、プロレタリア革命であつて、それを成功させるための手段・方法を、時の現実に即応して変へるだけだといふのでせう。

さういふことになれば、いつたい目的とはなにか、手段とはなにかといふことが、根本的に問はれねばなりません。いふまでもなく、Aといふ目的に対して、Bはその手段でありますが、そのBに対して、またCといふ手段がある。すなはち、BはAの手段であると同時に、Cの目的たりうるのです。人間の行動はかういふ際限のない目的・手段の連鎖から成りたつてゐる。その時期により、その人により、その相手により、その場により、それぞれ焦点の決めかたがちがつてをります。そして、めいめいが、自分の焦点の決めかたが正しいと思つてをります。

そして、自分がたんなる枝葉末節の手段にすぎぬと考へてゐることに熱中してゐる相手を、内心軽蔑するといふことになる。清水さんの眼に、男女の情事ばかり書いてゐる小説家や、その作品を丹念にあげつらふ批評家が、遊治郎《いうやらう》同然に見えるといふのもそれです。清水さんの一番大切な目的といふのが、食ふに困らない社会、戦争のない世界といふことだからです。

　このまへ私が例に引いた「言論の自由」と「チャタレイ夫人の恋人」といふ作品との関係も同様で、前者が目的で後者が手段と考へる人もあれば、その逆に考へるひともある。さういふと、情況判断が大切だといふでせう。それは、あのばあひ、前者が目的で後者が手段と考へるはうが正しいのだといふつもりなのでせう。さういふ人には、私はさらにかう問うてみたい。情況判断とは、その場の情勢を主にして考へることであります。事象を現実的に考へることであります。それに対して、本質的な判断といふものがありうるわけです。そこで、私の問ひたいことは、現象的解決を目的と考へるか、本質的解決を目的と考へるかといふこと、いひかへれば、現象は本質の手段か、それとも目的かといふことです。

　話が抽象的になつて、少々うつたうしい感じがしますので、これ以上の分析はやめにしておきます。ただ一言、申しあげておきたいことは、一口に手段とか目的とかいつても、さうかんたんに分けられないといふことです。どつちが目的で、どつちが手段などといひきれたものではありません。さらに重要なことは、私たちがひとたび、ある行為に身をゆだねたばあひ、もはや手段と目的との分離は消滅するといふことです。それが生きるのは事前の議論のときだけだが、その議論すらひとつの行為であつて、手段と目的との分離のきかぬ点では同様です。

いひかへれば、私たちの手段と考へてゐることは、それ自身つねに目的であります。それは、この人生では実験も予行演習もきかないといふ事実とおなじで、佐々木さんのやうに手段と目的を分けて考へ、目的のはうが大事だとかなんとかいふのは、傍観者の思考にすぎません。共産党の人たちは、目的はつねにひとつ、プロレタリア革命にある、その手段はいくら変へてもいいと考へてゐるらしいが、その戦術至上主義が、病的合理主義者の知識階級には納得できても、一般民衆の受け容れるところとならぬのは当然でありませう。なぜなら、民衆にとつては、いや、まともに生きてゐるものにとつては、目的は手段のうちにあるからです。手段の遂行そのものが目的であるからです。したがつて、手段の変更は、目的の変改であり、裏切りであり、無節操であるわけなのです。

四　相対主義の悪循環

中島さんはかう書いてをられる——「現象相互間の関係を見出すことは、少しも悪いことではなく、これを否定したら、科学も藝術も筋が立たなくなってしまうのだが、福田のいうのは、現象相互間の関係を、いつも一つの結論へ持っていこうとする、という意味であろう。」これは中島さん特有の早合点です。私はそんな浅薄なところで、ものをいつてゐはしません。もつとも私自身のいひかたに不備があつたことは認めます。だが、おなじやうな教育を受け、おなじ外国文学を勉強した人間のあひだで、かうも話が通じないものかと驚きました。やはり、中島さんが忙しすぎて、私の仕事をすこしも読んでゐてくれないからだらうと諦《あきら》めはしましたが。現象とか、その場の情勢とかいふものからのみ、事態を判断する習慣が身についてしまふと、私たちは手段と目的との、はてしない悪循環のうちに陥るほかはないのです。Aといふ一つの社会悪を除去するためには、Bをかたづけなければならない、それにはCを、さらにDを、そんなふうに一廻転して、Zまで来たあげく、やはりAをさきに、といふことにもなりかねない。そこで「ええい、面倒だ、暴力革命をやつちまへ」といふ声も起る。が、そのあともやはりおなじことです。A、B、C、D……Z→Aがくりかへされる。

相対主義といふおなじ次元でくりかへされる無限の愚行。大げさにいふと、二十世紀はさういふ愚行の時代です。もう、そろそろ気づいてもよささうだ。ことに近代の日本はそんなことばかりやつてきました。二箇月ほどまへ、勝本(清一郎)さんが「東京新聞」にいい論文を書いてをられた。それを詳しく説明する余裕はありませんが、勝本さんは、欧米やソ聯の生きかたをかなり根本的に分析して、それに対処する日本の生きかたが、いまのままではいけないといふことを暗示してをられた。その論文をだれも注意する人がないのが、私には不思議でした。だが、得てして、根本的な思索といふものが見おとされがちな世の中です。いまの私も多少とも照れずには、それをいひだせない。中島さん、私を興味欠落症などと、あつさりかたづけないで、もうすこし、物事を本質的に考へてください。

ついでだから断つておきます。中島さんは、私を興味欠落症と判断しながら、他方、「福田自身、みづからかなりひろい問題に口を出した文化人の一人である」といつておいでだが、これは私自身、私の軽蔑する「文化人」ぢやないかといふことでせうか。それなら、私は興味欠落症ぢやないことになる。が、揚げ足とりはやめませう。私は自分の興味欠落症を認めてもいい。そして、これではいけないと思ふ。で、みづからに鞭《むち》うつて、「ひろい問題」に口をだす。その結果が、興味過多症への非難になるのです。

どうも申しわけないことです。ところで、この興味過多症といふのが、私のいふ相対主義万能の帰結なのです。相対主義的に考へれば、A、B、C、D、……Z↓Aと、無限にあらゆる問題にふれていかねばならず、当然、興味過多になる。私がこの悪循環を断てといつたのは、それが「現象相互間の関係を、いつも一つの結論へ持っていこうとする」からではありません。相対主義の悪循環では、それは防ぎやうがない。だれもそれをやるが、その手でいけば、またべつの結論にもつていかうとする人が出て来て、どつちが正しいかは論理的に証明できなくなつてしまふのではありませんか。しかも、人々はそれをあくまで論理的にやらうとしてゐるし、論理的にできるとおもつてゐる、いひかへれば合理主義的相対主義ですべてが解決できるはずだとおもひこんでゐます。

中島さん、あなたは戦争中、和平裡に軍部と話しあひのできた、ほとんど唯一の文化人です。そして戦後は、共産党員と談笑裡に話をつけられる少数の文化人のひとりです。あなた自身、それを誇りにしてをられる。なるほど美徳にはちがひありません。私は、あへてそれを古来からの日本人の伝統的な美徳と称します。だが、この融通無《ゆうづうむ》碍《げ》な性格のために、あなたには一つの大きな盲点ができてゐるのではないか。私にはさうおもはれる。これは最初に書いたことと関聯しますが、あなたはいつでも中間地帯にをられる。Aでもなければ、Bでもなければ、Cでもない。つねにその中間地帯にゐる。このことはたんに中島健蔵批判に終る事柄ではないので、もうすこし詳しく書きます。

私がはじめに「中央公論」に書いたとき、「現地解決主義」といふ妙なことばを用ゐました。そのため、すくなからざる誤解を招いた。大勢の人から食はされた逆ねぢのひとつにかういふのがあります。福田は現地解決主義などといひながら、問題を戦争か平和かといふ極端な形に、みづから抽象化してしまつてゐるではないか——さういふ種類の反論であります。これについても、いままでは自分の説明が不充分だつたと思つてをります。

私のいふ「現地解決主義」は、さういふ相対的な次元にのみかかはつてゐるのではありません。外国から帰つて、二十世紀研究所で清水さんの外遊談を聴く機会がありましたが、さういふ意味の「現地解決主義」ならすでに清水さん自身、考へなほしてゐたやうでした。いままでの平和運動はまちがつてゐはしなかつたか、さう述懐してゐました。中島さんが、論文の結びに「闘将清水幾太郎さえ、別の意味でほこ先を収めかけている現在だからである」と書いてをられたのも、そのことでせう。だが、さういふ現地解決主義はもはや今日の現実では、二つの世界の対立の渦中においては、ただ無力に押し流されてしまふにすぎないでせう。つまり、現象相互間の関係病の毒素には抗しえないでせう。

相対主義的にとらへられた現象といふものは、たえず流動してをります。流動してゐるものしか見えないのが相対主義です。それは量の世界しか見えない。質の世界とは無関係です。平和の問題についていへば、相対主義者にとつて、それは一年の平和か、十年の平和か、百年の平和かといふことだけが問題なのです。あるいは、一地域の戦争か、一国と一国との戦争か、世界戦争か、それだけが問題なのです。さらにいへば、言論の争ひか、棍棒を使ふのか、大砲を用ゐるか、原爆を用ゐるか、一人死ぬか、千人死ぬか、百万人死ぬか、それだけが問題なのです。すべては量で計られる。

私はさういふ見方が大切であり、さういふ世界があることを、いや、平生、私たちはさういふ世界に生きてゐるのであることを認めます。だが、かういふ相対的な、あるいは量的な考へかただけをもつてするならば、現地解決主義などといふことも、まことに頼りない掛声になつてしまふことも、私は知つてゐるつもりです。たとへ最初は現地解決主義で臨んでも、たちまち関係者に寄つてたかつて突きまはされ、いくらでも拡大されていく。また、百人殺すのと二百人殺すのと、どこにちがひがあるかといふことになつてしまふ。のみならず、中島さん流に中間者的地位に立つて、どこまでも後退して現実を眺めることが可能になつてきます。右翼と知識階級の中間も中間なら、左翼と知識階級の中間も中間であり、いづれのばあひも、相対的に誠実でありうるし、相対的に現地解決主義でありうるし、相対的に重要な橋渡しの役を演じうるのであります。

極端にいふと、どんなことをしても、あとからもつともらしい理由づけが可能になります。なにをしてもいいし、また、なにをしなくてもいい。要するに、負けなければいい、死ななければいい、行きづまらなければいい——さういふことになります。廻つてゐるあひだは倒れないこまみたいなものです。資本がなくても金さへ動かしてゐれば、それですむ。

さういふ相対主義では、人間は生きられないはずだ。個人の生涯にも、それでは切りぬけられない、ごまかしきれない時期がくるものだ。いや、それが実際に来なくても、それをたえず感じてゐるのが、ほんたうの生きかたでせう。中島さんはそれが見えない人だ。それがあなたの盲点だといふのです。なんでもよく見える。だから、自分の眼に映らぬものはないと思つてゐる。盲点とはさういふものでせう。「現地解決主義」が成りたつためには、物事を相対的にのみ見る歴史の世界に、いはば垂直に交る不動の絶対主義がなくてはなりません。絶対があつてこその相対ですから、平和なんていふものは絶対にありえないといふ私の主張の背後には、絶対平和の理念があるのです。その立場から、「現地解決主義」を唱へてゐるのです。絶対主義と相対主義との、あるいは理想と現実との二元論のうへに立つて、私は現実的に考へようといつてゐるのです。現代の風潮はその逆で、相対的な現実の世界にしか生きてゐない現実主義者が、ひとたび口をきくと、観念的な理想論をふりまはす。それに対して「現地解決主義」と申しあげたのであります。おわかりいただけたでせうか。

五　個人と社会

ただ、おそらく、私のいふ絶対主義なるものがなんであるかは、よく理解していただけますまい。詳しく書くいとまもないので、それは「日本および日本人」や「人間・この劇的なるもの」にゆづります。ただ、ここでは、またべつの角度から、この問題にふれておきたいとおもひます。

私が興味欠落症だといふのは、いひかへれば、社会性に乏しいといふことでもありませう。おつしやるとほりです。私はこのごろ、この「社会性」といふことばに少々業《ごふ》を煮やしてをります。くだらない物識り辞典的知識の羅列に社会性などといふことばを冠するくらゐなら、私は生涯、社会性を身につけたくない。最近では、映画でもラジオでも、社会性だ。それでなければヒューマニズムです。見れば、みんないんちきです。あんなものは社会性でもなければ、ヒューマニズムでもない。たんなる床屋政談だ。

ところで、私の疑ふのは、今日、社会性といはれてゐることが、すべてわが国の個人主義の未成熟といふ弱点につけこんで、クローズ・アップされてゐるといふ事実です。それは戦争中の国家意識と同様だ。いつまでおなじことをつづけようといふのでせう。

ここで、倫理の問題を考へていただきたい。数日前、私はある場所で教育の問題について話をしました。そのとき、かういふ質問を受けました──「教育といふものは、結局は一国の政治の方向が決まらなければ、どうにもならぬのではないか」と。つまり、国家目的に教育は従属すべきだといふのです。この質問者は戦前の国粋主義を考へてゐるわけではなかつたとおもひます。日本の教育を問題にしてゐたから、国家目的といふやうなことばが出たのでせうが、この「国家」はそのまま「社会」と置きかへてもよいでせう。

さて、社会は全体であり、個人はその部分である。この命題はだれにもわかりやすい。が、その逆はどうか。個人が全体であり社会はその鏡に映つた断片である。それも真理なのです。私はまへにお断りしたやうに個人主義の時代は終つたとおもつてゐます。が、半真理として、それは残存してゐるし、残存せしめなければなりません。目的と手段について述べたときと同様、社会と個人とは、はなはだ微妙な関係にある。かりに社会が目的、個人が手段とすれば、両者の位置が顚倒することもありうるのです。といふよりは、人間の生きかたとしては、そのはうが健全なのであります。

ところで、その両者がうまく適合しえないときはどうなるか。目的に手段が仕へないばあひ、社会に個人が仕へないばあひ、今日、私たちの社会では、かういふときに個人を救ふ手だてがないのです。ではつねに社会が正しいか。なるほど社会正義とか社会福祉とかいふことばがある。それに個人は抗しえないのか。それなら、その社会正義といふのはどこから帰納されたものか。ここでふたたび相対主義の弱点にもどります。社会正義といふのは要するに多数決といふことでせう。さういふ量的基準しか、私たちにはおもひつかない。同時に、個人倫理だつておなじだ。絶対的な善悪などいふ観念は、人々のどこにあるか。見つからなければいい、法律にひつかからなければいい。せいぜい他人に迷惑をおよぼしたり、悪感情を植ゑつけなければいい。ただそれだけです。してはいけない倫理的悪といふものなどはない。

これでは、社会正義といふ多数決にぶつかつたばあひ、個人はそれに抗して自己を主張しえませうか。自分のはうが正しいといふ心の拠りどころを、どこに見いだしえませうか。戦前・戦中・戦後にかけての知識階級の変節ぶりを非難してみてもはじまらない。教育も倫理も一時代だけの相対的なものにすぎぬからです。権力に抗して自分を主張してゐるあひだに、私たちは自分の強さよりは、頑《かたくな》さや野蛮が、いいかげんばからしくなつてくる。うしろになんの援軍もないのですから、たんなる片意地にしか見えなくなつてきます。

フランスのレジスタンスを日本では政治的にのみ解釈しますが、あの自我の強烈さの底には援軍を信じてゐる人々の強さがあつたのではないでせうか。フランスの市民もさうですが、自分をも市民をもひつくるめて、ひとつの絶対に支へられてゐるといふことです。それはクリスト教です。あるいは衰へたりといへども、そのクリスト教から習慣づけられた永遠なるもの、絶対的なるものへの信仰であります。

私たちにとつて重要なことは、それが国家意識、あるいは愛国心と結びつくといふことです。国家も、社会も、じつはそれによつて支へられてゐるのです。相対的な世界では、社会が個人を、あるいは個人が社会を、肯定したり否定したりする梃子《てこ》の支点は見いだせません。結局、相手を承服させるには、権力、武力、多数決、それしかない。私たちは、そのばあひ前二者によるのをファシズムと考へ、後者によるのをデモクラシーと考へてゐますが、まつたくたわいないことです。そんなものではない。西欧デモクラシーの社会はその三つを自由に操ります。ただ、それらと対立するものとして、暗黙のうちに絶対の観念が人々を支配してゐる。武力を用ゐるから民主主義的でないとか、宗教的でないとかいふたはごとは、西欧を理解してゐないからにすぎません。

個人倫理はあくまで社会や国際間にまで道を通じてゐなければならない。が、それは、国際間の紛争を個人倫理でさばけるといふことを意味しません。ただ、たとへ国際間の背徳でも、それは個人倫理と同様、罪であるといふ観念はなければならない。また、大衆の生活を改善することを目的にしようがどうしようが、そのための背徳は罪であります。現実にはそれをどう処理しやうもないが、罪は罪です。道徳的な罪悪なのです。目的と手段と器用に分離できる性質のものではありません。

同時に社会や国家の罪に抗して個人が戦ひうるといふ事実は、両者に共通な倫理基準があつてのうへです。さきほど私は個人が全体であり、社会が部分でありうるといふやうな妙なことを申しましたが、これは逆説でもなんでもなく、両者の共通な倫理を背景にしたばあひ、個人は全体に参与しうるといふことにすぎないのであります。

現代の日本では、だれもかれも儒教倫理は封建的だとか、教育勅語は皇室中心主義だとか、悧巧さうなことをいひますが、それなら、私たちはほかにどんな倫理をもつてゐるのか。いつたい倫理をもつてゐない国民といふものがありうるでせうか。世間態《てい》を倫理と勘ちがひして、すましてゐる国民といふものが、世界のどこにありうるか。賄賂《わいろ》に操られる政治家の悪口をいふのはいいが、それも当然といへる日本の実情を、社会的実情ではなく、倫理的実情を、よく考へていただきたいとおもふ。

なにが悪でも、なにが善でもないといふ現代日本人の非倫理的性格――私の仕事のすべてはその究明に集中されてきたといつていい。その成果は問はず、要するに、それが中島さんのいふ興味欠落症状を呈する原因であります。

このことは、すでに「日本および日本人」に書いたことですが、くりかへしいはせてもらへば、平和問題も、この日本人の非倫理的性格から発してゐるのです。私はその善し悪しをいつてゐるのではない。たんに事実を述べてゐるのです。平和といふことの華やかなことばのかげには倫理の陰翳《いんえい》がすこしもない。ただ命が大事だといふだけです。こつちの命が大事なら、向うの命も大事です。向うも生き残るつもりでやつてゐる。なにをかいはんやであります。「文藝春秋」にも書きましたが、個人の生命より大事なものはないといふ生きかたは、究極には自他のエゴイズムを容認することになる。個人が死ぬにたるものがなくては、個人の生の喜びすらないのです。

のみならず、平和はたんに戦争のない状態といふ消極的な意味しかもちえない。相対主義の考へかたでは、どうしても、そこから脱け出られません。それが積極的な理想にまで高まるには、個人倫理の絶対性と相ふれなければならぬのです。現代の平和論者が内村鑑三とまつたく異なるゆゑんです。

さらにまづいことに、倫理観の稀薄さと平和論とがなれあひになるといふ事実です。よく揚げ足とり的にいはれることですが、愛を標榜するクリスト教が、残酷な宗教裁判をやつたり、十字軍を起したりするといつて非難する。さういふ非難は宗教といふものに対する無理解から生じたものです。あるいは、愛とかエゴイズムとかいふものに対する無理解から生じたものです。いま、それについて語る余裕はありません。しかし、さういふ諸国家を相手に、素手の平和論が無意味であることは理解していただけませう。

ここでもう一度、念を押しておきますが、清水さんは再三再四、現代の文学者を難詰されてゐる。「知性」の論文でも、平和の足音が近づけば、現代の小説は読み手がなくなるといつてをられる。それは清水さんの、失礼だが「利巧馬鹿」といふものです。私も、自分の仕事をも含めて、現代文学をさう高く評価できないのです。もつとも社会科学でも同様ですが、現代の文学が清水さんにつまらないのはなぜか。社会性がないからでせう。個人の問題にばかりとらはれてゐるからでせう。だが、心ある文学者は、個人と社会との分離に、といふよりはその両者に共通の紐帯《ちゆうたい》がないことに悩んでをります。だから、社会小説が書けないのです。どうしてもそれがほしければ、個人を社会の部分としか考へない人たちにそれを求めるしか、しかたはありますまい。そこでは、個人性の稀薄な人々がそれゆゑに安易に社会性を身につけられたと錯覚して、書割的社会小説を濫造してをります。

が、さういふふうに押しつけがましく社会性などといふことをふれまはれば、古来の日本人気質をますます助長し、「由らしむべくして知らしむべからず」式の知識階級をたくさん造りあげることになりませう。

最後に一言、私がアメリカとの協力についていつたとき、個人と社会との問題についてもふれるべきでした。一口にいへば、アメリカを筆頭とする自由主義諸国は、たとへ現状では国際間にまで倫理が通用しなくても、本質的には個人倫理の延長に社会や政治を考へてゐる国です。両者は永遠に一致しないかもしれない。しかし、いや、それゆゑに、個人倫理の次元を、根源的には宗権を国権の上位に置く、すくなくとも同位に置く、人間観にもとづいてをります。まちがひは犯しませうが、本質的な生きかたについては、昔からなんの変更もありません。が、ソ聯は国家目的、社会目的、階級目的を、個人倫理の上に置きます。後者は前者によつて規定されます。私は躊躇《ちうちよ》なく、自由主義諸国に共感をおぼえる。生活程度がどうのかうのといふことは二の次です。いひかへれば、相対の世界に対立する絶対の世界、そして両者の並存を認める生きかた、それが人間の生きかただとおもふのです。私は平和論がすべて共産主義者の唱導によるものだなどとは申しません。しかし、中島さんのいふやうに、平和論の内容や方法がどう変らうと、それがことごとく相対論的であることでは、すこしも変つてはゐないし、それなら、必然的にソ聯の生きかたにつながつてゐるとおもひます。したがつて、私は私の外遊一年間の「ズレ」を認めません。

もちろん、ソ聯も現在は宗教を認めてをります。そして米英のクリスト教信者より、ソ聯のそれのはうが、もつと切実な信仰につながつてゐるであらうことも想像がつきます。そしてアメリカなどのクリスト教が、私のいふ絶対性とのつながりにおいて、はなはだあいまいだといふことも事実です。だが、私はクリスト教そのものを問題にしてゐるのではない。かれらの生きかた、かれらの文化として同化してしまつてゐるクリスト教についていつてゐるのです。それは、おそらくアメリカ人自身も自覚しないであらうやうな隠微なものです。

さういふ意味で、私は個人が国家に反抗できる制度ではなく、さういふ哲学がもつとも必要であるとおもひます。私の平和論争の発想はすべてそこにあります。もうこれ以上語る必要はありますまい。

私はまちがへてゐるかもしれない。武田泰淳が私に忠告したやうに、私がいかに反時代的に逆行しようと、世は滔々《たうたう》として「社会性」を謳歌する傾向に赴くでせう。みえを切るのは照れくさいが、そんなことはどうでもいいのです。私はべつに自分の言ひ分が採用されるとおもつて発言してゐるのではないのですから。

（「中央公論」昭和三十年八月号）

政治主義の悪――安保反対運動批判

一

安保闘争は革新派の敗北に終つた。彼等の未熟、過失、虚偽が今度ほどあからさまに曝けだされたことはない。それにもかかはらず、彼等は自分達の闘争が勝利に帰したと診断し、その診断を国民一般に押しつけようとしてゐる。敗北そのものよりは、さういふ自己陶酔のうちに窺《うかが》へる未熟、過失、虚偽の方が、さらに端的に革新派の性格的、生理的な弱点を物語つてゐる。それが敗北の原因としか考へられぬ、さういふ類の敗北を、戦後、彼等は何度も繰返してきたからだ。

その点では戦時中の軍部と戦後の革新政党との間に、なんの相違もありはしない。いづれも観念的、非人間的、画一主義的で、自尊心のみいたづらに強い向う見ずの排他的正義派ばかり集つてゐる。もし前者の「戦争責任」を論じなければならぬとすれば、それよりはむしろ後者の「戦後責任」を追及したはうが、遥かに生産的であらう。過去の過ちに世間の目を向けさせておけば、現在の過ちは見過され、そのまま温存される。反動政権の悪と無能に世間の注意を引いておけば、革新政党の悪と無能は気づかれず、そのまま温存される。革新派のさういふ在り方は、他のいかなる場合におけるよりも今度の安保闘争の過程において、最もあらはにされたと言へよう。それについては「新潮」に書いた（「常識に還れ」）ので、ここでは繰返さない。

ところで、そのやうに戦後の、あるいは現在の革新政党の悪と無能とが、言ひかへれば、その未熟、過失、虚偽が、専ら後向きの姿勢によつて未来を隠してゐることから生じ、かつそのために見過されてゐるのだとすれば、私の趣味には合はないが、彼等及び彼等の支持者の眼前にその未来を持つて来て、一瞥《いちべつ》を促すことも必要であらう。それには安保闘争などより、その向うにある中立主義の当否を問ふのが一番手取り早い。

日本の中立は可能であるか否か、それは最も根本的な問題であるにもかかはらず、今まで充分論じつくされたとは言へない。ことに中立可能論者から納得できる論拠が示されたことは一度もない。のみならず、反対論もすべて世界の客観情勢といふ外部的な理由によつて中立不可能を唱へるだけで、内部的な問題には一切触れようとしない。もちろん、世界の客観状勢を考へることは必要である。が、他国の動きについては所詮「あなたまかせ」になりがちであつて、中立主義の当否を論証する「決め手」としては弱いし、具体性を欠く。

大事なことは、誰がいかにして中立を実現し、維持するかといふ国内の主体の問題であり、具体的な手続の問題だ。「日本が」では答へにならない。日本が中立国となるためには、社会党が政権を取らねばならぬ。その政権を取つた社会党は、いかにして中立を維持し、反中立勢力をおさへてゆくか、問題はそのやうに提出されねばならない。ここに言ふ反中立勢力といふのは、現在の「敵」である親米勢力ではなく、現在の「身方」である親ソ勢力、すなはち共産党である。

今さら問ふまでもあるまい。現在における社会党の労組依存の度合は、自民党の財界依存のそれに劣らない。その総評は去年の大会で社会党に社共共闘を命じた。今年の大会では社会党支持にふたたび変節してゐるが、総評内部は依然大きく二つに割れてをり、主流派の社会党一本では頼りなしとし、共産党との抱合せを主張する反主流派の数は半数に近い。もちろん、彼等がすべて共産党員だと言ふのではない。が、同時に、総評内の社会党支持者が反共であるなどとはなほさら言へない。今度の安保闘争における「功績」を主張し、統一戦線強化を要求する共産党に対して、本音は共産党びいきの太田薫議長は、その「功」を強ひて無視し、統一戦線の条件はまだ揃つてゐないと言ひ返してゐる。去年は共産党が要ると言ひ、今年は要らないと言ふわけで、一見、実力者のわがままのやうに思はれるが、実際はそれどころの騒ぎではあるまい。

総評内部の主流と反主流との差は、反共と容共とにあるのではない。少くともその外面的な差よりも、両者の大部分に共通な内面的同質性の方が遥かに問題にならう。それはいはば「恐共」心理とも名づくべきものである。総評は社会党に対しては威を貸す虎でありえても、その虎も共産党に対しては、時にその威を借り、時にその威を恐れねばならぬ弱みをもつてゐるのだ。言ひかへれば、それは対内的な中立主義の弱点であるが、それも結局は、対外的なそれから来てゐるのであつて、社会党はもとより総評が究極において恐れてゐるのは日本共産党ではなく、ソ聯と中共なのである。

　なるほど、この微妙な事実は、まだ表面に現れてゐない。現在は当事者自身、気づいてゐないか、気づかぬふりをしてゐられる段階である。が、皮肉なことに、その無自覚、あるいは芝居が可能であるのは、対内的には「反動政権」自民党とその「犬」である警官が、対外的には米国の「帝国主義」が、手を携へて内外の共産勢力を「弾圧」してくれてゐるからである。

　もし社会党が政権を取り、中立主義を標榜《へうばう》して米国と手を切つたなら、果して自前でよく共産勢力をおさへうるか。今日の与野党対立の姿がそのまま未来の社会・共産両党攻防戦の戯画とならう。いや、社会党は現在の自民党以上に「多数の暴力」に恃み、警職法改正によつて警官の「凶暴化」を急ぎ、保守派の反革命的言論を「弾圧」することを名目として、ついでに親ソ共産勢力から「言論の自由」を奪ひでもしなければ、中立はおろか、政権の維持さへ不可能であらう。おそらく、それでも持ちこたへられまい。共産党は米国経済依存になれ、中立による消費生活低下に不満をならす「小市民」の群を組織化し、「中立拒否国民会議」を造りあげ、一方では陰に陽に共産陣営本家の武力を助けとして、全国的、国際的な攻撃を展開するに相違ないからである。

　社会党の政権は所詮三日天下に終るであらう。もし彼等が共産党に政権を握らせるための前衛党としての尖兵的役割に満足する自己犠牲の精神をもつてゐるのでなければ、中立は他の誰より彼等にとつて危険である。社会党の立場は「反動政権」下においてのみ、米国勢力圏内においてのみ、最も居心地よいものなのだ。をかしなことに中立もまた中立によつては保たれず、米ソいづれかの勢力圏内においてのみ、ただ主義ないしは姿勢としてのみ成立つ、といふことになる。

二

一体、社会党は政権を取る気があるのかないのか。よく人の口にのぼるこの揶揄《やゆ》の裏には、たとへ政権を取つたところで、対米外交に行詰りを来し、すぐ投出してしまはねばならぬことを、社会党自身よく自覚してゐるはずだといふ意味がこめられてゐる。が、それだけではない。さういふ対外問題以上に社会党の前途を危くするものが対内問題である。政権取得後、共産党及びその背後のソ聯勢力をおさへうる自信さへあれば、安保闘争に限らず、すべての「反動勢力」打倒運動において、社共共闘をむしろ社会党のはうから申出で、共産党の優秀な実行力を積極的に利用したはうがいいではないか。それをせず、強いて共産党との間に一線を画さうとするのは、廂《ひさし》を貸して母屋を取られることを恐れるからであらう。

勘ぐるやうだが、かういふことも言へる。浅沼委員長は中共政府の下では、日本にゐるときとは違つて、はつきり米国帝国主義を敵とする声明を出してゐるが、それは社会党が共産党の仲立ちなしで直接ソ聯圏に通じる道をつけようとする方策ではないか。そうなれば中立主義もへつたくれもないわけだが、それより明らかなことは、次のことだ。社会党は確かに日本共産党よりソ聯や中共を恐れてゐる。が、日本共産党さへ存在しなければ、社会党にとつてソ聯も中共も恐しくない。共産党がソ聯圏の嫡子なら、社会党はその庶子である。自由陣営内では庶子のはうがかはいがられてゐるが、先のことを思へば、早く本家に渡りをつけておくはうが賢明である。この庶子はやはり遺産がほしいのだ。手取り早く言ふと、社会党は共産陣営入りを望んでゐるのである。ただ日本共産党の手を通じなくてはそれが出来ないといふ現状を恐れてゐるだけだ。

が、社会党がどういふ腹でゐようと構ひはしない。問題は社会党の支持者が、一般知識層がそのことを充分承知のうへで、なほかつ社会党を支持してゐるのかどうかといふことである。さういふ根本の問題をさしおいて、反岸、反安保もなければ、民主主義の「国民的盛上り」も「民主主義的」自覚もあつたものではない。自由主義か共産主義か投票で決めようと言つたアイゼンハワーの稚気を人々は嘲笑《あざわら》ふが、それなら多数の暴力とデモの暴力とどちらが反議会主義的かなどと論じ、それもいいかげんなところで判断中止の廻れ右をしてゐる人々の思考怠慢は一体どう評すべきか。

八月三日附の「朝日新聞」に加藤周一氏はアイゼンハワーの提出した二者択一を評し、問題をそのやうに割切れるところに大国の「幸福」があり、それが出来ないところに小国の「悩み」があると述べ、加藤氏自身の答へは保留してゐる。小国民の一人として当然のことであらう。が、米ソいづれにせよ、大国の立場から見れば、そのやうな「悩み」の中に立止つてゐられるところに小国の「幸福」があり、割切れる「幸福」に大国の「悩み」があると言へるだらう。

だが、加藤氏の言ふやうに、日本の農夫は「せいぜい今のままにしておいてもらいたい」と答へるだらうか。これは二重の意味でをかしい。「今のまま」なら自由主義陣営を意味するし、加藤氏の文脈においては、問題をこのやうにして割切り、投票拒否に出でざるをえぬ小国の「悩み」の表現とも受取れる。だが、そんなことはありえない。日本の農夫の大部分は大国の大統領アイゼンハワーのやうに単純に割切つてゐる。彼等は共産主義が嫌ひなのである。共産主義は嫌ひだと彼等のやうにはつきり言へない小国の「悩み」は専ら知識層のものではないか。

大衆は加藤氏のやうに共産主義を「土地所有形態」に関する経済理論として捉へてはゐない。それは彼等にとつて、これまでの自分達の生き方や考へ方を否定する政治原理であり、人間観であり、世界観なのである。そして大衆は知識層とは反対に、物質よりは精神を大切にする。知識層や革新政党の大衆啓蒙がいつも失敗してきた大きな原因は、己れの器に徴して、大衆には「麦」ならぬ「米」をたつぷり食はせておけばよいといふ大衆軽蔑の考へに求められよう。

私の想像しうるかぎり、加藤氏は自民党の支持者とは言ひ切れないにしても、私と同じやうに、現在の日本が当分自由主義陣営内に止り、資本主義体制を維持して行くことを望んでゐるに相違ない。それにもかかはらず、なほ答へを保留し、農夫に「今のまま」と言はせたり、コンゴ首相の口を借りて「東西対立などということに興味はない」といふ言葉を引いたりするのは、一体どういふ訳であらうか。おそらくかういふことであらう。加藤氏は現在の日本が当分資本主義体制を維持して行つたはうがよいと考へてゐるにしても、それはあくまで当分の話であつて、やがては社会主義に、さらに共産主義に転じて行くであらうし、それが望ましいと考へてゐるに相違なく、それゆゑ単純に共産主義は嫌ひだとはつきり言へないのであらう。

しかし、未来のことなら、それもさう遠くはない、おそらく私達の子か孫の時代に、早ければ私たちの目の黒いうちに、革命によつてではなく、ごく自然に日本が社会主義化するであらうくらゐのことは、保守派の私でも考へてゐる常識的な推測である。日本だけではあるまい。物事を単純に割切れる「幸福」な大国の一つの米国にしても同様であらう。普通かういふ考へ方を漸進主義と呼んでゐる。

ところで、漸進主義とは何か。ただ革命の暴力を避けたいといふだけのことか。急がないで時間をかけようといふだけのことか。「話合ひ」による議会主義を守りぬかうといふだけのことか。目的のための手段を選ばうといふだけのことか。どうやら一般の良識はその程度にしか考へてゐないらしい。安保闘争最高潮の一箇月を中心として、その前後の新聞の動きを見るがいい。その程度の漸進主義に立つ良識がいかに弱いものか、つくづく思ひ知らされたであらう。

最後の目的が社会主義、あるいは共産主義であるといふことになれば、漸進主義は常に急進主義の前に退け目《ひめ》を感じてゐなければならない。目的がはつきりしてゐるのに、なぜその実現を急いではいけないのか。議会主義が目的を無視し、破壊してゐるのに、なぜそれを守らなければいけないのか。この期《ご》に及んで、他に良い手段が見つからないのに、なぜ手段選びをしなければならないのか。無形の暴力が行はれてゐるのに、なぜ有形の暴力を慎まねばならぬのか。漸進主義はこれらの問ひに明確な答へを与へられまい。

が、売り言葉に買ひ言葉をもつてすれば、それも簡単に答へられる。無形も有形も等しく暴力とするなら、なぜ戦争を否定するのか。「話合ひ」による議会主義が守れず、「話合ひ」によつて党内や組合を納得せしめられぬ政党が、なぜ「話合ひ」による国際緊張緩和を安保不要の論拠とし、「話合ひ」的外交手腕を縦横に発揮せねば成立たぬ中立政策を国民に強ひようとするのか。

　漸進主義はさういふ買ひ言葉すら吐けない。なぜなら、それは「穏健な」中道思想と解せられてゐるからである。漸進主義者の弱点は未来がさうなるといふ理由だけで共産主義を拒否しえないことにある。小国の「悩み」などではない。問題はもつと本質的なところにある。

　私は漸進主義者ではないが、漸進的な生き方を好む。歴史的に考へれば、最初に進歩主義が起り、その反動として保守主義が起り、さらにその反動として進歩主義が急進主義に転じたのにたいして、またその反動として生じたのが漸進主義である。したがつて、それは進歩主義の右、保守主義の左に位置する「穏健な」中道思想と見なされる所以である。漸進主義がもしさういふものに止るなら、それは他の何々主義と全く同一の地盤の上に横に並んだものであつて、その間にはただ相対的な差があるに過ぎない。蟹がその甲羅に似せてしか穴を掘ることが出来ぬのと同じに、それらは互ひに相手を規定し合つてゐるのだ。

日本の社会党は英国の労働党より日本の自民党に遥かによく似てゐる。日本の自由民権運動は欧米の個人主義からよりも日本の藩閥政府の国家主義から遥かに大きな影響を受けてゐる。それなら、日本の中道思想としての漸進主義が、ひとりよく自分の相手方たる日本の急進主義に、その在り方を規定されずにすむわけがない。それは英国の漸進主義よりは日本の急進主義の枠から、そしてさらに遠く溯れば日本の国家主義の枠から脱け出られないのである。一口に言へば、国家、階級、組織などの集団を優先的に考へ、個人を無視する政治至上主義である。

三

政治主義においては、個人は集団の外に出、集団に抗しうる全体的なものとしては決して捉へられず、常に集団の中にあり、集団を構成する部分として、またそれを支へ、それに庇護《ひご》されるものとしてのみ認められるに過ぎない。なるほど私達の近代政治史にも国家権力に抗した闘士は数多くゐる。が、彼等はその場合にも、国家とは異る、そして国家を否定する、たとへば階級といふ集団によつて抵抗したのに過ぎない。政治とはさういふものである。しかし、その政治の前に、あるいはその根柢に、国家と階級とを問はず、集団そのものを否定し、それに対抗する個人の全人性といふ媒体が欠けてゐる。

さう言へば、人はその甘さを嘲笑ふであらう。「社会意識」の未熟を言ふであらう。が、彼等の言ふ「社会意識」とは単に集団意識、仲間意識にほかならない。戦時中の「国家意識」がやはりさうだつた。当時は、あるいは封建時代においては、日本人は縦の身分関係のうちに個人を埋没させてゐたと論者は言ふが、同様に戦後の日本人はそれを超えたつもりで横の身分関係のうちに個人を埋没させてゐるだけではないか。

何より困ることは、さういふ矛盾が日本の民主化を急ぐ急進主義者によつてもたらされ、激化させられたことであり、もたらした方ももたらされた方も、それで結構民主化の実があがつたと思ひこんでゐることである。民主化などといふことはどうでもいいが、どうでもいいと言つてすまされないのは、そこら中に人格を失つた「人権」だけの亡者がうようよしてゐる現状である。「人権」なるものは人格とはなんの関係もない、人間の唯物的な最低限の権利に過ぎないのに、「ヒューマニズム」といふ気の抜けた日本語音韻の甘美な語呂にだまされて、それがあたかも最高の価値でもあるかのごとく思ひこんでゐる人が多い。

漸進主義といふ言葉は嫌ひだが、漸進的な生き方といふものはあるはずであつて、それは急進主義といふ政治主義に牽制された、また別の名の政治主義に堕してはならぬ。急進主義に対しては、それが急進的であるから抵抗するのではなく、それが政治主義的であるから抵抗するのでなければならない。歴史は急げば必ず政治主義になるのだ。言葉にはこだはらずに漸進主義といふ言葉を使へば、漸進主義者は個人の名において政治主義を拒否し、精神の名において唯物思想を拒否することから出発しなければならない。

さう言ふまでもなく、私の知るかぎり、みづから漸進主義者と思つてゐる人々は、主義や制度や物質よりも、個人や精神を大事にする人々である。が、彼等はその出発点に頑強に踏止る自信を、ともすれば失ひがちである。急進主義の風潮に牽制され、相手が「一年後」と言ふのに対して、わづかに「十年後」の待つたを仕掛ける自分をしか自分の中に見出せなくなつてゐる。そのことが既に、個人を集団の中に取りこまうとする政治主義の罠《わな》にかかつたことになりはしないか。

なぜなら、政治主義の好む集団化に都合のよい解釈を自分に適用し、みづからそれ以外の自分を自分の中に見出さうとする努力をしないからである。人間一人一人の中には様々の集団に適合する様々の集団的自我があると同時に、それには絶対に応じまいとする純粋な個人的自我がある。その両者の大小、組合せの原理がまた個人によつて異るのだが、集団や組織はあたかも資金カンパのやうに人々から集団的自我の提供を、ひとしなみに、最大限に求めて来る。政治主義的風潮はただそれだけに止らず、人々がなほあとに個人的自我の剰余を残しておくことを許さない。やがて人々はみづからさういふ自分の中の剰余を恐れるやうになる。実際はそれがあつても、見て見ぬふりをするやうになり、つひには集団的自我だけで生きるのが「合理主義的」だと考へ、それに合はぬ個人的自我の残存は「感情的」「習慣的」な意味のないものとして、みづから採りあげようとしなくなる。馬鹿馬鹿しいことだが、マルクス主義、共産主義はここ何十年間、日本の知識人にさういふ「自己批判」の手口を教へこんできたのだ。

漸進主義者は共産主義を、あるいはそこに目標をおく急進主義を、なぜ悪だと言ひ切らないのか。たとへ自分と目標が同じであり、差は時間と手段にしかないとしても、その差は決して相対的な程度の差ではなく、絶対的な質の差であることを、なぜ直観しないのか。いや、なぜその直観を尊重しないのか。

先入観を去つて現実をありのままに見るがいい。なるほど保守主義や漸進主義も政治の悪を伴ふ。が、急進主義は政治の悪を「伴ふ」のではなく、それそのものが政治の悪なのである。したがつて、その最大の犠牲者は急進主義者自身である。「社会科学的思考」などといふ出来合ひの物差しを棄てて、素直に直観に頼つて物を見る気があるなら、彼等の姿勢の歪《ひず》みが、言ひかへれば、精神が物質の次元に転落し、自由を失つた醜さが、自然に目に映つてくるはずだ。平和だの平等だの、あるいは民主主義だの人権だの、しかもそれらが一度に手に入る短期満了保険証書だの、その他いかなる景物が附いてゐようが、その歪《ひず》み一つで私は御免を蒙《かうむ》る。

敗戦直後、日本にゐたある外国人教育家は日本の民主化には十五年を要すると言つたさうである。丸山眞男氏はその「象徴的な予言」が当つて、正に十五年目の今年の六月に日本の「市民意識のめざましい高まり」が起つたと喜んでゐる。私に言はせれば、十五年目に「日本の民主化」のではなく、日本の進歩主義者のぼろが出ただけのことだ。安保闘争において見られたといふ「連帯感」は、精神を軽蔑する戦術主義が、これまた精神を下足に預けた集団的自我の断片を操つたところに、あるいは操りそこなつたところに生じた見せかけに過ぎず、孤立を恐れる日本的「仲間意識」の弱み、あるいは強みにつけこんだものではないか。

それを助長した新聞、テレビ、ラジオの責任は大きい。が、考へてみれば、報道の送り手、受け手、いづれの側にもある、異常事に昂奮しやすい、緊張に堪へられぬ個人の弱さといふことに根本の問題がある。今度の場合だけでなく、日頃から「マス・コミ」を個人の生活の一部に位置づけ、集団的自我にそのつきあひをさせて、個人的自我は深部に取つておくといふ近代人の「精神の政治学」を心得てゐないことに、日本の近代史の弱点があるのだ。

そして皮肉なことに、明治以来の「近代化」はさういふ弱点を利用することによつて、世界史に類のない大成功を収めたのである。が、それはあくまで制度、経済などの物質面における「近代化」に過ぎず、それが異常な成果をもたらしただけに、その陰では精神が未熟のまま放置されてゐたのだ。そして、その両者の矛盾を維持することの辛さが、時折、国民を軽挙妄動に走らせる。かうして私達の歴史は右から左へ、左から右へと、事前には全く予期できず、事後には夢としか思はれぬほどの、そして外国人には決して理解できないやうな極端な転換、ないしは「盛上り」を示してきた。

かういふ状態をいつまで続けようといふのか。そして何を求め、どこへ行かうといふのか。私達は主義や組織を離れて自分の心の中をゆつくりのぞいてみるべきだ。遅ればせながら今ならまだ間に合ふであらう。

（「読売新聞」昭和三十五年八月十五日―十七日）

現代の悪魔——反核運動批判

去年の十月十七日、ロンドンで「前代未聞の大掛りな」核兵器反対の坐りこみデモが行はれたと、ある新聞に出てゐる。このデモの主催者は核武装反対百人委員会といふ団体で、その有力な指導者の一人である哲学者のバートランド・ラッセルは同日の坐りこみデモに対する当局の取止め勧告を拒否したため、既に同月十二日に判決を受けて、一週間の禁錮刑に服してをり、なほも獄中から、核武装に対する抵抗運動の必要を訴へて、かう言つてゐる。

ほんの一寸した誤算からでも、いつでも核戦争は起りうる。我々は核戦争と大量殺害兵器に対する国際抵抗運動を宣言する。我々はすべての人々が、この恐るべき専制に反抗して立上り、科学者は核兵器製造の仕事を拒否し、労働者も核兵器に関係するすべての仕事を拒否するように呼びかける。

私は前々からラッセルの合理主義哲学とそのユートピア思想を好まなかつたが、それにしても右の声明に窺《うかが》へる最近の彼の言動は、全く理解に苦しむといふほかはない。科学者や労働者に核兵器製造に関する仕事を拒否するやうに呼びかけるといふが、どうしてそのやうな事が出来るのか。なるほど呼びかける事は自由であり可能である。が、同時に、相手がその呼びかけを聞流す事も自由であり可能である。ラッセル、あるいは彼の指導する百人委員会の考へ方の根柢には、核兵器製造に関する仕事を拒否する自由が、すべての科学者や労働者に許されてゐるといふ前提があるらしい。しかし、さういふ自由は欧米自由主義陣営特有のものであつて、ソ聯を中心とする全体主義陣営の諸国には絶対に許されてはゐない。ラッセルはその事実を忘れてゐるか、それとも故意に見逃してゐるか、どちらかであらう。

もし彼の呼びかけが功を奏すれば、自由主義陣営の「良心的」な科学者と労働者とは核兵器製造から手を引く事にならう。それからどうなるか。言ふまでもない、「良心的」ならざる科学者と労働者が彼等に代つて、その製造に携る事にならう。事態は少しも変らぬどころか、かへつて悪くならう。だが、一歩譲つてかういふ事も考へられる。ひよつとして呼びかけは成功するかもしれない。なぜなら、良心の命に随つて呼びかけに応じる人もあると同時に、また人の思惑を気にしてそれに応じる者も出て来ようからである。さうなつたらどうなるか。これ、また言ふまでもない、良心からにもせよ、思惑からにもせよ、科学者や労働者がラッセル達の呼びかけに応じる自由を保有してゐる自由主義諸国のみが、核兵器製造を停止するといふことになる。全体主義国家にのみその製造を許すといふことになる。

ラッセルに限らない、核爆発といふものを「現代の悪魔」と見なし、その実験、製造、使用に反対する人達は、何を考へてゐるのか。どうしようといふのか。確かに彼等の中には、全体主義の勝利を目標とし、自由主義諸国の軍事的弱体化を欲するがゆゑに、核爆発実験停止運動を続けてゐる人達がゐる。その運動が自由主義国民に対してしか功を奏さぬ事こそ、むしろ彼等の狙《ねら》ひであると言へよう。だが、さういふ人達は、いはば「過激派」で、さう沢山はゐない。大部分の人達はかう考へてゐるに違ひない。科学者や労働者に抵抗の自由が許されてゐる自由主義諸国の方でまづ「悪魔」と手を切る事、さうすれば、悪魔は全体主義国のものといふ事になり、全体主義国政府はその汚名に堪へられなくなつて、やがて、彼等も「悪魔」と手を切らざるをえない立場に追込まれるであらうと。

だが、さういふ人達も、「過激派」とまでは言へなくとも、やはり心中では全体主義の勝利を信じ望んでゐるばかりでなく、「悪魔」はもともと自由主義諸国、少くともその政府のものであつて、全体主義国の政府を導いてゐるものは、元来「天使」なのであるが、たまたま自由主義国が「悪魔」を抱きこんだものだから、止むなく彼等もそれと結託せざるをえなくなつたといふ考へから脱け切つてはゐない。あるソ聯びいきの政治評論家が今度のソ聯の核爆発実験再開について、次のやうに書いてゐるのは、その適切な見本であらう。

ソ聯の核実験再開は、何も世界に二たび核実験競争時代をもたらそうという意図から出たのではなく、実はその反対に、強大きわまるロケットの威力を示すことによつて、直接にはベルリンをめぐる戦争挑発を防ぎ、次いでは今度こそ西側を核実験停止と軍縮に引きずりこもうという意図からなされたものだからである。

それはつまりかういふ事になる。ソ聯は「おれの家に飼つてある悪魔の方が、きさまの家の悪魔よりもつと悪魔的だぞ」と言つてゐるのではなく、核実験停止と軍縮といふ「天使」を担出《かつぎだ》すために、その露払ひとして大悪魔を一暴れさせたのに過ぎぬといふのだ。が、この論理は危険である。それ自体、「悪魔」の論理である。アメリカ側の空中査察も大気圏内だけでの実験停止も、同じ論理によつて弁護しうるであらう。軍備の完全撤廃といふ事になれば、方法も結果も一つしかない。が、単なる軍縮といふ事なら、無数の段階があり、無数の方法があり、無数の結果がある。そのいづれを選ぶかは、そのいづれが自国を有利に保つかによつて決定される。その場合、各国政府が相談相手として採るのは、正義の「天使」ではなく、利己の「悪魔」である。もしある国が他の国よりも正義に見えたとしても、それは「天使」と相談してゐるからではなく、「悪魔」が正義を勧めたからに過ぎない。今は利己より正義の方が徳用だと、利己心がさう考へたからに過ぎない。

シェイクスピアの「ジュリアス・シーザー」の中で、「正義廉直」の士ブルータスは「野心的独裁者」シーザーを殺さうとして、同志にかう言ふ。

己の心を御するに、よろしく抜け目の無い主人の筆法を利用すべきだ、つまり、我から召使を唆して乱暴を働かせておきながら、後で一寸叱るふりをして見せるといふ手がある。さうすれば、われわれの目的も、やむにやまれぬものであり、決して私怨《しえん》から出たものではないといふことになる。一たび民衆の目にさう映じれば、我々はただ粛清に乗出しただけの事、人殺し呼ばはりはされずにすまう。

政治とはかういふものだと、シェイクスピアは端的に言つてのけてゐる。「抜け目の無い主人の筆法」は何も君主政治特有のものではない。民主主義国であれ、共産主義国であれ、永遠に変らぬ政治の原理である。たとへば、保守党が殖民地弾圧を行つて、国内輿論《よろん》がそれを叱つて、それに乗じて革新政党が出て来て、国民はもちろん、その革新政党も結構前任者の乱暴の余沢に浴するといふ事がある。またたとへば、衛星国の侵略を見て見ぬふりをしてすませる事もある。またたとへば、アメリカ大使館にデモを行ふために、ソ聯大使館にもデモを行つたり、その逆にソ聯政府に抗議するために、アメリカ政府にも抗議しておくといふ事もある。「抜け目の無い主人」はいつも天使の顔をして、召使に「悪魔」の役を押しつけるのだ。正義の士ブルータスの中にも、さういふ「悪魔」的「天使」を見てゐたシェイクスピアに私は心からの敬意を感じてゐる。

軍縮は「天使」のものではない、「悪魔」の化身である。もし「軍縮」が天使であるならば、それは「軍拡」といふ悪魔に仕える堕天使であらう。言ふまでもない事だが、ある「軍縮」案がその国の政府にとつて呑めるものであるといふ事は、それが相対的に自国の「軍拡」になる場合だけである。さもなければ、さう誤算した場合だけである。だから、私はあらゆる平和運動に疑問をもつ。私が理解しうる平和は絶対平和しか無い。

ラッセルの声明の中で、もう一つ解らない事がある。「ほんの一寸した誤算からでも核戦争は起りうる」と彼は言ふ。そのとほりだと思ふ。だが、彼もまたその合理主義のゆゑに人間の精神といふものを誤算してゐる。地上の核兵器をすべて廃棄し、対立する両陣営が今後その製造を行ひさへしなければ、それで彼の言ふ「誤算」が生じないと考へるところに、彼の犯してゐる「誤算」がある。彼はあたかも局地戦争として始めた戦争はその約束どほり進行して、世界戦争にはならぬものと考へてゐるかのやうである。また開戦前の条約が開戦後も交戦国相互間に確く守られるものと信じてゐるかのやうである。また原水爆は平時に一度廃棄しておけば、五年十年の戦争継続中にも二度と出現しえないものと信じてゐるかのやうである。だが、核戦争が「一寸した誤算」から起りうると考へてゐるラッセルが、それより遥かに安全な核実験が「一寸した誤算」から起りえないと考へるのはをかしい。現に、ソ聯はそれを再開した。「悪魔」は一度地上に出現してしまつた以上、二度と地下には潜らぬであらう。

原水爆は確かに「現代の悪魔」には違ひない。が、それにしても、人々は原水爆に初めて「悪魔」を見たといふのであらうか。それまで「悪魔」の姿にお目にかかつた事はないのであらうか。一挙に全人類を死滅せしめる原水爆は「悪魔」であつて、一挙に全家族を殺す爆弾は「悪魔」ではないのか。一人の人間を殺しうる刃物は「悪魔」ではないのか。そしてまた、原水爆を造り出した人類は「悪魔」ではないのか。その自然科学的能力は「悪魔」のものではないのか。もつと解りやすく言へば、国際親善使節を乗せる旅客機は「天使」のもので、敵の基地を空爆する爆撃機は「悪魔」のものなのか。なるほどそれは用途の差に過ぎぬ。といふことは、用ゐる人の心の差といふことでしかない。平時は親善に用ゐうる同じ飛行機を、戦時には殺戮《さつりく》に用ゐうるとすれば、そして人類は常にさうして同じ物を時と場合に応じて使ひ分けてきたとすれば、どうして原子力のみがその例外でありうるのか。

それにもかかはらず、原水爆はやはり「現代の悪魔」である。なぜなら、人々はこの「大悪魔」の威力に恐れて、世に「悪魔」と呼びうるものはそれのみと思ひこみ、その他の「中悪魔」「小悪魔」の存在を何程のものとも思はなくなつてしまつたからである。「大悪魔」の威力を封じる運動が、ただそれだけで最高の美徳となり、世界戦争を避けるための努力が、局地戦争の犠牲を蔽ひ隠す。この、いはば価値に対する無感覚と混乱こそ、「悪魔」との取引にほかならない。

人々は自然科学者に道徳を要求してゐる。ラッセルは自然科学者や労働者に反省を促してゐる。だが、それで事は済むものか。私にはさうは思へない。「現代の悪魔」の取扱は自然科学、あるいは自然科学者に期待すべき事ではない。大事な事は私達が自然科学をどう処理すべきかといふ事にある。だから、国際的な平和運動をと、人々は言ふかもしれぬ。なるほど、核戦争や、それに導く核実験に対する抵抗運動も必要であらう。が、それだけでは何もならぬのみではなく、それはかへつて悪しき結果を招くであらう。なぜなら、過つた出発点に立つてゐるからである。人々は放射能の害を言ふ。それなら、放射能の害さへなければ、核実験を行つてもよいのか。また人々は全人類絶滅の危機を言ふ。それなら、全人類ではなく、半分の敵方だけの絶滅ならよいと言ふのか。

一体、人類の滅亡などといふ事は、私達人類の思考の対象になりうるものかどうか考へてみるがよい。民衆が原水爆の恐しさに反応を示さないのは、科学的無智のためにそれを知らぬからではない。ひよつとすると明日にも全人類が死滅するかもしれない、彼等はおそらくその位の事は考へるであらう。が、全人類の滅亡といふ事は私達の経験を超えるものであり、私達はそれを想像しえぬのみか、たとへそれについて一片の白日夢を描きえたにしても、それは私達をいかなる行動にも駆りやらぬ。これほど不毛の思想は無い。したがつて、それは思想ではない。私達の考へうる事は、人類が生き延びてゆく過程の中で自分だけが死んでゆくといふ事実であり、また自分が人類と共に生きてゐる過程の中で、誰かが死んでゆくといふ事実である。つまり、生を背景にしてしか死を考へる事も経験する事も出来ぬのである。背景に生の無い全人類の死などといふ事は、大地に足を附けて生きてゐる人間にとつては、一顧にも値しない空想としか映らぬであらう。

結論として二つの事が言へる。第一に、さういふ空想を種にして、平和運動にせよ、何にせよ、人間を行動に駆りやる事は出来ないといふことだ。いはゆる大衆行動ならいざ知らず、「現代の悪魔」を退治する、あるいはそれと附合ひうる道徳的な行為はそこからは決して生れない。第二に、放射能や人類の滅亡を持出さねば、「悪魔」を「悪魔」と認めえぬやうな薄弱な精神に「悪魔」退治は出来ぬであらう。原水爆は私達の前に初めて出現した「悪魔」ではない。全人類を殺せる核兵器が「悪魔」で、五人しか殺せぬダイナマイトが「悪魔」ではないと考へる人は、すべての価値を数量で割切るといふ最も現代的な「悪魔」の思想に囚《とらは》れてゐる事を反省してみるがよい。全人類の死が五人の死より「悪魔的」に見えるのは、世界戦争が局地戦争より恐しく見えるのは、正直のところ、全人類の死や世界戦争には自分の死が含まれてをり、五人の死や局地戦争なら自分が助る余地が大であるといふ利己心の働きでしかないのではないか。

さういふ利己心に訴へながら、それと気附かぬところに、現代の精神的頽廃がある。が、利己心とは「悪魔」のものにほかならず、「悪魔」の武器をもつて「悪魔」を退治する事ほど「悪魔的」なことはない。「健全」な精神は、原水爆を「悪魔」と見る前にダイナマイトを「悪魔」と見、爆撃機を「悪魔」と見る前に旅客機を「悪魔」と見るであらう。全人類の死を招く核兵器も、小市民の生活を快適に色どる電気冷蔵庫や自家用車も、共に自然科学の成果である。それなら、いつそ自然科学そのものに、あるいは自然科学の今日の在り方に、「現代の悪魔」を見るにしくはない。

自然科学は価値を数量に還元し、再組織する営みである。そのこと自体は善でも悪でもない。が、それに人類の幸福を委ね、自然科学の方でもそれを引受けたつもりになつてゐる現状は、放射能の害や人類の滅亡より恐しい。万事を引受けた自然科学が、人類を「悪魔」に売渡したからといつて、人々は今さら文句の言へた筋合ひでもないし、また何より恐しいのは、下駄を預けた相手に文句を言ふ勇気も智慧も失つてしまつてゐる事だ。科学の前に道徳が古色蒼然として見えるところで、世界平和など説いてゐる状景は、もはやこれを戯画と言ふほかはない。

（「紳士読本」昭和三十六年十一月号）

当用憲法論——護憲論批判

一

私が今改めて憲法論を持出す気になつたのは、去る五月三日の「憲法記念日」にＮＨＫテレビの「憲法意識について」といふ座談会に出席し、そこで私が喋《しやべ》つた事柄に関し種々の誤解を生んでゐる事を知つたからであります。尤《もつと》もいづれは現憲法否定論を書く積りでしたし、その事は既に「平和の理念」（「自由」昭和三十九年十二月号所載、福田恆存全集第五巻三百二十一頁以下）を読んで下さつた方なら大方予想出来る筈で、だからこそ右の座談会にも出席して見る気にもなつたのですが、その必要がかう早く来ようとは思ひませんでした。誤解とは大体次の様なものです。

その日の出席者は憲法学者の小林直樹氏、小説家の大江健三郎氏、国際政治学者の高坂正堯氏で、司会はこれも憲法学者の佐藤功氏、それに私を入れて五人であります。処が私以外の四人はそれぞれ微妙な差はあつても、斉《ひと》しく現憲法肯定論者、所謂《いはゆる》「護憲派」であり、私だけが所謂「改憲派」と目されてゐる人間であります。誤解はそこから起つた。といふのは、第一に、常識的に言つて、私の持ち時間は全体の五分の一、乃至《ないし》四分の一を超えてはならない、随つて相手方の意見に対して一々反対表明ばかりやつてゐたのでは、それに時間を取られて、私が一番言ひたい事を言ふ機会を失つてしまふので、大抵の事は聞き流す様に注意したのです。その結果、視聴者のうちの「護憲派」の目には私が相手方の意見に賛同してゐる様に見え、それが「改憲派」には不満の種となつたらしい。しかし、座談会といふものは大抵さういふもので、たとへ数の上で四対一の優勢であつた相手方にも、その為の遠慮や礼儀といふものがあつて、私の放言を我慢して聞き流してゐた点もあつたと思ひます。

誤解を生じた原因の第二は、私が座談会の劈頭《へきとう》に、自分も嘗《かつ》ては「改憲派」の一人だつたが、今度現憲法なるものを良く読み直して見たら、これは改憲出来ない様に出来てゐる事が解つたと言ひ、最後に二たび同じ事を繰返し、結論として現憲法は廃棄すべきだが、これは私の力に余る事だから、今の処「改憲派」から「無関心派」に脱落する事を宣言して置くと言つた事から起つたものです。ですから、座談会の後に私の処へ舞込んだ投書も、いつもの様に「保守反動、売国奴」といふ種類の罵言ではなく「折角身方だと思つてゐたのに、がつかりした」といふ類ひのものばかりでした。正直の話、これには私の方ががつかりしました。といふのは、私はあの座談会に初めから冗談の積りで出席したのです。さう言ふと、主催者に対して失礼ではないかと怒る人が出て来さうですが、それは困る、冗談の積りで出席したと言ふ冗談くらゐ言へない世界は、私には住みにくくて手も足も出なくなります。戦後の憲法論議は殊にさうなつてゐる。私は公開の席上でこのタブーを破つてやらうと思ひ、終始、冗談と皮肉で押し通したのです。冒頭の言葉も締め括りの言葉も、実はその中味の冗談や皮肉をサンドウィッチにする為の枠組にしか過ぎず、文字通り受取つて貰つては困ります。勿論《もちろん》、冗談は真実に反する言葉ではありません、私はただ冗談といふ形式を借りただけであつて、さうする事によつて、平和憲法をタブーとし神聖視する人達と私と、それぞれの立つてゐる平面の相違を際立てようとしたのであり、私にとつて現憲法は戯画としか考へられないといふ私自身の真実を伝へようとしたのであります。

その証拠に、いづれ書く積りであつた私の憲法論の為に必要な測量の杭《くひ》は、その冗談や皮肉の中に適宜打込んで置いた積りです。以下、それに基づいて整地作業を行ひ、私の真意を述べて行きたいと思ひます。

二

私が最初に現憲法は改正出来ないと言つたのは次の理由に拠ります。なるほど第九十六条には「この憲法の改正は、各議院の総議員の三分の二以上の賛成で、国会が、これを発議し、国民に提案してその承認を経なければならない。この承認には、特別の国民投票又は国会の定める選挙の際行はれる投票において、その過半数の賛成を必要とする」とあつて、この手続さへ踏めば改正出来る様になつてゐる。処が、この憲法前文には右の第九十六条を全く空文化してしまふ様な一節が用意してあるのです。それはかうなつてをります。「これは人類普遍の原理であり、この憲法は、かかる原理に基くものである。われらは、これに反する一切の憲法、法令及び詔勅を排除する」と明記されてゐる。この「かかる原理」とは前を受けてゐるものであつて、基本的人権、戦争抛棄、主権在民を意味します。この三点に反する改正が出来ないとすれば、「改憲派」はもはや沈黙する以外に手は無いのではないか。勿論、これは私の打込んだ杭の一つであつて、それと繋《つな》げて一本の線が引ける様に私はもう一つ別の杭を打込んで置いたのです。

それは何かといふと、欽定《きんてい》憲法にも第七十三条に改定の場合の手続が規定されてをり、それに則つて現行憲法が生れたといふ事になつてをりますが、果してそれは事実かといふ問題であつて、私はそれに疑問を提出して置いたのです。なるほど欽定憲法の改定は自らの規定する第七十三条の手続に随つて「合法的」に行はれたには違いない。が、この場合、見逃し得ぬ事実が二つあります。その第一は手続さへ良ければ、改定の内容は如何様《いかよう》にも為し得るかといふ事です。下手な譬《たと》へで恐縮ですが、一つ一つは致命傷にはならぬ、随つて死刑に値しない傷を百も二百も加へる事によつて人を死に至らしめた場合、その加害者の行為は致命傷を与へなかつたからといつて殺人とは呼び得ないとは言へますまい。憲法の改定には自づと限界がある筈です。先に現行憲法について、その前文が第九十六条を空文化してゐると言つたのはその意味においてです。欽定憲法のうちには、その前文による禁縛は何処にも見当りませんが、憲法発布勅語には「玆ニ大憲ヲ制定シ朕カ率由スル所ヲ示シ朕カ後嗣及臣民及臣民ノ子孫タル者ヲシテ永遠ニ循行スル所ヲ知ラシム」とあります。これは憲法発布勅語の一節であつて、憲法そのものではないと言ふ者があるとしても、それは単なる言ひ抜けに過ぎません。

のみならず、仮に勅語のうちに右の一節が無かつたとしても、事、憲法に関する限り、改定に限界がある事は古今東西を問はず常識として認められてゐる事であります。尤もそれは常識であればこそ、それを無視する横紙破りや、形式論理を楯《たて》に取つて改定無限界説を主張する憲法学者が出て来る虞れ無しとは言へない。だからこそ現行憲法はその機先を制して第九十六条を空文化する手を打つて置いたのでせう。それは自らが欽定憲法を改定する時の手続に後めたさを感じてゐた事の何よりの証拠であり、また同じ横紙破りをやられたのでは敵《かな》はないといふ警戒心の現れであるとも言へない事は無い。私は常識に随ひ、憲法改定には限界があり、根本的条項に手を附けてはならぬと考へます。そこまで改定すれば、それはもはや改定ではなく、革命と言はざるを得ません。序《つい》でに言つて置きますが、欽定憲法改定の際、その基本条項である第一条から第四条までは、日本側の当事者達はこれを改変すべきでないといちわう主張したものの、遂に容れられなかつたのであります。また改定無限界説を主張してゐた憲法学者佐々木惣一博士ですら、その四箇条については同様の考へから改変に反対してをります。

欽定憲法改定の際に見逃し得ぬ第二の事実は、独立国に非ざるものに、憲法を制定する権利も資格も在り得ないといふ事であります。仮に占領軍が押附けたのではなく、自発的に草案を作り、自発的に制定したとしても、事態は同じです。この場合、「自発的」といふ言葉が既に意味を為さない。自発的であり得るなら被占領国ではないし、被占領中なら自発的ではあり得ないからです。こんな解り切つた事に誰も気附かなかつた筈は無い。が、当時その事をはつきり口に出して反対した者は衆議院では六人しかをりませんでした、しかも、そのうち四人までが共産党の議員であり、野坂参三氏などは第九条にも反対し、軍隊を持たぬ独立国は考へられぬとさへ言つてをります。例の座談会で私がその事を指摘した時、小林氏は現在「護憲派」に廻つてゐる共産党の変節を私が詰《なじ》つてゐると勘違ひしたらしく、「その点は保守党も同様で、当時は自衛の為の軍隊も認めぬと言つて置きながら、今日では第九条の解釈次第でそれを認めてゐるではないか」といふ意味の事を言つてをりました。が、その時の私の攻撃目標は共産党やその変節ではなく、小林氏と同じく保守党をも含んでゐたのであります。といふより、欽定憲法改定の経緯を明らかにする事によつて、現行憲法の性格を測定する為の杭を打込んで置かうといふのが私の狙《ねら》ひだつたのです。

三

私はそれを当用憲法と名附けた、制定の経緯が当用漢字のそれと全く同じだからです。テレビを見てゐなかつた人の為に、私の論旨を繰返しますと大体次の様になります。当用漢字は世間で考へられてゐる様に、仮名文字論者やローマ字論者の手によつて提案され実施されたのではない、当時の国語審議会委員の大部分は保守派の国語学者、国文学者だつたのです。彼等は、国字をローマ字化した方が良いと考へてゐたアメリカの教育使節団の勧奨に遭つて、そんな事になつたら大変だといふ憂国の情から、当用漢字を制定し、それを防波堤として、それ以上の漢字追放を阻止しようと考へたのです。当時、それに真向うから反対したのは、後の審議会の主流派となつたローマ字論者や仮名文字論者だつた。彼等の言ひ分は、制限漢字にしても、とにかく漢字などといふものを残したら、それを前進基地にして、二たび漢字無制限時代が来る、この際、ローマ字化乃至仮名文字化を断行しなかつたら、二度と好機は訪れないと考へたのです。詰り、同じ当用漢字が保守派には吾が身を衛る防波堤に見え、革新派には敵の前進基地に見えてゐた訳です。しかし、皮肉な事に、世の中が落着いて当用漢字に対する反対攻撃が始ると、その時は既に審議会の与党側に廻つてゐた仮名文字論者やローマ字論者の目には、同じ当用漢字が漢字増加の傾向を食ひ止める為の防波堤に見えて来たのであり、また将来漢字を全廃する為にも、これよりは後には退けない前進基地に見えて来たのであります。

その点、国字問題と憲法問題とは全く同じで、その相違点は、前者においては政権が革新派に移つたのに反して、後者においては革新派が依然野党に留つてゐる事にあります。のみならず、憲法論議においては、保守派と雖《いへど》も、選挙民の鼻息を窺《うかが》ひながら絶対平和主義を唱へ、未だに改憲に踏切れずにゐるどころか、戦後における欽定憲法改定の合法性を否定出来ずにゐる点です。が、この二つの事実は同じ事を意味してゐるのです。なぜなら、欽定憲法の改定が第七十三条の手続一つで合法化されると考へるなら、同様に現行憲法も第九十六条の手続を踏みさへしたら如何様にも改憲出来ると認めざるを得なくなり、また前者の改定を非合法と見做《みな》すなら、改憲もへつたくれも無い、現行憲法は無効であり、今なほ欽定憲法は法理論上生きてゐるといふ事になるからであります。要するに、現行憲法はその成立によつて如何様にも改憲出来る事を自ら範を示し、容認してゐるか、或は最初からその有効性の根拠が無く、飽くまで当座の用を為す当用憲法であるか、そのいづれかであります。が、前者を一度認めたら、それこそ永久革命を認める様なもので、危険であるばかりでなく、憲法の権威は全く認められ難くなる。憲法そのものの権威が失はれるよりも、この際吾々としては現行憲法の権威を否定する事によつて、憲法そのものの権威を守り、吾々の憲法意識を正常化するに若《し》くはありますまい。私が現行憲法に当用の一語を冠した所以《ゆゑん》であります。

といつて、私は欽定憲法の復活を希望してゐるのではない、私にとつて大事なのは欽定憲法そのものではなく、日本人の憲法意識なのであります。それに、私が復活を希望するまでもなく、欽定憲法は決して死滅してはをらず、理論上は生きてゐるのです。が、私はそのままで良いとは思ひませんし、放つて置けば時間が解決するとも思ひません。座談会に出席した佐藤、小林、大江の三氏などは年寄りが死ねば、現行憲法は全国民の上に定着すると考へてゐる様ですが、人間はそれほど簡単なものではない。第一、さういふ考へ方は現行憲法の無理を、即ち国民の総意によつて出来上つたといふ謳《うた》ひ文句の嘘である事を裏切り示すものであるばかりでなく、現行憲法の売物である基本人権とヒューマニズムを踏み躙《にじ》る残酷な考へ方です。それを認めるとすれば、年寄りの方で、さういふ不逞《ふてい》の若者は徴兵制度を設けて戦場に駆り出し、殺してしまつた方が良いと言ひ出しても文句は言へないでせう。随分極端な事を言ふと思ふかも知れませんが、法的にはとにかく道徳的、心理的には両者は同じものだと言へませう。

断言しても良い、現行憲法が国民の上に定着する時代など永遠に来る筈はありません。第一に、「護憲派」を自称する人達が、現行憲法を信用してをらず、事実、守つてさへもゐない。大江氏は憶えてゐるでせう、座談会で私が、「あなたの護憲は第九条の完全武装拋棄だけでなく、憲法全体を擁護したいのか」と訊ねた時、氏は「然り」と答へた、続けて私が「では、あなたは天皇をあなた方の象徴と考へるか、さういふ風に行動するか」と反問したら、一寸考へ込んでから「さうは考へられない」と答へた。記録ではその部分が抜けてをりますが、私はさう記憶してをります。或は氏が黙して答へなかつたので、それを否の意思表示と受取つたのか、いづれにせよ改めて問ひ直しても恐らく氏の良心は否と答へるに違ひ無い。が、それでは言葉の真の意味における護憲にはなりません。大江氏は憲法を憲法なるが故に認めてゐるのではない、憲法の或る部分を認めてゐるのに過ぎず、また憲法を戦争と人権の防波堤として認めてゐるに過ぎないのです。

勿論、あらゆる法は防波堤的性格を持つものであり、多くの憲法は権力者に対する防波堤としての役割を果してゐる事も否定し得ない。しかし、その防波堤は青年だけが利用し得るものでもなければ、特定の個人だけが利用し得るものでもありません。自由平等、権利義務と同様、自分を守つてくれる同じ法が自分の利害に反する「敵」をも守つてくれるのです。基本人権の擁護は被治者にも治者にも適用されるのです。その点、「護憲派」は大変な勘違ひをしてゐる。

「年寄りくたばれ」どころか、「岸殺せ」と叫んでも基本人権を脅してゐるとは考へないらしい。革命や民族解放の為の内戦は違憲とは考へないらしい。議事進行妨害も「護憲」の名において「護憲派」が行つてゐる。それといふのも、「護憲派」にとつて現行憲法は単なる防波堤の役割を果してゐるばかりでなく、将来政権を取る為の前進基地として好都合な手段だからであり、事実、彼等はさう公言してをります。正に当用憲法であります。「改憲派」が違憲的言動に走るのはまだしも、「護憲派」がこの有様で、どうして憲法の権威が守れるでせうか。誰がそれを真の護憲運動と認めるでせうか。

輿論調査に拠ると、現行憲法を「見聞きした事も無い」といふ人が四割五分、「読んだ事が無い」といふ人が一割五分、「一部読んだ」といふのが三割弱、「一通り読んだ」といふのが一割強となつてをり、無関心と覚しき人が過半数を占めてゐるのも、当然と思はれます。この際、はつきり言つて置きます、現行憲法の権威を失墜させ、憲法に対する関心を失はせたのは、他でもない、護憲運動そのものであり、憲法論議そのものなのです。なぜなら、その当事者が最初から憲法などを問題の対象としてゐないからです。彼等にとつて憲法は本来の最高法ではなく、政権奪取に利用すべき道具に過ぎない。国民の大部分はその事を直感してをります。護憲運動や憲法論議が盛んに行はれ、憲法調査会の結論も頗る《すこぶ》曖昧《あいまい》で、一般から無視に等しい扱ひを受けてゐるのも、現行憲法が憲法として国民の上に定着してゐない事の何よりの証拠であり、その原因は欽定憲法改定の合法性が単に形式的なものに過ぎず、実質的な裏附けが無いからに他なりません。

四

この混乱を匡《ただ》し、憲法の権威を確立する為には、一日も早く当用憲法の無効を認め、これを廃棄するに若くはありません。では、「お前は戦前と同じ絶対天皇制護持論者か」と問ふ人がゐるかも知れない。この種の問ひに対して、私はいつも答へに窮するのです。なぜなら、「絶対天皇制」といふ言葉が甚だ曖昧だからであります。が、それを論じ始めると切りが無いので、ここでは通念に随つて、否と答へて置く事にします。既に言つた様に、私は欽定憲法を復活させたいのではない、憲法そのものを復活させたいのです。しかし、当用憲法を廃棄すれば、当然の結果として明治の欽定憲法が復活する、その瞬間、私は直ちに改憲論の立場に廻り、第七十三条に規定する手続を経て、改定の議決を行ふ事を主張します。その際、私が今当用憲法といふ蔑称を与へてゐる現行憲法の有り難さが初めて理解されるばかりでなく、その中味を改定案に充分盛込む事が出来るでせう。具体的に言へば、欽定憲法の第一条から第四条までをそのまま残存せしめ、それと現行憲法の基本人権擁護とを併立せしめれば宜しい。主権在民、戦争抛棄についても、その実質は現在と殆ど変る処無く生かせると思ひます。

処で、問題の欽定憲法第一条から第四条までといふのは次の通りであります。

第一条　大日本帝国ハ万世一系ノ天皇之ヲ統治ス

第二条　皇位ハ皇室典範ノ定ムル所ニ依リ皇男子孫之ヲ継承ス
第三条　天皇ハ神聖ニシテ侵スヘカラス
第四条　天皇ハ国ノ元首ニシテ統治権ヲ総攬シ此ノ憲法ノ条規ニ依リ之ヲ行フ

右の第二条は誰も問題にはしますまい、現行憲法にも皇室典範が附随してをり、それをそのまま適用すれば宜しい。第三条の「天皇ハ神聖ニシテ侵スヘカラス」は、戦後教育により天皇制に関して誤れる先入観を与へられた青少年達を刺戟するかも知れませんが、これは現行憲法の第三条、即ち「天皇の国事に関するすべての行為には、内閣の助言と承認を必要とし、内閣が、その責任を負ふ」と同様の意味に過ぎません。随つて問題は第一条と第四条に絞られるでありませう。なぜなら、これは主権在民に反するものだからであります。が、主権在民とは一体何を意味するのか、その言葉によつて吾々は如何なる実質を欲してゐるのか。今日、主権在民といつた所で、その実質は高々選挙権の行使を意味するに過ぎません。後はすべて名目だけで、現実には名誉慾と利権に駆られた代議士達が勝手な事をやつてゐるのです。それは戦前と少しも変つてゐない。女性に選挙権を与へられた事だけが戦後の特徴ですが、それも全く時間の問題で、君主制の下でもやがては実現されたに違ひ無いのです。君主制と共和制とのいづれにおいても、主権在民の実質、即ち民主主義は成立つ、それはそのいづれにおいても独裁主義が成立つのと全く同様であります。ここにライシャワー氏が近代化論において使用した例の図表をもぢつて使はせて貰へば、次の様な四つの箱が描けるでせう。

	君主制	共和制
民主主義	英国 戦前日本 B	米国 戦後日本 A
独裁主義	D 近世の 欧洲諸国	C ソ聯 中共 ナチ・ドイツ

このうち上の二つの箱の中でも、Bの英国と戦前日本とを較べれば、言ふまでもなく後者の方が下の独裁主義Dに牽制される傾向が強かつたし、Aの米国と戦後日本とを比較すれば、米国の方が大統領独裁の権能によつて、Cに下向する傾向を持つと言へませう。しかし、中央の横線が縦線よりも太くなつてゐる様に、民主主義と独裁主義とは絶対に相容れず、上が下に、また下が上に幾ら近附かうと、互ひに越境出来ぬ性格がそこにはある。それに反して左右は、少くとも上の箱AB間においては、境界が曖昧で、越境可能なのであります。日本の戦前戦後の推移を見れば、その事は良く納得出来るでせう。随つて、あれは欽定憲法の第七十三条による改定ではなく、革命が起つたのだといふ「八・一五革命説」は古風な形式主義的解釈に過ぎ

ません。上の箱の左右ABの交替が革命を意味したのは前世紀まで、少くとも第一次大戦までの話で、現代における革命は専ら上下の交替を意味します。それ故にこそ今日、二つの世界が存在して互ひに譲り合はず、鬩合《せめぎあ》つてゐるのではないか。それは社会主義と資本主義の対立ではなく、独裁主義と民主主義との対立なのであつて、その点を勘違ひしてはなりません。

ですから、私は欽定憲法の改定において、BからAへの流通を可能ならしめる様に努め、Dへの越境が絶対不可能である様な太線を強く打出せば良いと思ふのです。それには「元首」とか「統治権ノ総攬」とかいふ言葉が耳障りだと言ふ人がゐるかも知れない。が、私にとつては「象徴」の方が余程耳障りだ、いや、それは全く意味を為しません。例の座談会でも、その為に私は一本の杭を打込んで置きました。といふのは、現在の若い大学生に対して輿論調査を試みた処、象徴天皇を認めてゐる者が四割三分に対して、天皇制廃止論者は三割八分となつてゐる。天皇の身になつてみれば、自分を認める者と認めない者と、それぞれ略《ほぼ》半分半分の割合で、相反する両者の象徴といふ性格を作り上げ、その様な割合で行動せねばならず、さもなければ「日本国民統合の象徴」とは言へない、さういふ事を一個人の天皇に期待するのは、天皇を「元首」以上に神格化する事ではないでせうか。さもなければ、これは正に人権無視の拷問でありませう。天皇は主権在民の「民」のうちに入らないから人権蹂躙《じうりん》されても文句は言へないといふのでせうか。でも、この「象徴」はさう深刻に考へるには及ばぬものらしい、天皇制支持者はこの言葉によつて国体の本義が護持出来たと胸を撫《な》で降してゐる様ですが、大江氏は勿論、佐藤氏初め多くの進歩的憲法学者は、この第一条を「天皇といふのは高々象徴といつたものでしかない」と解釈してをります。

処で「統治権ノ総攬」といふ言葉についても、他に統帥権その他の大権を抑止する規定さへあれば、すべて解釈運営の妙を発揮して何の弊害も生じますまい。現行憲法の第九条と前文の戦争抛棄も解釈運営次第で自衛隊存置と矛盾しないと考へられる位ならば、その程度の融通性は朝飯前の事で何も「妙」と言ふ程の難事ではありません。しかし、巷間憲法論議の最大の焦点は、その第九条でありませう、それについて私の考へを述べます。

五

第九条　日本国民は、正義と秩序を基調とする国際平和を誠実に希求し、国権の発動たる戦争と、武力による威嚇又は武力の行使は、国際紛争を解決する手段としては、永久にこれを放棄する。

前項の目的を達するため、陸海空軍その他の戦力は、これを保持しない。国の交戦権は、これを認めない。

この文章を良く読んで御覧なさい、多少とも言葉遣ひに敏感な者なら、そこには自発的意思など毛ほども無い事が感じ取られるでせう。これは譬へば「銃をしまふ！」といふ職業軍人の間に通用した命令形の変種である事は一目瞭然であります。またこれをどう解釈しても、自衛の為の軍隊なら許されるといふ余地は何処にも残されてはをりません。事実、吉田茂元首相は当時そう力説してをりました。現在でも、公法研究者中略七割が同様の解釈をしてをり、第九条のままでも自衛隊の保持は差支無しといふのは二割しかをりません。後の一割が自衛隊を認める様、第九条を改めるべしといふ意見です。処で、この第九条を生んだ根本の考へ方は何処にあるかといふと、それは前文における次の一節です。

日本国民は、恒久の平和を念願し、人間相互の関係を支配する崇高な理想を深く自覚するのであつて、平和を愛する諸国民の公正と信義に信頼して、われらの安全と生存を保持しようと決意した。われらは、平和を維持し、専制と隷従、圧迫と偏狭を地上から永遠に除去しようと努めてゐる国際社会において、名誉ある地位を占めたいと思ふ。われらは、全世界の国民が、ひとしく恐怖と欠乏から免かれ、平和のうちに生存する権利を有することを確認する。

これも変種の命令形である事は言ふまでもありませんが、それにしても「名誉ある地位を占めたいと思ふ」とは何といぢらしい表現か、悪戯《わるさ》をした子供が、母親から「かう言つてお父さんにあやまりなさい」と教へられてゐる姿が眼前に彷彿《はうふつ》する様ではありませんか。それを世界に誇るに足る平和憲法と見做す大江氏の文章感覚を私は疑ひます。「平和を愛する諸国民の公正と信義に信頼して、われらの安全と生存を保持しようと決意した」といふのも、いぢらしさを通り越して涙ぐましいと言ふほかは無い。この場合、「決意」といふ言葉は場違ひでもあり滑稽《こつけい》でもあります。前から読み下して来れば、誰にしてもここは「保持させて下さい」といふ言葉は場違ひでもあり言葉を予想するでせう。

といふのは、前半の「平和を愛する諸国民の公正と信義に信頼して」といふのが途方も無い事実認識の過ちを犯してゐるからです。これは後に出て来る「平和を維持し、専制と隷従、圧迫と偏狭を地上から永遠に除去しようと努めてゐる国際社会」といふ一節についても言へる事です。例の座談会で、この虚偽、或は誤認を揶揄《やゆ》し、刑法や民法の如き国内法の場合、吾々は同胞に対してすら人間は悪を為すものだといふ猜疑《さいぎ》を前提にして、成るべく法網を潜《くぐ》れぬ様に各条項を周到に作る、それなのに異国人に対しては、すべて善意を以て日本国を守り育ててくれるといふ底抜けの信頼を前提にするのはをかしいではないかと言つた。第一、それでは他国を大人と見做し、自国を幼稚園の園児並みに扱つてくれと言つてゐる様なもので、それを麗々しく憲法に折込むとは、これ程の屈辱は他にありますまい。処が、小林氏は、あれは嘘でも何でも無い、当時は国連中心主義の思想があつて、そこに集つたグループは反ファシズムの闘争をした諸国と手を握り合つて行かうといふ気持だつた、その諸国の正義に信頼しようといふ意味に解すべきだと答へました。

そもそも憲法の中に、猫の目の様に変る国際政治の現状判断を織込み、それを大前提として各条項を定めるなど、どう考へても気違ひ沙汰です、私は小林氏が本気でさう言つてゐるのか、これもまた欺瞞か、そのけぢめが附かなかつたので黙つてをりましたが、もし小林氏が本気でさう考へてゐるなら、そして憲法学者といふのはその程度の歴史知識、国際政治観で済むものなら、随分気楽な職業だと思ひます。史上、未だ嘗《かつ》て軍縮案が成功した例は無いし、中学校程度の世界史の教科書を見ても解る事ですが、戦争の後には交戦国は必ず平和を喜び合ひ、もう戦争は懲り懲りだと思ふ。が、それは意識の半面だけの事で、済んだ戦争が史上最後の戦争だなどとは決して信じ込みはしないのです。彼等が「平和を愛する」人間である事も「平和を維持し」あらゆる悪を「地上から永遠に除去しようと努めてゐる」事も、やはり半面の心理であって、他の半面では、自分は出来るだけその善意を持ち続ける積りだが、何処かの国がその善意を忘れる事もあり得るといふ程度の予想は立ててゐる、その予想が事実になる場合もあり、また善意を持ち続ける自分の方が、ついそれを忘れる場合もあり、しかもいづれの場合も、両者共に善意を忘れたのは相手方だと思ひ込む、それが人間といふものです。さういふ「人類普遍の原理」に目を塞《ふさ》いで作つたのが、右に引用した現行憲法の前文であり、その帰結が第九条であります。

私は当時の日本の政治家がそれほど馬鹿だつたとは思はないし、政治家といふ職業は憲法学者ほど気楽に出来るものとも思はない。改めて強調するまでもありますまいが、これは明らかに押附けられて仕方無く作つた憲法です。如何にも腑甲斐《ふがひ》無いとは思ひますが、当時の実情を考へれば、情状酌量出来ない事ではない。しかし、それならそれで事情を説明して、国民の前に一言詫《わ》びれば良いと思ひます。アメリカも公式に謝罪した方が宜しい。さうすれば、吾々はさつぱりした気持で、それこそ自発的に、吾々の憲法に天下晴れて対面が出来るでせう。今のままでは自国の憲法に対して、人前には連れて出られない妾の様な処遇しか出来ません。尤も、それを平和憲法として誇つてゐる人も沢山をりますけれど、それはその人達が妾根性を持ち、事実、妾の生活をしてゐるからに他なりません。

小林氏はたとへ第九条が無くなつて、自衛隊が多少強化された処で、戦力として大した力は持てないと言ひます。かういふ説を為す者は相当をりますが、それは次の二点で間違つてをります。第一に、彼等は戦争といふと全面戦争しか考へない事です。第二に、たとへ全面戦争まで行かなくても、ヴィエトナム戦争がさうである様に、一局地戦が他の国々にも影響を与へる様な事態が生じた時、日本もそれに少しでも力を藉《か》すべきだとは絶対に考へない事です。しかし、戦力として日本より劣つてゐる韓国軍が、それなくして充分戦へる筈のアメリカ軍と共同作戦し、相互に役立つてゐるではありませんか。ここまで書くと大部分の読者は愕然《がくぜん》とするでせう、「福田は自衛隊肯定どころか、海外派兵まで考へてゐるのか」と。しかし、それは当然の事でせう。自国がアメリカの第七艦隊やポラリス潜水艦に衛《まも》られてゐて、日本側はヴィエトナムのアメリカに手を藉さず、その悪口ばかり言つてゐて良いものでせうか。アメリカに手を藉さぬばかりではない、同時に、吾々はヴィエトナムにも手を藉さず、経済援助や技術提供だけで、将来の「濡れ手で粟」の夢を描いてゐる。これは現行憲法の前文にある「自国の事のみに専念して他国を無視してはならない」といふ精神に背きます。尤も今日アメリカがヴィエトナムにおいて侵略戦争を行つてゐるのだといふ前提を認めるなら、話は自ら別になる。さう考へてゐる人が海外派兵に反対するのは当然で、私はそれに文句は附けない。しかし、さう考へてゐない人達、自民党を支持する人達が海外派兵に反対するのは筋が通りますまい。

　輿論調査ではつきりしてゐる事は、男の場合、三十歳を境にして「軍備を持てる様に憲法を改正すべし」といふ人の数が急激に上昇し、その反対者数は急激に下降してをり、女の場合はやはり三十歳を境にして賛成者数が徐々に下降し、同時に反対者数も徐々に下降してをります。即ち三十歳以後、男の場合は賛成者数と反対者数とが年と共に大幅に開いて行くのですが、女の場合は殆ど同数の割合で低下して行き、しかも女の賛成者は三十歳が最高で、それまでは上昇線を描いてゐるのに反し、女の反対者は二十歳から三十歳にかけて急に減つて、その後は緩かに減つて行くのです。この事から大体推測し得る事ですが、男は自分が戦争に行かねばならぬ年頃に反対者が多く、その心配が少い年齢では賛成者が多くなり、女は自分の夫や子供が戦争に行かねばならぬ年頃の方が賛成者が少くなるのではないでせうか。手取り早く言へば、自国の事どころか、自分の事しか考へてゐないといふ事で、これまた人情の自然と言へませう。が、それは飽くまで人情の自然に過ぎないのであつて、それも人間心理の半面ですが、それだけでは困る。私は何も愛国心や憂国の情から困ると言つてゐるのではない、人情の自然だけで国際社会は乗切れぬばかりでなく、それでは自国の利益にも、自分の生命の安全にも望ましからぬ結果を招くであらうと言ひたいのです。また、その単なる人情の自然、即ち本能を絶対平和主義やヒューマニズムの如き大義名分と勘違ひしたり、自己欺瞞したりして貫ひたくないのです。大江氏は前文を単なる法としてではなく倫理基準と考へると言ひますが、憲法の中に最高道徳を、しかもそれを国民の法的義務として織込むといふのも、これまた気違ひ沙汰で、だからこそ、偽善や自己欺瞞が生じるのです。文士の身でどうしてそんな単純な心理が見抜けないのか、全く不思議な話です。

六

右の輿論調査は昭和三十八年に内閣調査室が行つたものですが、同時に「男女年齢の別を問はず再軍備の為第九条改正に対する態度」及び「現行憲法下における自衛隊に対する態度」についての調査の結果、次の様な数字が出てをります。前者は改正賛成と反対とが殆ど同数の三割宛《づつ》で対立し、不明が二割強、解答保留が二割弱となつてをります。後者については、昭和三十三年、三十四年の安保反対闘争の頃までは「増強せよ」が三割弱から三割強で最高を示し、以後漸減して三十八年には一割五分、それに「現状のままにて可」を加へると、その間七割四分から六割二分の間を出入りしてゐる、最高の七割四分は安保反対闘争が最高潮に達するまでの一二年間で、最低の六割二分は三十八年です。「縮小せよ」は三十三年が一割強、三十四年は稍《やや》減つて一割、三十五年、三十六年が最高で一割五分、それから漸減して三十八年には一割三分、その他は不明となつてをります。

この二つの調査からも、今日の日本人が自国の事は愚か自分の生命の安全しか考へてゐないといふ私の観察が当つてゐる事が証明されませう。詰り、自衛隊すら認められぬ筈の現行憲法の下で、しかも自衛隊を現状のまま存置したいといふのが圧倒的大多数の輿論であり、完全な廃止論者は一割にも満たない、しかもその自衛隊を日の当る場所に出す為の第九条改正には反対といふ訳ですが、これは自衛隊を第七艦隊と同じく傭兵と考へ、自分の命を賭《か》けてまで国内、或は国際社会の平和を守らうとする意思の無い事を物語るものではないでせうか。これでは、先に申しました様に、吾々はアメリカの妾になり、蔭でこつそり平和憲法と自衛隊といふ男妾を持つてゐる様なものであります。「人造り」だの「期待される人間像」などの抽象論でその根性が叩き直せるなどと思ふのは全く剽軽《へうけい》な考え方です。それはさて措き、右の「自衛隊に対する態度」についての調査で更に推察し得る事は、国の内外の政治情勢により、「増強せよ」が殖えたり減つたりしてゐる事です。アメリカ軍による北ヴィエトナム爆撃が始つた今年の二月三月には、自衛隊肯定論者が七割七分になり、「増強せよ」は二割二分に増してゐる一方、「縮小せよ」の方も四割を超えてをります。

小林氏に拠れば、恒久的なるべき憲法さへ制定当時の限られた一時期の国際政治の情勢判断によつて作られたのであり、それで良いといふ事になれば、自衛隊の兵力など猶《なほ》の事それで良いといふ事になる。勿論、兵力の増減は情勢に随つて変化するのが当然です、が、問題は右の調査はすべて第九条との関聯において行はれたものですから、兵力に対する意見は単にその増減だけでなく、自衛隊の性格そのものに対する意識の表明と見做さるべきものでありませう。その性格についての調査に拠ると、「災害派遣」の為といふのが全体の四割近く、「対外的国防」の為といふのが二割弱、「国内治安維持」といふのが一割五分近く、「民生協力」が一割強になつてをります。冗談ではないと言ひたくなる。「災害派遣」や「民生協力」といふ事なら、自衛隊は建設省、厚生省の臨時傭ひの様なものでしかなく、「国内治安維持」は警察に対する不信表明としか考へられない。尤も高坂氏に拠れば、それらは「国防」の為といふ事と矛盾するものではなく、目下、難しい立場に立たされてゐる日本人が、矛盾を感ぜずに「国防」の為の自衛隊を認めようとしてゐる「悩み」の現れだといふ事になる。氏は年は若いがなかなか巧味《うまみ》のある表現をするものだと私は感心しました。ただ私の虞れるのは、その悩みは決して生産的なものには成り得まいといふ事です。

氏が難しい立場といふのは、結局現行憲法であり、それがごまかしの「神話」である事は国民の大部分が心得てゐると氏は言ふ。が、私はさうは思ひません。もしさう心得てゐるなら、悩みは無い筈です。悩みがあるとすれば、ごまかしの「神話」としてではなく、理想の「神話」と信じてゐるからに他なりますまい。それと自衛隊の必要との矛盾から生じる悩みは、偽善と自己欺瞞との、日和見主義と敗北主義との、利己心と無責任との、一口に言へば人格喪失といふ道徳的頽廃の温床でしかなく、それは国民を敵国の奴隷にも育て上げませうし、また国内の独裁者に対する従順な羊の群にも育て上げるでせう。アジアの指導者になるなど思ひも寄らぬ白昼夢に過ぎますまい。

そこで高坂氏の言ふ悩みを解消する一つの手法として、現行憲法を占領軍によつて押附けられた経緯を回顧して見る事が必要になる。それは確かに押附けられた飜訳憲法には違ひ無いが、それを拒否する事が果して不可能だつたかといふと、必ずしもさうではなかつたのです。私は昨年「平和の理念」において、前文も第九条も対外的謝罪の表明であると書きましたが、実はもう一つ見逃し得ぬ事実があります。それは何かと言ふと、戦争中、軍部によつて苦しめられた文官達の復讐心の表明であるといふ事です。とすれば、一部の知識人の誇る平和憲法は同胞間の怨恨憎悪の落し子に過ぎぬといふ甚だ醜い事実に直面せざるを得なくなる。が、それが事実なら、如何に醜からうと、吾々はそれを直視しなければなりますまい。さういふ上層指導者の憎悪や恐怖心の飛ばつちりを受けて、国民が二十年も三十年も悩んでゐる様では、民主主義も主権在民も、これまた上から押附けられた自己欺瞞であり、飴玉《あめだま》でしかないといふ事になりませう。

七

国民の多くはポツダム宣言を無条件降伏として受取らされた。が、これは全く事実に反するものであります。その第四条には「無分別ナル打算ニ依リ日本帝国ヲ滅亡ノ淵ニ陥レタル我儘ナル軍国主義的助言者ニ依リ日本国ガ引続キ統御セラルベキカ又ハ理性ノ経路ヲ日本ガ履ムベキカヲ日本国ガ決定スベキ時期ハ到来セリ」とあり、第五条以下に降伏の条件が明示されてありますが、この第四条の「助言者」といふ言葉に一応注目して置いて頂きたい。降伏の勧告は政治権力と人民との間に楔《くさび》を打込み、両者を別物として扱ふのが常でありますが、ここでは政治権力を更に二分し、主権者とは別に「軍国主義的助言者」といふものの存在を仮定してゐるのであります。それは第五条以下、降伏の条件を規定した諸項に明らかでありますが、その中から現行憲法の三本の柱である主権在民、基本的人権、戦争抛棄とに関するものだけ抜き書きして見ませう。

第九条　日本国軍隊ハ完全ニ武装ヲ解除セラレタル後各自家庭ニ復帰シ平和的且生産的ノ生活ヲ営ムノ機会ヲ得シメラルベシ

第十条（前略）日本国政府ハ日本国国民ノ間ニ於ケル民主主義的傾向ノ復活強化ニ対スル一切ノ障礙ヲ除去スベシ言論宗教及思想ノ自由並ニ基本的人権ノ尊重ハ確立セラルベシ

第十二条　前記諸目的ガ達成セラレ且日本国国民ノ自由ニ表明セル意思ニ従ヒ平和的傾向ヲ有シ且責任アル政府ガ樹立セラルルニ於テハ聯合国ノ占領軍ハ直ニ日本国ヨリ撤収セラルベシ

第十三条　吾等ハ日本国政府ガ直ニ全日本国軍隊ノ無条件降伏ヲ宣言シ且右行動ニ於ケル同政府ノ誠意ニ付適当且充分ナル保障ヲ提供センコトヲ同政府ニ対シ要求ス

ここに明らかな事は、無条件降伏の要求とは日本帝国政府に対するものではなく、単に日本の軍隊に対するものであるといふ事です。それも決して日本軍の解体を意味するものではない、その事は右ポツダム宣言の第九条、第十三条から推測出来る様に、占領軍が駐留する場合の安全保障と第十条、第十二条実現の為の必要なる措置としてしか考へられてゐなかつた事は明らかであります。事実、ポツダム宣言の約二箇月半ばかり前、即ち五月八日、ベルリン休戦協定署名の日、トルーマン大統領は記者会見で次の様に述べてをります。

(一) 日本軍隊の無条件降伏といふのは、戦争終結を意味し、日本を今日の破局に齎《もたら》した軍首脳者の影響力に終止符を打つ事を意味する。

(二) 無条件降伏とは陸海軍兵の家庭復帰、農場、職場への帰還を意味する。(第九条参照)

(三) 無条件降伏は日本国民の根絶や奴隷化を意味するものではない。(第十条前半参照)

但し、私の論旨の混乱を避ける為に敢へて後廻しにした条項が一つあります、それは第十一条で、それには次の如く記されてをります。

第十一条　日本国ハ其ノ経済ヲ支持シ且公正ナル実物賠償ノ取立ヲ可能ナラシムルガ如キ産業ヲ維持スルコトヲ許サルベシ但シ日本国ヲシテ戦争ノ為再軍備ヲ為スコトヲ得シムルガ如キ産業ハ此ノ限ニ在ラズ

これはここだけ抜出して解釈すれば、再軍備不可を条件としてゐる様にも受取れますが、第九条、第十三条、及びトルーマン声明と併せ考へて見れば、決してさうではない事が解るでせう。本条の目的は占領中、賠償取立と睨《にら》み合せた経済復興の条件であつて、軍事費をそれに優先させてはならぬといふ意思表示と見るべきでせう。いづれにせよ、ポツダム宣言は現行憲法の第一章天皇の諸条項は勿論、第二章の戦争抛棄などを必至ならしめる様な無条件降伏の示唆すら含んではをりません。主権在民についても同様で、同宣言第十条の「日本国国民ノ間ニ於ケル民主主義的傾向ノ復活強化」といふ言葉から窺へる様に、宣言署名国の英・米・支の三国は日本が君主制の下においても戦前から民主主義国であつた事を認めてをり、戦時中軍閥によつて抑圧されたその傾向を二たび「復活強化」させようとしただけであります。そんな簡単な事を戦後十五年間国民は目隠しされて知らずに過して来た、それを明らかにする手続は、遺憾ながら日本人の手によつてでなく、ライシャワー大使によつて行はれたのであります。それまで日本の進歩的知識人は、ポツダム宣言の内容を伏せ、曖昧にし、それが無条件降伏を意味するが如き錯覚を国民大衆に与へ、平和憲法を謳歌強要して来た、その戦後責任は戦争責任と同様、今日、改めて糾弾さるべきものではないでせうか。

当時、国民が瞞《だま》されたのも無理は無いので、三度の飯を食ふや食はずにゐる時、憲法も糞もあつたものではない。アメリカ軍が上陸して来たら、男は鏖《みなごろ》しにされ、女は凌辱されると思込んでゐた一般大衆、それが一年経つて見たら、史上最も寛容なる占領軍である事を知り、配給の食糧に随喜の涙を流してゐた当時の事です。たとへ輿論調査をした処で、如何なる憲法が良いか、理性的判断が下せる筈は無いでせう。それを、小林氏や大江氏の様に当時、たとへ国民投票に懸けたとして、前述の調査と同様の結果が出たらうと言ふのは、大衆の空腹といふ弱味に附け込み、大衆を愚弄する卑劣の言と言ふべきであります。大衆を愚弄するのも宜しい、が、それなら大衆を煽《おだ》て、大衆を聖化し、その名において物を言ふのは止めて貰ひたいと思ひます。

大衆は何も彼も解つてゐるといふのは嘘です、その感覚や力は信頼すべきですが、それは絶えざる教導を必要とするものであつて、無智のまま利用しようとしてはなりません。平和憲法の美名の蔭に利己心、怠惰の温床を造り、そこに眠りこけようとするのを防がなければならない、それがこの「当用憲法論」の目的であります。

八

最後に蛇足ではありますが、現行憲法の前文についてその英文和文の両者を比較し、それが明瞭に英文和訳である事を証明して置きたい。ポツダム宣言の趣旨に反し、占領軍がその草案を日本政府に突附けた何よりの証拠ですが、政府としてはポツダム宣言違反だと言つて突返せば良かつたのです。それを慌てて、恐らく半日位で訳したものでせう。実に醜態です。大江氏は日本の近代文学が自分のも含めてどうせ飜訳文学なのだから、憲法が飜訳でも一向差支へ無いと言つてをりますが、随分奇妙な論法があるものです。同じ飜訳でもポツダム宣言のそれの方がまだしも国語としてこなれてゐる、その点から察しても、敗戦直前の日本政府の方が、戦後のそれより正気だつた事が解ります。さて、問題の前文は左の様になつてをります。

日本国民は、①正当に選挙された国会における代表者を通じて行動し、われらとわれらの子孫のために、諸国民との協和による成果と、わが国全土にわたつて自由のもたらす恵沢を確

We, the Japanese people, acting through our duly elected representatives in the National Diet, determined that we shall secure for ourselves and our posterity the fruits of peaceful cooperation with all nations and the blessings of liberty throughout this land, and resolved that never again shall we be visited with the horrors of war through the action of government, do proclaim that sovereign power resides with the people and do firmly establish this Constitution. Government is a sacred trust of the people, the authority for which is derived from the people, the powers of which are exercised by the representatives of the people, and the benefits of which are enjoyed by the people. This is a universal principle of mankind upon which this Constitution is founded. We reject and revoke all constitutions, laws, ordinances, and rescripts in conflict herewith.

We, the Japanese people, desire peace for all time and are deeply conscious of the high ideals controlling human relationship, and we have determined to preserve our security and existence, trusting in the justice and faith of the peace-loving peoples of the world. We desire to occupy an honored place in an international society striving for the preservation of peace, and the banishment of tyranny and slavery, oppression and intolerance for all time from the earth. We recognize that all peoples of the world have the right to live in peace, free from fear and want.

We believe that no nation is responsible to itself alone, but that laws of political morality are universal; and that obedience to such laws is incumbent upon all nations who would sustain their own sovereignty and justify their sovereign relationship with other nations.

We, the Japanese people, pledge our national honor to accomplish these high ideals and purposes with all our resources.

保し、政府の行為によつて再び戦争の惨禍が起ることのないやうにすることを決意し、ここに主権が国民に存することを宣言し、この憲法を確定する。そもそも国政は、国民の厳粛な信託によるものであつて、その権威は国民に由来し、その権力は国民の代表者がこれを行使し、その福利は国民がこれを享受する。これは人類普遍の原理であり、この憲法は、かかる原理に基くものである。われらは、これに反する一切の憲法、法令及び詔勅を排除する。

日本国民は、恒久の平和を念願し、人間相互の関係を支配する崇高な理想を深く自覚するのであつて、平和を愛する諸国民の公正と信義に信頼して、われらの安全と生存を保持しようと決意した。われらは、平和を維持し、専制と隷従、圧迫と偏狭を地上から永遠に除去しようと努めてゐる国際社会において、名誉ある地位を占めたいと思ふ。われらは、全世界の国民が、ひとしく恐怖と欠乏から免かれ、平和のうちに生存する権利を有することを確認する。

われらは、いづれの国家も、自国のことのみに専念して他国を無視してはならないのであつて、政治道徳の法則は、普遍的なものであり、この法則に従ふことは、自国の主権を維持し、他国と対等関係に立たうとする各国の責務であると信ずる。

日本国民は、国家の名誉にかけ、全力をあげてこの崇高な理想と目的を達成することを誓ふ。

以上が飜訳文である事を示す証拠は幾らもありませうが、ここにはその二三の例を挙げるに留めます。第一は格助詞「は」を伴ふ傍線を施した一語の主語の後に必ずと言つて良いほど見られる読点の濫用《らんよう》であります。これを原文と照し合せて見ますと、「日本国民は」のwe、the Japanese、の、に牽制された三箇処の他は、殆どすべて主語の直ぐ後が目的乃至は補語、次いで動詞といふ順に続けて訳せず、文章の終りの方から訳し始めなければならぬ箇処に決つてをります。例外は「これは人類普遍の……、この憲法は、かかる原理に……」の二箇処だけですが、その前者に読点が省かれたのは原文a universal principle of mankindを珍しく意訳して語順を変へ「人類普遍の原理」といふ一続きの言葉にした為であり、後者の原文では直ぐ後に動詞＋過去分詞と続いて簡単に終つてゐるのに読点があるのは、その前の関係代名詞を「かかる原理に」と重ねて二度訳出して挿入した事から生じたものであります。

第二に×印の「……し、……し」の続出は全く受験英語の紋切型ですが、それと○印の「……のであつて」とを原文と比較して見ますと、なるほどと肯《うなづ》かれる、×印の方は主語が変らず、その一つ主語に対して動詞が次々と重ねられて行く場合であるのに反して、○印の方は改めて主語が設定される場合です、正に「語るに落ちる」といつた形でさうなつてをります。序《つい》でに言へば、文中唯一の「信頼して」の「して」は原文のtrustingを下から訳して来たもので、これも受験英語における分詞構文訳出の紋切型でありますし、終りの方の「普遍的なものであり」の「あり」は「人類普遍の原理であり」の場合と似てゐて、「……し」や「……のであつて」とは原文の上で違ひがある。といふのは、関係代名詞whichや接続詞

ｔｈａｔの前に必ず現れるからであります。

第三に、「われらは、いづれの国家も、自国のことのみに専念して……」以下の長い文章ですが、これは原文でもワン・センテンスで、この解りにくさは拙訳の典型と言つても宜しいでせう。どうして解りにくいかといふと、原文ではｗｅ ｂｅｌｉｅｖｅとあつて、その後は三つの接続詞ｔｈａｔに続く三つの目的語節に分れてをり、その中にｉｓとａｒｅとｉｓと三つの動詞があるのみならず、更に最後のｔｈａｔ以下の補語の一部を為すｎａｔｉｏｎｓを受けて関係代名詞ｗｈｏが来、その動詞としてｓｕｓｔａｉｎとｊｕｓｔｉｆｙの二つがある、さういふ複雑な仕組を受験生よろしく「のであつて」（ｉｓ）「あり」（ａｒｅ）「維持し」（ｓｕｓｔａｉｎ）「対等関係に立たうとする」（ｊｕｓｔｉｆｙ）「である」（ｉｓ）といふ具合に原文を往きつ戻りつした揚句、文章の末尾になつて漸く最初の主動詞「信ずる」（ｂｅｌｉｅｖｅ）が顔を出す様な形に訳してゐるからです。読む者は、一体いつになつたら「われら」の動詞が出て来るのだらうと苛々《いらいら》する、動詞にぶつかる度に、それが当のものではないと知つて裏切られる、そして改めてその主語はどれかと前に逆戻りしなければなりません。

第四に①②③④⑤と番号を打つた漢語の訳語は、誤用と言ふのが言ひ過ぎとしても、慣用から外れた直訳語であります。①は「公明なる選挙によつて選ばれた代表者」とした方がまだしも日本語らしい。②は「制定」で宜しく、③は「拒否」の方が適切であり、④は「困窮」もしくは「窮乏」が普通でせう。⑤は単に「認める」で宜しいではありませんか。それ以外にも生硬未熟な言葉が幾つかあり、それらが気の抜けた口語の言廻しと混合し、先に挙げた直訳文体を構成してゐるのですから、如何に悪文を以て鳴る戦後派の文士と雖も、こんなものを本気で相手にする気にはなりますまい。差し当り予備校の英語の先生をしてゐる小田実氏あたりの意見を伺ひたいものです、確か氏もこの当用憲法の愛誦者の一人だつたと記憶してをりますので、ふとそんな気を起した次第です。

先に「蛇足までに」と申しましたが、現行憲法に権威が無い原因の一つは、その悪文にあります。悪文といふよりは、死文と言ふべく、そこには起草者の、いや飜訳者の心も表情も感じられない。吾々が外国の作品を飜訳する時、それがたとへ拙訳であらうが、誤訳があらうが、これよりは遥かに実意の籠《こも》つた態度を以て行ひます。といふのは、それを飜訳しようと思ふからには、その前に原文に対する愛情があり、それを同胞に理解して貰はうとする慾望があるからです。それがこの当用憲法には聊かも感じられない。今更ながら欽定憲法草案者の情熱に頭が下ります。良く悪口を言はれる軍人勅諭にしても、こんな死文とは格段の相違がある。前文ばかりではない、当用憲法の各条項はすべて同様の死文の堆積《たいせき》です。こんなものを信じたり、有り難がつたりする人は、左右を問はず信じる気になれません。これを孫子の代まで残す事によつて、彼等の前に吾々の恥を曝すか、或はこれによつて彼等の文化感覚や道徳意識を低下させるか、さういふ愚を犯すよりは、目的はそれぞれ異るにせよ、一日も早くこれを無効とし、廃棄する事にしようではありませんか。そしてそれまでに、それこそ憲法調査会あたりで欽定憲法改定案を数年掛りで作製し、更に数年に亙つて国民の意見を聴き、その後で最終的決定を行ふといふのが最善の策であります。憲法学上の合法性だの手続だの、詰らぬ形式に拘《こだ》はる必要は無い、今の当用憲法がその点、頗る出たらめな方法で罷《まか》り出て来たものなのですから。

（「潮」昭和四十年八月号）

防衛論の進め方についての疑問——防衛論批判

プロローグ　亡命者なればこそ言へた無抵抗主義

「文藝春秋」七月号（昭和五十四年）にロンドン大学教授森嶋通夫氏の「新『新軍備計画論』」といふ論文と、それに対する関嘉彦氏の反論「非武装で平和は守れない」とが載つてをり人々の関心を呼んだ。その森嶋氏の論文の標題は、日米開戦の約一年前、昭和十六年一月に、海軍大将井上成美が「新軍備計画論」なる意見書を出し、英米との建艦競争を戒めた故智に倣《なら》ひ、それに準ずる今日の「新軍備計画論」といふ意味で、重ねて頭に新の一字を加へたものである。副題にも「故海軍大将井上成美氏にささぐ」とある。だが、井上提督は日本防衛のために軍備が必要である事にいささかの疑ひも懐いてはをらず、当時の陸海軍の存在を肯定してゐた、さもなければ海軍に身を投じ、その最高の地位である大将にまで成れる訳がなく、その「新軍備計画論」は戦略、戦術に関する方法論であつて、森嶋氏の主張するごとき軍備無用論では決してない。氏もそれは充分承知のはずである、それを「新『新軍備計画論』」と題したのは「正論」九月号で志水速雄氏が指摘してゐるやうに「表題を完全に裏切つてゐる」ばかりではない、そこには独りよがりの洒落や冗談の域を超えた実に巧みな詐術がある。といふのは、最近、漸く防衛意識に目ざめ始めたと言はれる日本国民に対して、当時「鬼畜米英」への道をひた走つた「狂へる軍閥」といふ「悪夢」を想ひ起させる為に、その「狂気」を抑へようとした井上将軍の亡霊を呼出し、自説の軍備無用論の露払ひをさせようとしてゐるとしか思へないからである。

森嶋氏は同じ手を文中でもう一度使つてゐる。沖縄の海軍部隊が玉砕したのは昭和二十年六月十一日、終戦の二箇月前である、その日、沖縄方面根拠地隊司令官の大田実少将が、海軍総隊司令長官宛に発信したと思はれる長文の電報を、長崎大村基地の西海航空隊に暗号士として勤務してゐた森嶋氏が平文に飜訳したさうであるが、その偶然の「光栄」を氏は最大限に利用してゐる。大田少将の電文といふのは、本土戦においては住民がすべて日本人だといふ事、沖縄の場合、一般市民は勇敢に戦つたが、かういふ日本固有の領土では市民のみならず、将兵といへども全員玉砕の挙に出でるは必ずしも策の上なるものではない、玉砕するのは自分達司令部首脳のみに限り、それ以外、全員、平服に変装し、市民の中に紛れこんで将来を期すべきだと思ひ、そのやうに命令した、その責任はすべて自分にある、彼等を断じて逃亡兵扱ひしてくれるなといふ、司令官として真に立派な態度を示したものである。が、それは軍人として数々ある立派な態度の一つであつて、部下全員に対し「俺と一緒に死んでくれ」といふのも、場合によつてはまた立派な態度と言ひ得る。それに、この電文の最後は、一般市民に紛れこませた将兵は、やがて日本軍が再上陸して来た場合、必ず武器を取つて立上るであらうと結び、飽くまで抵抗の姿勢を堅持してゐる。森嶋氏はその徹底抗戦の美談に感激してゐるが、これも詐術である、氏の感激は、自分の無抵抗主義、敗北主義の背後にはそれだけの気概があつてのことであり、単なる怯懦《けふだ》と無智の産物ではないと思はせるための芝居に過ぎない。

要するに、森嶋氏の言ひたい事は、もし敵が攻めて来たら、自衛隊、及び日本国民は無抵抗主義に徹し、無条件降服するに限るといふ、その一事に尽きる。そして、それが最上の方法だといふ論拠を氏は一つ一つ列挙してゐるが、志水氏が「正論」誌上で指摘してゐる様に、それらはいづれも詭弁《きべん》であり、相互に矛盾してゐるばかりでなく、観念的な机上の空論に過ぎず、十に一つ、百に一つの可能性を、それしか無い必然の道として押し附けたり、逆に百に一つの可能性も無い事を期待して、自分に都合の良い結論を導き出したり、全く支離滅裂といふほかはない。甚だしきは事実に反する嘘を恬然《てんぜん》と語つて読者を煙に巻いてゐる事である、イギリスの文民統制について述べてゐる箇処など、最も悪質な例と言ふべきであらう。が、氏の論法の殆どすべては広義に言つて「先決問題要求の虚偽《ペティーティオ・プリンキプリー》」と言つてよい。

しかし、私にとつて最も許せない事は、森嶋氏が低俗な芝居の、といふよりショウのプロデューサーとして俗受けを狙《ねら》つてゐるに過ぎず、氏の言ひたかつた事は無抵抗主義、敗北主義の一事に尽きるとは言ふものの、実はそれも本気で望んでゐる訳ではなく、自分の極端な主張が暴発する惧《おそ》れのない安全弁を充分に計算した上で、だからこそ当ると先を読んでゐる事である。恐らく都留氏との論争で味をしめ、亡命先ロンドンで余所者扱ひされてゐた堅気の大学教授が、日本のジャーナリズムの手で論争仕掛人に仕立てあげられ、初めて覚えた道楽に浮かれて二の矢を放つただけの事であらう。本来なら黙殺して然るべきものであるが、子供が遊び半分に放つた吹き矢で一人前の大人が失明することもある。放つてはおけないと思つて、敢へて反論する。が、森嶋氏を相手に論争しようといふのではない。私の目的は、これを切掛けに日本の防衛論を軌道に乗せる事にあり、それには森嶋氏の無抵抗主義ほどいい鴨《かも》はないと考へたまでの事である。さう言つては言ひ過ぎになるかも知れぬが、私は心の何処かで、この鴨の出現を待つてゐたやうな気がする、それが葱《ねぎ》まで背負つて来てくれたのを見逃す手はあるまい。遅まきながら、出るものが出るべくして漸く出たのである。もつとも、さう考へたのは私ばかりではない、「文藝春秋」九月号で田久保忠衛氏は次のやうに書いてゐる。

日本の非武装中立論は世界に例を見ない主張である。この議論の根拠は、日本のいわゆる平和憲法であり、米中ソ三大国に取り囲まれた国際環境であり、いわゆる世論であった。しかし、こういった表向きの根拠から一歩内に入り込めば、戦争は出来ないから、降伏以外に手はなく、そのためには軍備は不要で、日本は中立の立場を取らねばならぬ——という本音が出てくると考える。森嶋教授はこの本音の部分を初めて堂々と、詳細にわたって公けにされたのである。このようにスッキリ考えれば日本に防衛政策は不要になろう。そういう意味では画期的な論文と言っていい。

同じ誌上に原田統吉氏もかう書いてゐる。

これは（中略）近来とんと落ち目の〈非武装中立論〉の理論的再武装、または〝居直り〟だといってもいい。

なお志水速雄氏も「正論」九月号誌上に右二氏と殆ど同様の事を書いて森嶋氏を揶揄《やゆ》してゐる。

「文藝春秋」誌上で森嶋先生の文章を読んだとき、世の中にはきつい冗談をいう人がいると感心し、これで非武装中立をとなえる社会党もかなり打撃を受けるだろうと思った。（中略）いいかえれば、社会党が隠しておこうとした事態、つまり対ソ無条件降服という事態を先生はあばいてしまい、それでいいではないかと居直ったのである。わたしが先生の文章を社会党批判の意図をもつ戯文だと見たのも当然であろう。（実際のところまだ半分ほどわたしは先生の意図に疑問を抱いている。というのは先生の文章は結果として、非武装中立論者を勇気づけるよりは、むしろ非武装中立のゆきつく先を知った日本国民の軍事的な防衛意識をますます高めるという効果をもつだろうからである。）

この部分に関する限り、田久保氏のみが最も的確に森嶋氏の主張の政治的背景を見てゐるやうに思ふ。たとへ戯文にしても、志水氏の言ふやうに、森嶋氏の無抵抗主義が「日本国民の軍事的な防衛意識をますます高めるという効果をもつ」とは私には到底考へられない。なぜなら、ここ一二年、日本人が、といふより日本の新聞がソ聯に警戒心を見せ始めたからといつて、それは飽くまで現象的な変化に過ぎず、本質的な防衛意識、国家意識とは無縁のものであり、ソ聯の出方によつては、再び稀薄なものになる事は受合つてもいい。国防の必要は確かに現実の問題である、したがつて、その程度と方法は現象によつて左右されるのが当然であらう、が、その在り方の問題は国家意識、国家観、詰り国家と個人との関係といふ人間存在の根源に繫《つなが》るものである。その意味で、森嶋氏の主張が非武装中立論を空洞化したとは言へず、また関氏の反論が、たとへその一々に私も同感であるとはいへ、それだけで森嶋氏のそれはいざ知らず、無抵抗主義そのものを葬るに充分であるとは言へないと思ふ。論理的にのみならず、現実論としても無抵抗主義は戦後の日本に根強く生きてきたのであり、森嶋氏が論争に破れても、それはなほ生き残るであらう。鳩が豆鉄砲を食らつたのは、私の忖度《そんたく》する限り、非武装中立論の社会党ではなく、自衛隊合憲論の保守党、官僚の首脳部であらう。彼等は森嶋氏の言に、亡命者なればこそ、よく言つてくれたと、内心ほつとしてゐるに違ひない。私は無責任な放言をしてゐるのではない。少くとも終りまで読んで貰へれば、お前がさう言ふのも無理はないと納得して戴けよう、さうすれば防衛論を軌道に乗せるといふ私の目的は達せられよう。

第一幕　「文民統制」とは何を意味するのか

討議、論争において見られる意見の対立は、殆どすべての場合、意見そのものの対立ではなく、論者が互ひに同じ言葉を用ゐながら、各々がその言葉に託する意味の相違に基づくものである。同じ言葉であるから同じ意味を有するといふ誤れる前提のもとに行はれる論争においては、ダイアレクティク（問答）による対立を通じて、広い意味での相互理解や合意に到達するはずもなく、いたづらに混乱と昏迷を生ずるだけに終る。殊に明治以後の日本においては外国語飜訳のために造語された新漢語によつて、戦後はその飜訳の労すら怠つて濫用《らんよう》されるに至つた外来語によつて、その傾向は愈々《いよいよ》助長され、吾々の思考の混乱はその極に達したと言つてよい。飜訳された新漢語は歴史が浅く、しかもその原語が持つてゐた拡がりや深みを失ひ、一本の木の根や枝が他の木のそれと絡みあつてゐるのにも似た他の言葉との関聯を持つてゐない。が、論争や議論においては固より、日常生活においても、今日の吾々が用ゐる漢語は恐らく八割方がこの新漢語なのである。権柄づくとか勇気とか、謙遜とか野卑とか、その種の古くからあり、殆ど国語化してゐる歴とした漢語は近頃あまり使はれず、それよりは国家、主権、人権、民主主義、平和、自由、国際環境、産業構造、抑止力、国防、その他等々の抽象語の方が、少くとも新聞紙面を賑《にぎ》はし、政治社会問題における論争は殆どすべてこの種の新漢語に頼つてゐる。戦前の中国では手の切れるやうな真新しい札よりは、皺《しわ》だらけの、といふよりは揉《も》みくたになつた札の方を好んださうである。それは多くの人の手を潜り抜けて来たものであり、まづ本物と信じて良いが、新札は贋金《にせがね》の疑ひが濃いからだといふ。新漢語についても、その程度の警戒心をもつてゐた方がよい。その最たるものが文民統制といふ言葉であり、殊に森嶋氏がこの贋札の弱点を最大限に利用してゐるからである。

言ふまでもなく、これはシヴィリアン・コントロール（Civilian Control）の飜訳であり、新漢語のうちでも戦後に初めて使はれ出した新円でしかなく、もし日本にフランスの如きアカデミーがあつたら、まだ国語辞典の中に入れては貰へぬ程度のものであらう。いや、私の知り得る限り、原語のシヴィリアン・コントロールといふ言葉さへ、イギリスやアメリカでも頗《すこぶ》る曖昧《あいまい》、微妙な意味合ひを持つ面倒なものなのである。なぜなら、何処の国でも自国を防衛するためには軍を必要とするが、一度、それが適正な位置と規模とを越えると、そしてさういふ可能性は、森嶋氏の言ふ如き日本固有のものではなく、程度の差こそあれ、どこの国にもあり得る事であつて、その結果、外敵から自国を防衛するための自国の軍隊から、行政府、立法府を防衛する工夫が必要になつて来る。したがつて、シヴィリアン・コントロールといふ言葉はその意図を示すだけのものに過ぎず、その方法、制度といふ点になると、この一二世紀を通じて、時期により、また慣例により、各国まちまちであり、アメリカなど、第二次大戦後、朝鮮戦争が終り、ヴィエトナム戦突入期に掛けて、即ち一九五〇年代後期から六〇年代初期に掛けて、様々な議論の対立があつたくらゐである。一説によると、普通はシヴィリアン・シュプレマシ（文民優位）と言つてをり、それに代つてシヴィリアン・コントロール（文民支配、或は統制）

といふ言葉が用ゐられる様になつたのは、ヴィエトナム戦争が泥沼化するに随い、このまま放つておけぬといふ訳で、例のマクナマラが軍に対する行政府の介入を主張し実行し始めてからだといふ。それが事実かどうか充分に確認し得ないが、ここに見逃してはならぬ一つの真実がある、といふのは、武の文に対する圧力といふ危険もあり得るが、その逆の文の武に対する圧力といふ危険も等しく存在し得るといふ事である。更に本来なら両者は車の両輪の如く対等であるべきものを、敢へて文民優位にしておくのは、武が兵器を専有、保管してゐるからである。が、その意味では、幾ら文民優位にしておいても軍の暴走を完全に防ぎ得る方法、制度は絶対に確立し得ない。要は相互の信頼関係であり、軍の暴走は軍のみにその責めを帰し得ず、文民優位の護符一枚で防げると思ふのは大間違ひで、優位に立つ文民は軍と対等に渡り合へる専門家でなければならないのである。

森嶋氏はイギリスにおいて文民統制が可能なのは素人優先主義の思想があるからだと言つてをり、それは「文藝春秋」九月号で佐瀬昌盛氏も疑問を呈してゐるが、ここまで来ると詭弁などといふ高級なものではない。口から出まかせの大嘘である。イギリスくらゐ専門家尊重の国は数少い。日本こそ素人優先国である。テレビで「三時のあなた」や「茶の間の経済学」を何年か続ければ国会議員になれたり、都知事になれたりといふ珍現象はイギリスには全くないと言つていい。学界もアカデミズムが確立してをり、新聞や一般雑誌に専門以外の事を書いて著名になり、それが大学教授の業績として認められたり、大学内の地位向上に役立つたりする事例も聞いた事がない。森嶋氏にしても、ささやかな個人的戦争体験を基に軍備不要論や反戦論を「ガーディアン」に連載して評判になつたところで、ロンドン大学内における経済学者としての地位や信頼度に疵《きず》がつきこそすれ、いささかのプラスにもなるまい。が、もし氏が日本の大学に奉職してゐれば、直接間接の利得にはなる。大学の俸給よりジャーナリズムによる収入が多くなれば、それだけ多忙になり、学者、教授としてそれだけ手抜き作業を行はざるを得なくなつても、誰もそれを咎《とが》めない。ジャーナリストにしても、イギリスには、国際政治学者と対等に話合へる専門家がゐる。政治家にしても同様である。ナポレオンのフランスを撃退したピットはイギリスにおける最初の首相と言つてもよいが、彼はチャタム伯大ピットの次男であり、その政治的才能は代々の政治家といふ家系に負ふところが多い。イギリスの階層社会においては家系は専門家養成機関の役割を果してゐる。近代英国の最盛期であるヴィクトリア朝において、それぞれ三度以上首相を務めたダービー伯、グラッドストーン、ソルズベリ侯もやはり家系が生んだ政治専門職である。近くは第一次大戦後のボールドウィン、チェンバレン、第二次大戦前後のチャーチル、いづれもその例外ではない。同じくアングロ・サクソンの国アメリカも同様である。

森嶋氏は或はそれこそ自分の考へてゐる素人優先主義の証拠だと言ふかも知れぬが、それは素人といふ言葉の誤用である。「イギリスでは軍人ばかりでなく、その他の専門家も素人に牛耳られているから、文民統制は決して奇異ではない」などと言ふとますます誤解を招く。もし森嶋氏の言ふ素人といふ言葉に附合ふなら、それは専門家の言ふ事を理解し、それぞれの専門家の意見を全体の枠組の中に位置附け得る見透しを持つた専門職を意味し、それこそ広義の最も良き意味における政治優先主義といふ事になる。が、問題はさういふ「素人に牛耳られてゐる」といふ言ひ廻しにある。かういふ不用意な言葉遣いは、下手すると亡命大学教授のフラストレイションの現れと誤解されかねない。森嶋氏は知つてゐるだらうか、これはイギリスに限らぬ、ヨーロッパ先進国は大抵似たり寄つたりであらうが、軍人が素人の文民に「牛耳られている」と言つても、その文民代表は大統領、首相であり、その下に国防大臣と統幕議長とは対等で直属し、統幕議長は閣議、国防会議に出席する権限と責任とがあり、時には直接大統領、首相に意見を具申し得る。アメリカではその点が多少違つてをり、文民統制の文民がイギリスの如く首相一本ではなく、大統領と議会とに二分されてゐるため、軍はイギリスにおけるよりも「政治的」に動かなければならない。たとへば、大統領が幾ら在韓米軍撤退を主張しても、軍が議会に働き掛け、それを抑へる政治的工作をする余地が残つてゐる。また、軍が働き掛けなくとも、或は大統領案に賛成でも、議会の反対が強ければ、事はなかなか纏《まとま》らず、未決定に苛立《いらだ》つ軍が時に暴走する危険が無いとは言へない。この様に、一口に文民統制と言つても、その方法によつては、同じ事を意味し、同じ効果を齎《もたら》すとは言へないのである。

ところで、問題の日本はどうなつてゐるか。先づ防衛庁は他国の国防省とは違ひ、総理府の外局であり、首相を議長とする国防会議の議員は非常勤で、外相、蔵相、防衛庁長官、経済企画庁長官の四人から成り、自衛隊の最高責任者たる専門家の統幕議長はこれに出席する権限なく、ただ首相の命により必要な時にはこれに出席する義務があるだけだといふ事になつてゐる。更に防衛庁には内局といふものが文民の目附役として存在し、専門家の自衛官は統幕議長以下一人も所属し得ない。内局の背広組といふのは主として警察庁、大蔵省より出向の官吏で固められてをり、ここでも制服自衛官排除の態勢は崩れない。森嶋氏の希望通り、政府、与党も日本人は未だに文民統制に不向きな国民だと見做《みな》し、世界に類の無い武官排除の徹底的な素人優先主義を堅持してゐる。或る雑誌の最近号には「体制派の経済学者」森嶋通夫氏まで無抵抗主義を唱へ始めたと書かれてゐるが、先に述べたやうに体制派なればこそ、安心して自衛隊の地位を現状のまま凍結し、文民統制を拒否出来るのである。

しかし、私の気懸りの種は、亡命文民森嶋氏の意見ではない、その暴論に一向痛痒《つうやう》を感じない政府与党の曖昧な姿勢である。寧《むし》ろ、氏が自衛隊を現状のまま文民統制以前の部外の民として凍結しておく事を主張した事により、かへつてその凍結の実情が明らかにされた。その点、私は氏の「勇気」に敬意を表したいくらゐだ。なぜなら、政府は現状の自衛隊が文民統制以前のまま足踏みしてゐる実情を曖昧にし、恰《あたか》も文民統制の原理に則してゐるものの如く国民に思ひ込ませてゐるからである。国民ばかりではない。防衛について論ずる専門家でも、兵力、装備、軍事費について論ずる人は多いが、それ等とは次元を異にする最も本質的な問題である軍の国家的、社会的地位について、その歪《ゆが》みを匡《ただ》さうとする人は少い。再び言ふが、それは凍結され、隔離され、監禁された状態のままなのである。この文民統制以前の現状を続けてゐたのでは、有事の場合、現地の自衛隊指揮官は独自の判断で独走せざるを得ぬ、それを防ぐために文民統制の態勢を確立してくれといふのが、去年の栗栖弘臣統幕議長のまことに健全、且つ謙遜なる要請であつた。それが誤解され、詰腹を切らされたのは、今の自衛隊が初めから文民統制のもとにあるかの如く振舞つた文民政府、国会の責任である。

　私は猪木正道氏が防衛大学校の校長であつた時、その卒業式に一度、民間代表として出席を求められ、卒業生、在校生に向つて挨拶《あいさつ》を求められた事がある。[*1] 勿論《もちろん》、タブーの凍結状態には触れなかつた、恰も現状の自衛隊が欧米流の文民統制下にあるものとして話したのである。私は彼等に向つて言つた、諸君は軍人といふ専門職である前にまづ国民であり、文民であり、人間である、その自覚を持つて貰ひたい、と。が、これは欧米の文民統制下においても容易な業ではない、まして文民から特殊な専門職として除け者にされ、その専門家集団専用の檻《をり》の中に閉ぢこめられてしまつてゐる現状では殆ど不可能事に近い。森嶋氏はこの凍結を解き、通常の文民統制を実施すると、軍の暴走が起ると予断するが、私は話が逆だと思ふ。除け者にされ監禁された現状をいつまでも続けてゐると、軍に限らない、誰しも一気に憤懣《ふんまん》を打ちまけ、暴走したい衝動に駆られるであらう。が、ここでも森嶋氏は如何にも「体制派の学者」らしく昭和初期の軍縮が逆に軍国主義を招いた故事に倣い、軍縮や廃止は行ふべきではないと言つてをり、森嶋氏に反論する人々の大部分がさうであるやうに、やはり兵力、装備などの量の問題に捉はれ、質の問題を完全に無視してゐる。

　同じく「体制派の学者」の中でも猪木氏は今日の自衛隊が文民統制以前の状態にある事を承知の上で、それを「国民の――いいかへれば国会の――統制下におく」事を主張してゐるが、日本が主権在民の民主主義国家であるにしても少くとも文民統制に関する限り、人民の選んだ国会議員にのみ文民を代表させるのは危険である。とすれば、アメリカに倣つて行政府の長たる首相と国会とに分散支配させるしかない、恐らく猪木氏もさう考へてゐるのであらう。が、これも真に奇異な事だが、吾が国会は防衛費審議権を拋棄してゐるのである。が、欧米流の文民統制を導入するとすれば、軍は装備、兵器、兵力、その他の増減、改良の意見に基づき、各省庁同様、一応の予算案を出し、それを大蔵省が検討して修正案を作り、その両案が議会に廻され、審議、検討されなければならない。たとへ文民統制の最高機関が国会ではなく首相、大統領であつても、それは国会として為すべき当然の義務であらう。それを拒否した事によつて、自衛隊はますます部外の民として路頭に迷ふ結果になつた。そして予算に関する限り、自衛隊は大蔵省に直属し、その管轄下にある。

以上で明瞭になつた事は、もし森嶋氏の言ふ如く、日本で文民統制が行はれにくいとしても、それは統制される武の弱点によるものではなく、統制する側の文にその資格と能力とが無い、といふ事である。何も戦時の軍の暴走を今更持ち出して国民を脅す事はあるまい。が、果して文の側にその資格と能力とが無いのであらうか、私にはさうは思へない。正確に言へば、無いのではなく、それを与へられたくないのであらう。国会は主権在民を楯《たて》に自衛隊をその統制下におく能力と自信が無いのではない。ただ自衛隊そのものを爆発物同様危険物扱ひし、それに触れたがらないだけの事である。もちろん議員諸氏も国民と同様、本気で自衛隊をニトログリセリンの如き危険物とは考へてゐない。そこは亡命文民森嶋氏と大いに違ふ、が、床一面に油が流れてゐる議事堂では、マッチ一本でも危険な爆発を促す。端的に言へば、油とは憲法であり自衛隊法である。それに火がついたら大事《おほごと》である。彼等は日陰者の私生児を入籍させる事によつて、夫婦喧嘩で夜も日も明けぬやうになり、家庭の平和を紊《みだ》す危険を何よりも惧れてゐるのである。とすれば、外に子供を作つた亭主の政府、与党の方が、女房の野党より頰被《ほほかぶ》りの事勿《ことなか》れ主義でひたすら時間を稼ぎたくなるのは当然であらう。

第二幕「秩序ある威厳に満ちた降伏」と「政治的自決権」

この言葉は森嶋氏の論文のうちで、道徳、及び人間の生き方の本質に触れた殆ど唯一の部分と言つてよいが、それは次の文脈の中に出て来る。少し長いが、氏の軽薄ぶりを最も端的に示してゐると思ふので、そのまま引用させて貰ふ。

昭和二十年八月二十三日附の朝日新聞は、「外国兵近づくとも毅然、冷静に扱へ」という記事を掲載している。事実、ⓐ日本人は後世に誇るに足る、品位ある見事な降伏をしたと私は思う。そしてこのような降伏をした国民であったからこそ、日本は戦後、奇蹟的な復興をすることが出来たのである。／同様に、万が一にもソ聯が攻めて来た時には自衛隊は毅然として、秩序整然と降伏するより他ない。徹底抗戦して玉砕して、その後に猛り狂うたソ聯軍が殺到して惨憺たる戦後を迎えるより、秩序ある威厳に満ちた降伏をして、ⓑその代り政治的自決権を獲得する方が、ずっと賢明だと私は考える。日本中さえ分裂しなければ、また一部の日本人が残りの日本人を拷問、酷使、虐待しなければ、ソ聯圏の中に日本が落ちたとしても、立派な社会――たとえば関氏が信奉する社会民主主義の社会――を、完全にとはいえなくても少くとも曲りなりに、建設することは可能である。（傍点ⓐⓑは福田）

右のⓐⓑのうちⓑについては関氏を初め「正論」の志水氏、「文藝春秋」九月号の佐瀬氏、「月曜評論」（八月十三日号）の松原正氏、それに森嶋、関両氏の論争を読んだ読者評の谷浦いく子氏がそれぞれ条理に適《かな》つた反論をしてゐる。関、志水、佐瀬の三氏はそれぞれ専門的立場から、ソ聯に対して、そんな夢のやうな期待を懐く森嶋氏の楽観論を、といふよりは、その無智を嗤《わら》ひ、更に志水氏は無条件降服のための自衛隊なら、それは「無用の長物」であり、「日本国民はなんのために高い税金を払って、こんな無用の長物を養っておかねばならないのか」と反問してゐる。私も同感だが、森嶋氏の立場からすれば、自衛隊を文民統制以前の現状のまま凍結しておき、無条件降服させて、それを手土産、身代金としてソ聯軍に引渡し、「その代り政治的自決権を獲得する方が、ずっと賢明だ」、そのためにこそ自衛隊を「急激に縮小したり廃止したりすべきでない」と言つてゐるではないかと答へるに違ひない。以上三氏と異り、松原、谷浦両氏の反論は道徳、或は人間観の立場からのそれである。森嶋氏の「日本中さえ分裂しなければ、また一部の日本人が残りの日本人を拷問、酷使、虐待しなければ」といふ余りにも独断的な仮定に対して、松原氏は「人間はさうしたものではない」と縷々《るる》人間性の醜さを説いている。森嶋氏は右引用分ⓑと同主旨の事を「北海道新聞」に書き、その中で「ソ聯の支配下でも、私たちさえしっかりしていれば、日本に適合した社会主義経済を建設することは可能である」と述べてをり、それを附記として「文藝春秋」に再録してゐるが、それに対して谷浦氏は自分と周囲の日常生活を顧みながら、かう述べてゐる、『私たちさえしっかりしていれば』という一項によって、これは素人の論文に終わった。私たちはしっかりしていない、もしくは私たちはいかなる時にもしっかりしているとは限らない――（中略）それが軍備ゼロで、降伏してから後、個々人が尊厳をもって生きていけるだけの社会体制を新たに築いていけるのか、私には不安だ。支配側の体制にいち早く順応して、そちらに頭角をあらわす人々はどんどん出るに違いないが」と。

この文章が二十一歳の女性の書いたものとは、私にはどうしても信じられない。これほど「しっかりしてゐる」女性が今日の日本にゐるとは思へない。といつて、私は女性を軽蔑してゐるのでなく、さういふ自覚を持つた女性ほど、この種の表現は苦手なものであらう、まして二十一歳の若さでは、といふだけの事である。恐らく仮名であらう、その谷浦氏は「支配側の体制にいち早く順応して、そちらに頭角をあらわす人々はどんどん出るに違いない」と断定に近い推量で結んでゐるが、これはどうすればヒトラーを抑へられたか、或はどうしても抑へられなかつたかなどといふ森嶋氏の実験室的遊戯[*2]に過ぎぬアフタソウト（後《あと》推量）よりも、私達年齢の者にとつては、遥かに切実な経験的事実である。谷浦氏の生れる約十年程前、ソ聯に捕はれてゐた日本人捕虜達を満載した送還船が次々に舞鶴港に入港して来たが、その中でどんな事が起つたか、氏は知つてはゐまい。ソ聯領内、或はその占領地域内における日本人の中で、既に「支配側の体制にいち早く順応して、そちらに頭角をあらわす人々」が輩出し、当時、人々はさういふ連中をアクティヴ（積極分子、活動分子）と呼んでゐたが、送還船が日本に近づくにしたがつて、形勢は逆転し、彼等に「酷使」されてゐた連中の復讐劇が船ごとに繰返し展開されたのである。更にその頃の「内地」ではもちろん、「支配側の体制（占領軍）にいち早く順応して、そちらに頭角をあらわす人々はどんどん出て」ゐた事も忘れてはならない。とすれば、谷浦氏の言ふ通り、彼等の子である氏と同世代の青年達が、いついかなるときでもしつかりしてゐるとは限るまい。

ついでにもう一つ、知人が終戦時大連で経験した事実談を披露しておく。森嶋氏はソ聯兵が満洲で「掠奪暴行の限りをつくした」のは「満を持していたソ聯軍が、宣戦と同時に堰《せき》を切つてなだれ込んで来た」のだから仕方ないと言つてゐるが、これは事実に反する。確かに北満では日ソ両軍の激戦が行はれたが、それは森嶋氏の言ふほどの「徹底抗戦」でもなければ「玉砕」でもない、最後は降服である。そこで大連の貨物駅の駅長は考へた。この際、無意味な抵抗をしても始らない、日頃、愛読する吉川英治の赤穂城明渡しの手で行くに限ると。彼は一夜、改めてその件りを読返し、貨物駅倉庫内の物資目録を綿密に作製し、それをロシア語に飜訳させ、「秩序整然と降伏する」肚《はら》で静かに敵軍の到来を待ち、一般市民もそれに倣つた。ソ聯の参戦が八月九日であり、その大連侵入は十日ばかり後の事である。もちろん、日本軍と戦つて来た連中ではない。大連が蔣介石軍の手に落ちぬうちにと急遽、北蒙古から派遣された連中であり、日本軍の「徹底抗戦」に恐怖を感じ、「猛り狂うたソ聯軍が殺到して」来た訳ではないのに、結果は大連内蔵助《くらのすけ》の予想を裏切り、住民は「惨憺たる戦後」を迎へた、連日の掠奪、暴行である。

だが、私が最も理解出来ないのは、ⓐの傍点箇処である。私は戦時中、確かに良き国民ではなかつた。反戦ではないが厭戦であり、政府も軍も当てにせず、家族や親しい友人に最低生活を保証する手当を講ずる事を第一義と心得てゐた。それだけに、あの敗戦を森嶋氏のやうに「後世に誇るに足る、品位ある見事な降伏」と手放しで自画自讃する事は出来ない。私ばかりではない。当時、見聞きした限り、それほど称讃に値する「秩序ある威厳に満ちた降伏」をした日本人を遺憾ながら一人も知つてゐない。たとへさういふ立派な人が数人、数十人ゐたところで、「日本人は」と総称出来るほどのものでは決してなかつた。チョコレイトとラッキーストライクとアメリカ兵の携行食糧に目を輝かし、涎《よだれ》を垂しながら、卑屈な笑ひを浮かべて彼等を迎へた当時の吾々の姿は、「外国兵近づくとも毅然、冷静に扱へ」といふ「朝日新聞」の要請に応えたものとは意地にも言へない。

それればかりではない、前掲引用部分の直ぐ前に、森嶋氏は「ひとたびポツダム宣言を受諾した後は、（軍国）日本は立ちなおって、素晴らしい模範的な対応をした」と書いてゐるが、果してさう言へるか。私が「当用憲法論」[*3]を書いてからもう十四年になる。その中で触れておいた事だが、ポツダム宣言の無条件降服はその条文から推して、明らかに日本の軍隊に対するものであつて、日本国政府、国民一般に対するものではない、まして、国際法に反する占領中の憲法強要、教育制度の改革、文字遣ひや文化、慣習に対する容喙《ようかい》、その他、瑣末《さまつ》な事のやうに見えながら、実は日本人の心情を支へてゐた諸々の仕来りや、それに基づく自信と矜《ほこ》りの破壊、等々、何も彼も無条件に受容れる事を意味してはゐない。といつて、私は今更、占領軍に文句が附けたいのではない、むしろその逆で、吾々日本人の、或は当時の文民指導者の態度を問題にしてゐるのだ。もちろん、当事者には色々言ひ分もあらう、しかし、何より困るのは、この明らかに有条件降服以外の何物でもあり得ないポツダム宣言を無条件降服として受取り、結果としてはすべて無抵抗に許諾してしまつた軽薄な態度が、それから三十年経つた今日に至つて、当時の昏迷を「後世に誇るに足る、品位ある見事な降伏」と見做し、それをなし得た「国民であつたからこそ」今日の繁栄を築き得たと、現代の日本の在り方を何の疑ひもなしに肯定する軽薄な人間を産み落したのだといふ事である。

いづれにせよ、私は次の五点に読者の注意を促したい。第一に、「威厳に満ちた降伏」は威厳に満ちた征服、占領より、吾々平凡人にとつては較べものにならぬほど至難の業である。稀に、威厳に満ちた戦ひをなし得た者のみ初めて「威厳に満ちた降伏」を為し得るであらう。第二に、サンタクロースに近い寛大なアメリカ軍に対してすら「威厳に満ちた降伏」が出来なかつた日本人に、貧しく前近代的なソ聯軍に対して、どうしてそれが為し得るのか。威厳の有無はさておき、たとへ卑屈であつたにしても、当時の日本人の中には、アメリカ占領軍に「模範的な対応」を示し、マッカーサー元帥に十二歳と子供扱ひされながら、元帥が朝鮮戦争の際、文民統制を無視して暴走しようとしたためトルーマン大統領に解任されるや、それを土下座して見送り別れを惜しんだものが相当ゐた、それも何の事はない、戦中戦後の窮乏のためであつた。英仏の指導者は「民衆を怒りに燃え上らせるためには、ヒトラーにまず充分殴らせる必要があったのだ」といふ森嶋式論法をもつてすれば、日本がアメリカに対してと同様、ソ聯に対して「威厳に満ちた降伏」を為し得るためには、まづその前に氏が一方で礼讃してゐる戦後の「奇蹟的な復興」を、同時に他方で慫慂《しようよう》してゐる通り全部御破算にして、三十数年前の窮乏生活にもう一度立ち返らねばならない、が、そのためにはソ聯に、或は他のいづれかの国に日本国民を「充分殴らせる必要」があるといふ事にならう。確かに民主主義国における政府の指導力は弱く、とかく自己の利益を追求しがちな企業や個人を縛り、彼等を一つの方向に結束させるのは難しい、だからといつて、チャーチルはそれを容易ならしめるために、初めから計算づくで、自国、及び全欧の無辜《むこ》の民をヒトラーの餌食《ゑじき》に供し、その苦難を担保にしてローズベルトに参戦を決意させたのではない。それにしても、かういふ森嶋氏の残虐な、といふよりは、それ以上に許し難い非人間的な思考法に対して、私は鷹派《たかは》の名誉に賭《か》けて宣戦布告する。

第三に、アメリカ軍にせよソ聯軍にせよ、言葉の通じない外国人である、それに「威厳に満ちた降伏」が出来るくらゐ、「日本人がしつかりしていさへすれば」、同じ日本人である自衛隊が将来暴走*4したところで、ソ聯占領軍よりは遥かに「対応」しやすいはずで、その軍事政権に対して「威厳に満ちた降伏」をし、「曲りなり」でもいいとすれば、その程度の「政治的自決権」を獲得することなど、いとたやすい事ではないか。第四に、森嶋氏は無抵抗主義とその根拠を諄々《くどくど》と説いておきながら、「以上のような『国防案』にもかかわらず、私自身はソ聯が日本に攻めてくることはまずないと信じていることをはっきりさせておきたい」と言つてをり、それなら、それまでの六七十枚は円高、ポンド安に悩んでの原稿料稼ぎのためかと腹も立つて来るが、そこのところは私情抜きといふ事にして敢へて借問する、ソ聯が攻めて来ようが来まいが、先に述べた通り「威厳に満ちた降伏」は凡人のよく為し得るところではない、それにも拘らず、森嶋氏は日本人がその難業を昭和二十年に楽々とやつてのけた事を認め、そのために「奇蹟的な復興」を成し遂げた今日の日本人なるが故に、氏自身は「まずないと信じている」ソ聯の日本攻略が「万が一にも」起つたらと仮定して、それでもやはり日本人が再び同じ難業をやつてのけられる事を期待してゐる。それほどよく出来た日本の文民に、それとは較べ物にならぬくらゐ易しい文民統制を期待出来ないとなぜ断定するのか。

　第五に、森嶋氏は「私は人間を信じるがゆえに、アメリカ人と共にソ聯人を信じるから核攻撃の心配はしない」と言つてをり、さうなると信じられないのは文民統制の出来ない日本人だけといふ事になる。しかし、氏が人間を信じてゐるなどと言つても、そんな大嘘を誰が信じよう。氏にとつて、人間とは「経済観念のある動物《エコノミック・アニマル》」といふ事に過ぎず、さればこそ自衛隊を文民統制以前の現状に凍結したまま、「トランジスターのセイルスマン」「兎小屋に棲《す》む働き気違ひ」といふ汚名に甘んじ、経済大国の道を突走れと言ひたいのであらう。だが、経済大国といふ言葉は日本人の造語、或はエコノミック・ジャイアントの訳語、即ち新漢語であり、原語のジャイアントは必ずしも「巨人」「超能力の持主」を意味するとは限らず、しばしば「粗野」「野蛮」「化物」等の属性を聯想させる、したがつてエコノミック・ジャイアントはむしろ「経済鬼」「金色夜叉」と訳した方がよからう。いづれにせよ、経済力だけで大国の資格が持てるものではない。私が一昨年（昭和五十二年）の秋、イギリスの元首相ヒース氏と対談[*5]した時、氏は経済と国防とはセットにして考へなければならぬと言ひ、次のやうに、外国の政治家としてはかなり思ひ切つた事を言つた。「歯に衣《きぬ》を着せずに」言ふが、問題は「日本国民がアメリカ、西ヨーロッパ、日本を含む西側防衛体制の中に留りたいと考へてゐるのかどうかといふことにある、もし留りたいなら、アメリカやECとの「経済的軋轢《あつれき》」を無くするやうな、何等かの方法を講ずべきであり、もし留りたくないなら、日本は「共同防衛体制に依存せず、自分で自国を防衛していかなければならない」と。私はその時、喉元まで出かかつた反問を抑へ、ただ日本国民には、その「共同防衛体制」の意識も意思も欠けてをり、「あらゆる力、いろいろな力のせめぎあひの中のエア・ポケットの中にいつまでもゐたい」といふ考へ方が支配的だと答へたところ、相手は「なるほどさうだ」と言はんばかりの「愉快さうな」笑声を発した。喉元まで出かかつた私の反問といふのは、「共同防衛体制に依存せず、自分で自国を防衛していかなければならぬ」と言ふが、むしろ物事をそこまで突き詰めて考へ、たとへ単独でも自国を防衛していかねばならぬといふ意思があつて始めて、共同防衛体制に依存していかねばならぬといふ意識を持つべきだと言つた方がいいのではないかといふ事である。同様の事を「ニュー・ヨーク・タイムズ」のデイヴィット・バインダー氏[*6]がかう言つてゐる、「アメリカ人の大部分は、日本政府および日本人全体が、もう少し自分の運命に対して責任を持つべきであると思つてゐます。その責任の一端は防衛です。（中略）私が言ひたいのは、軍国主義の危険や、軍国主義体制、軍国主義的な冒険が過去にもたらした不幸と悲劇に対して、日本人がどれほど敏感であらうとも、またそれらの復活をいかに恐れてゐようとも、だからといつて、日本を防衛するのはごめんだ、と言ひ張つたり、兵器と名のつくものに触れるのもいやだ、あらゆる国から完全に中立でやつていくのだ、と言つてゐるだけでは、完全な人間にはなれないし、完全な国家とは言へないと思ふのです。」

この両氏や私の考へ方に森嶋氏が反対である事は言ふまでもないが、氏は国防を論じ、経済を論じながら、その両者をばらばらに分離して論じ、セットにして考へず、しかも米ソの世界戦略といふ枠組を無視し、日本だけが治外法権の特権を享受し得るが如き幻想を懐いてゐる。そして、経済を度外視した戦前、戦中の軍の暴走を恐れ、その裏返しの、国防を度外視した経済の暴走を奨励しようといふのであらう。もちろん、氏は日本の産業構造を転換し、「重工業や知識集約型産業」からの脱却を説いてゐる。そのアナクロニズムについては、関、志水両氏の反論に充分尽されてゐるから、詳くは言はぬが、日本の産業を「敵国が占領して自分たち用に使つてもあまり得にならない種類のものに転換しておくことが必要である」などと、馬鹿も休み休み言ふがいい、そのためには、大正、明治は愚か、江戸時代にまで逆行し、人口も三分の一に減らし、三分の二は日本難民船に乗せて海外追放しなければ追附くまい。海外亡命者の言としても許し難い無責任極る太平楽である。が、こんな異論に耳を傾ける必要はない、私が読者に注意を促したい事は、戦前、戦中の経済を度外視した軍旗の暴走と、戦後の国防を度外視した経済鬼の暴走とは表裏をなすもので、根は一つものであり、良く言へば、それは日本人の頭脳とエネルギーといふ事になり、悪く言えば、近代化、西洋化に対する適応異常といふ事になる。殊に後者は重要な問題なので、改めて後述する。

幕間――フォイエにて

以上、森嶋氏の無抵抗主義、敗北主義の、謂《い》はば前線基地とも言ふべき二点に集中攻撃を試みて来た訳だが、まさかこれだけで亡命政権の森嶋軍が白旗と日章旗を掲げて「威厳に満ちた降伏」をしてくれるとは思はない。たとへ二拠点を占領したところで、窮鼠《きゆうそ》、猫を嚙《か》むレジスタンスが起るであらう。事実、森嶋氏はその隠れ家を諸所に用意してゐる。その幾つかを、以下、箇条書にして爆破しておく。

㈠　ヒトラーがスイスに手を出さなかつたのはその武装と民兵組織、地勢、中立国などの理由があるが、関氏はそのうち民兵組織を最も重視した、それは違ふと森嶋氏は反対し、ヒトラーは和平交渉の手段として中立国たるスイスに手を触れなかつたのだと頑強に主張し、今後の日本も米ソの仲介役として中立国の道を歩めと、高校生なみの思附きを臆面もなく長々と展開する。だが、思附きは思附きに過ぎず、これは「文藝春秋」九月号の読者評によつて木端微塵《こつぱみぢん》に粉砕されてしまつた。新聞記者、大石昭爾氏はかう述べてゐる、「森嶋教授は武装中立国スイスだけに相当言及されながら、(一八六七年に非武装中立国になつた) ルクセンブルクの悲惨な歴史や、(一八六八年に非武装中立国になつた) リヒテンシュタインの苦渋に満ちた歴史になぜ言及しないのであろうか」と。

これは森嶋流の悪しき意味のレトリックと言ふよりは、一二の不十分な事例から結論を導き出す「不完全帰納法」であり、たとへば自分の秘書はアメリカ人で、その父親にピストルを持たないやうに忠告をしたにもかかはらず、父親はそれに耳を藉《か》さず、店を守るためにピストルを買つた、ところがある日、泥棒に這入られて、ピストルを構へたために、逆に撃たれて負傷したなどといふ詰らぬ話で非武装中立を正当化しようとする。が、これだけではピストルを所持すれば必ず撃たれて負傷といふ論理は成立たない、逆に家族、財産を守つた例も数限りなくあるであらう。

しかし、私はヒトラーがスイスを侵略しなかつたのは、森嶋氏の言ふ通り、武装した民兵組織のためではなく、中立国なるが故に和平交渉の手蔓《てづる》として残しておきたかつたからだといふ事に一応全面的に賛成しておく。確かに和平交渉の手蔓としての仲裁国は中立国でなければならぬ、が、「逆は必ずしも真ならず」で、武装、非武装を問はず、中立国でさへあれば、必ず仲裁能力があるとは言へない。それだけの能力と資格とは、その国の中立性が全世界の国によつて歴史的、地政学的に認められてゐなければならない。したがつて、今後の日本がもし森嶋氏の煽動に乗つて産業構造を転換し、「敵国が占領して自分たち用に使ってもあまり得にならない」在つても無くてもいいやうな国になつてから、幾ら胸を張つて非武装を楯に中立国宣言をしたところで、世界中は笑つて見向きもしない、子供が中立なのは当たり前だからである。そんな国がどうして米ソの仲裁国になれるか。いや、現在米ソ間に進行中の戦略兵器制限交渉ＳＡＬＴにしても、スイスが中立国の特権を発動して仲立ちに立てるほど生易しいものではない。ＳＡＬＴは第三次大戦の前哨戦としての外交交渉ではあるが、まだ戦争は始つてゐない、平時である、それでもどこの国も仲介、調停の能力は無い。森嶋案にせよ、何某案にせよ、日本がその不可能を実現する方途は絶対に見附からない。

(二) 既に引用した如く、森嶋氏は「ソ聯が日本に攻めてくることはまずないと信じている」と言ひ、さう信じる理由として神島二郎氏の言葉をお墨附として挙げてゐるが、それ一つだけとは余りにも粗末すぎる、なぜ、自分の頭を使つてとくと考へないのか。その神島氏のお墨附きといふのは、戦後、世界で戦争や武力紛争が起つたのは⑴当該国の建国それ自体に無理がある場合(イスラエル、キプロスその他)、⑵当該国の国境が陸続きの場合(中ソ、ヴィエトナム、印パその他)、⑶同盟国に侵略される場合(チェコ、ハンガリー)、これしかないといふのである。この資料自体が余りにも粗末すぎる。過去三十数年といふのは、数千年の歴史に較べれば、殆ど零に等しく範例とするに値しない。恐らく両氏とも核の抑止力がそれ以前の数千年間の戦争に較べて、その質を変へたと考へてゐるに違ひない、⑵から朝鮮戦争を省いたのもそのためであらう。が、私は核の抑止力などといふものを全く信じてはゐない。それゆゑそれを信じてゐる人に尋ねたい、「それなら、やはり多少とも軍備が平和を保証してゐるといふ事になるではないか」と。

しかし、神島氏も森嶋氏も一つの重要な事実を忘れてゐる。といふのは、ソ聯が他国内に親ソ分子を送りこみ、混乱状態を醸成し、革命といふ名の「代理戦争」によつて、その国を侵略、或は衛星国化する事であり、これも形を変へた一種の戦争と言つてよからう。ユーゴスラヴィアは絶えずその危険を経験し、辛うじて持ちこたへてゐる。アフリカ諸国も同様である、この場合、キューバ兵を導入してゐるが、キューバとアフリカは陸続きではないし、(1)(3)にも該当しない。そして今また、ヴィエトナムもソ聯の勢力圏内に入り、イランもその危険を蔵してゐるが、この場合も他国との戦争によるものではない。それにもう一つ神島、森嶋両氏が見逃してゐる「論点相違の虚偽《イグノラチオ・エレンキ》」を指摘しておく。たとへ過去数千年の歴史を無視し、戦後の三十数年を絶対視したとしても、(1)(2)(3)、いづれも「戦争が起ったのは」かくかくしかじかの場合であつたといふ、それは単に過去の事実を帰納的に並べてゐるだけに過ぎず、したがつて、それをもつて直ちに「戦争が起るのは」、かくかくしかじかの場合である（或は「に限る」）といふ普遍的命題に擦り変へる事は出来ない。同様、「かくかくしかじかの場合には必ず戦争が起る」といふ逆の命題も成立しない。とすれば、これら過去三十数年の経験的事実は、吾々にとつて多少とも考慮に入れておいた方がいいといふ確率[*7]の問題で、それも今のところ精々三割程度のものでしかなく、ここ五年、乃至十年のうちには一割程度に低落しかねない。それよりは米ソが海を隔てて戦ふ事もあり得るといふ、これも確率三割程度の予想に基づいて外交、国防を考へた方が遥かに現実的であると思ふ。

(三)　森嶋氏は幕末の江戸城明け渡しにおける勝海舟の態度を無抵抗主義の範として称揚してゐる。勝の人物、行動をどう評価すべきか、私は多少、通説に疑問を持つてゐるが、それを自信をもつて言ひ切る自信はまだない。が、津田左右吉氏の如く「内股膏薬《うちまたかうやく》」とまで貶《おと》しめるのは行き過ぎであるとしても、いつの世にも最も生き易い自分の処世術を正当化し、更にその処世術にとつて都合のいい様に日本の「等距離外交」「全方位外交」を正当化するための口実として勝を褒め過ぎる風潮には日頃から苦々しい思ひを懐いてゐる。それはさておき、森嶋氏は「祖国を守る際には、妥協すべき点では妥協し、屈伏すべき時機には屈伏する勇気」といふ一句に続けて「勝海舟が江戸城を明けわたすことによって徳川家を救ったように」と述べてゐるが、これは明らかにイグノラチオ・エレンキの一つ「論点変更の虚偽」である、なぜなら、祖国は日本国全体であり、それを徳川家と同一視する事は出来ず、もし勝が万一の場合には徳川滅亡をも辞せず、一途に日本国の将来を思つて薩長に降服するか、或は同じ思ひから徹底抗戦したなら、話は別であるが、このままでは論理的に筋が通らない。

だが、私がここで特に言つておきたいのは、勝は固より、勝によつて救はれた徳川家も、「威厳に満ちた降伏」によつてすべてを失つたといふ事である。八百八町は焼けずに残つたとしても、その「政治的自決権」など得られはしなかつたし、江戸子は負け犬、日陰者となり、江戸文化は細々と命脈を保ちながらも、ひたすら衰退の一途を辿《たど》り、そして関東大震災がその終末を決定的にしたのである。森嶋氏は「米軍が沖縄に上陸した段階で、御前会議が開かれて終戦していたとすれば、どれ程大勢の日本人（や米人）が死ななくてすんだか、またどれだけの都市や財産を焼かなくてすんだか、またどれだけの伝統文化を失わずにすんだかを考えてみるがよい」と言つてゐるが、江戸の町民と八百八町を焼かずに手早く終戦処理の手を打つても、江戸の伝統文化は滅びたではないか。それにしても、右引用部分と、「日本人は後世に誇るに足る、品位ある見事な降伏をした……このような降伏をした国民であったからこそ、日本は戦後、奇蹟的な復興をすることが出来たのである」といふ部分と、この二つは明らかに矛盾してゐる。森嶋氏は一体その二つのうちどちらを望んでゐるのか。いづれにせよ、全国の都市が徹底的に焼夷弾の雨を浴びなければ、今日の「奇蹟的復興」は不可能であつた、とすれば、当時の小磯・米内内閣が日本の民衆と軍国主義者とを恐怖に縮み上らせるためには、アメリカに「まず充分殴らせる必要」があると予見し、広島、長崎における原爆投下をひそかに待ち望みながら、殆ど為すところなく手を拱《こまぬ》いてゐた事に吾々は心から感謝の意を表せねばならぬ、さう氏は言いたいのであらうか。

㈣　森嶋氏に文化を語る資格は無い。それなのに「伝統文化」とか「文化交流」「頭脳輸出」とか口にするから、話はいたづらに混乱する。氏は言ふ、「現在ではタンクやミサイルのようなハード・ウェアでなく、外交や経済協力や文化交流のようなソフト・ウェアが国を守っている」と。氏は猪木氏、関氏の事を国防主義者と呼んでゐるが、その手段にハードとソフトの違ひこそあれ、氏もまた国防主義者ではないか。が、文化で国は守れないし、文化は国を守る手段ではない。ソフトウェアといふ言葉も氏は頗る安直に考へてゐる、といふのは、ソフトウェアをハードウェアの代替物と考へてゐるからであり、さう考へてゐる限り、そのソフトウェアもまた自分の外なるハードウェアに終るしかないからである。

既に述べた様に、戦前の軍の暴走は西洋化、近代化の過程において異質の文明、文化に接する事によつて起つた適応異常の現れであり、その意味では戦後の平和主義、民主主義に対する過信も、そしてまたそのお陰で経済面のみ肥大化し西欧先進国に肩を並べ、経済主義の暴走が始つたのも、同じく適応異常の現れであるが、症状は更に悪化してゐる。何よりの証拠が森嶋氏ではないか。「威厳に満ちた降伏」といふやうな言葉に窺《うかが》へる道徳と政治、経済との混淆《こんかう》こそ、西洋の近代的思考の産物たる防衛といふハードウェアに対して戦後日本のソフトウェアが適応異常を起した好見本と言へる。さういふ錯誤を犯さぬために文化交流は何を措《お》いても重要であらう。当面、森嶋氏にとつて何よりの急務は「国際親善使節を乗せる旅客機は『天使』のもので、敵の基地を空爆する爆撃機は『悪魔』のものなのか」*8といふ問ひに答へ得るやう、ソフトウェアとしての頭脳にハードな訓練を施す事だ。

(五)この幕間のおしやべりの最後に一言、関氏、志水氏の反論を読んで気附いたが、両氏共つひに破砕し得なかつた森嶋軍の後方基地が一つある。それは日米安保条約である、それについて森嶋氏は次の様に述べてゐる。

日本単独で日本を守り切ることはできないから、アメリカが日本を助けて呉れない限り、日本は安全でない。それではアメリカは必ず助けてくれるのかと詰問すれば、彼らはI hope so と答えるしか他に答えようがないであろう。安保条約があっても同じことである。

もちろん、この数行は森嶋氏自身の文脈においては論理的に矛盾してゐる。氏は人間を信じるが故に、アメリカ人もソ聯人も信じると言つてゐる。それなら、ソ聯の方では何も言つてゐないのに、無条件降服さへすれば、占領下で「政治的自決権」を与えられるものと確信してゐる以上、同盟国アメリカとの安保条約にかうまで疑ひを持つ謂はれは無い筈である。更に米中国交樹立によるソ聯封じ込め作戦をソ聯は苦々しく思つてゐるから「このような事態に際しては、日本は逆にアメリカとの間の距離を少しひらくように心掛け、中立化の傾向を強化して、米ソ間の緊張度を下げるよう努力すべきでなかろうか」と言つてゐるが、ソ聯は米中関係を苦々しく思つてゐると断定した後で、「もし、そうなら」と仮定法に転じる論理的ごまかしも苦々しいし、日米間の距離を「少し開く」の「少し」といふ逆櫓《さかろ》を用意してゐるが如き曖昧な言ひ廻しも不愉快である。現状の日本はアメリカの一州に近い密接な関係であるのに、「少し」開いたくらゐで、「中立化の傾向を強化し」得ないし、「米ソ間の緊張度を下げるよう努力」など為し得るはずがない。同様の用心深い逆櫓的言ひ廻しはソ聯に対しても使つてゐる、前にも引用したが、読者諸君も気附いてゐよう。「以上のような『国防案』にもかかわらず、私自身はソ聯が日本に攻めてくることはまずないと信じている」の「まず」がそれである。

　要するに森嶋氏の本音はアメリカとの距離を「少し」開く程度でアメリカを強力な後楯《うしろだて》にしておけば、ソ聯が日本に攻めて来ることなど「まづ」ないといふところにあらう、相も変らぬ対米依存であり、日米安保による米軍駐留を自衛隊暴走の目附け役として肯定した二十数年前の中野好夫氏の見解と一脈通ずるものがある。それを関、志水氏が指摘しなかつたのはなぜであらうか、これは私の単なる臆測に過ぎぬが、ソ聯に対する無条件降服といふ花火に目《め》潰《つぶ》しを食はされ、森嶋氏の根柢にある狡猾な体制順応的本質を見逃してしまつたのではないか、両氏もやはりアメリカの日本に対するコミットメントを信じてをり、といふより、信じなければならぬと自分で自分を納得させようとしてをり、その癖、心中、大いに不安を感じてゐるからではないか。両氏はそれぞれかう述べてゐる。

要は、緊張の場合、アメリカが救援にかけつけてくれるよう、日米間の経済摩擦を最小にし、両国間の文化的交流を深めて相互理解を増進すると共に、日本としても自国の経済力に応じた自衛力をもつことである。いかに同盟国とは云え、自ら戦う意志も力もない国を助けるためにアメリカ人が自国の青年の血を流す程、彼らはおひとよしではない。しかし、そのような用意のある友好国を見捨てる程、アメリカは無慈悲な国ではない、と私は考える。

（関氏）

とりわけこの面で重要なのは、自由世界をアメリカと協力して守ろうとする日本の熱意である。日本が自らを守り、アジアの防衛に関し、その国力にふさわしい責任を果たそうとするとき、それはアメリカの利益にもなり、日本を核攻撃から守ろうとするアメリカの決意をますます強固にするであろう。（中略）アメリカが救助にくるかどうか心配する前に、日本がアメリカにとって防衛せざるをえない国になる条件をつくりあげることのほうが大切である、……

（志水氏）

これに対して私は二つの疑問を抱く。一つは「アメリカが救援にかけつけてくれるよう」現在の日本は果して真剣に努力してゐるかどうか、殊に「自ら戦う意志」や「自由世界をアメリカと協力して守ろうとする熱意」を持つてゐるかどうか。「意志」や「熱意」は目に見えない、ただその表明だけなら、容易な事だが、実効は無い、問題は表に現れた形である、具体的な方策である。アメリカが防衛せざるを得ぬ国としての条件とは何か。私が憂へるのは、貿易問題などでアメリカの方から、文句が出て来ない限り、日本が自主的にそれを考へようとしない、その受身の姿勢である。しかもそれにはなるべく触れまいとするタブーがある。朝野を挙げての、この自己欺瞞を打破せぬ限り、防衛論議はいつまで経つても正しい軌道には乗らないであらう。

第三幕　アメリカが助けに来てくれる保証はどこにもない

森嶋氏は「私は人間を信じるがゆゑに、アメリカ人と共にソ聯人を信じる」と言つてゐるが、ここでも氏は「信じる」といふ言葉を余りにも不用意に使つてゐる。もつと率直に言へば嘘を言つてゐる。前にも書いたやうに、人間を信じるならば、当然日本人も信じなければならない、いや、日本人を最も信じなければならない。が、氏は日本人について、少くともその文民統制能力を信じないとはつきり言つてゐる。なるほど日本人を人間として認めてゐないと言はれれば、それまでであり、それはそれで論理的に整合する。が、他方、「われわれは南ヴィエトナムや韓国や台湾が、ニクソンやカーターに煮え湯を飲まされたことを忘れてはならない」「少くとも将来十年間は、アメリカの青年が日本を救うために、銃をとることは絶対にないと信じる」と言つてゐる。この最後の部分は「銃をとることがあるとは絶対に信じない」と同義であるから、氏の用ゐてゐる「信じる」といふ言葉は「半ば信じる」といふ意味合ひのものでしかなく、「信じない」といふのは「半ば信じない」といふ程度のもので、この「半ば」と「絶対に」とは矛盾し、絶対に相容れない。私は揚げ足取りをしてゐるのではない、このやうな軽率な、曖昧なる、或は欺瞞に満ちた用語法によつて事を論《あげつら》つても、結果は不毛であるばかりか、いたづらに混乱を招くだけだといふ事を重ねて忠告しておきたかつたのである。

同時に、関、志水両氏に問い匡したい。「自国の経済力に応じた自衛力」(関氏)といふ言葉もまた曖昧であり、欺瞞とまでは言はないが、たとへ善意にしろ、そこには何かごまかしがありはしないか。GNPの一パーセント位の軍事費をと主張する猪木氏にしても、その点は同様で、四百年前の建物や橋をそのまま使用してゐる「斜陽老大国」に較べ、資源も蓄積も無く、年中同じ道路を剝《は》がしては舗装し、舗装しては剝がしてゐる吾が国のGNPを余り過大視する事は出来ず、また諸外国に較べ衣食住に金が掛り過ぎて「兎小屋の働き気違ひ」にならざるを得ぬ国民所得も、その実質は大幅に割引して考へなければならない。とすれば、現在、「実額九十五億ドルに及ぶ日本の防衛費は世界第七位の巨額」に達してゐるといふ衛藤瀋吉氏の「待つた」に対して説得力のある答へを提出し得まい。確かに衛藤氏の言ふ通り「金だけで防衛力は購《あがな》えるものではない」のである。衛藤氏は更にかう続ける、「要は自衛隊が真に精強であり国民の『骨』として、決して外にあらわれないがしかし国の独立を支える大切な要素になり、民衆のなかにがっちりとくみこまれていることである。そのためには人員は量より質で、現員よりもっと少なくすべきだろう」（傍点、福田）と。

正直の話、ここを読んで衛藤氏にも私は失望した。傍点、二箇所は明らかに矛盾する。確かに「骨」は外からは見えない、したがつてレトリックとして、比喩として、これを読んだ限り何の矛盾も感じない、が、「民衆のなかにがっちりとくみこまれている」自衛隊、私の言ふ国家的、社会的に正当に位置附けられ、入籍され、天下晴れてその文民統制下にある自衛隊といふ事になれば、現実的には「決して外にあらわれない」で済ませる事は出来ない。また「金だけで防衛力は購えるものではない」し、人員は「量より質」であるにしても、それだけの理由で、いきなり「現員よりもっと少なくすべきであろう」といふ結論はやはり倉卒であり、論理的に飛躍し過ぎてゐる。兵力の軽減は量の問題であつて、質の問題ではないからである。なるほど自衛隊の「精強」といふ事は質の問題には違ひないが、その意味の質なら量の問題に還元し得るものであり、「民衆のなかにがっちりとくみこまれている」といふ自衛隊の在り方、或はその目的、役割こそ何よりも検討の急を要する真の質の問題であり、今更それを問題にせねばならぬ異常な現実を、このやうな抽象論をもつてなほ廻避しようとしてゐる実情こそ、実は最も検討を要する異常な心の働きなのである。

同じく「自由世界をアメリカと協力して守ろうとする日本の熱意」（志水氏）といふ時、それはその「熱意」があるならばといふ仮定の話でしかなく、また「その国力にふさわしい責任を果たそうとするとき」（同氏）といふ言葉も「するとき」はやはり「するならば」といふ仮定の話に過ぎず、かういふ仮定法過去、即ち現在の事実に反する前提条件を以て、アメリカに対し「それはアメリカの利益にもなり、日本を核攻撃から守ろうとするアメリカの決意をますます強固にするであろう」といふ希望的観測を押附けても何の効果もない。私は「アメリカが救助にくるかどうか心配する前に、日本がアメリカにとって防衛せざるをえない国になる条件をつくりあげることのほうが大切である」（志水氏）といふ事に何の異論も無いが、私の考へをもつと正確に言へば、「アメリカが救助に駆け附けるかどうか心配する前に、日本がアメリカにとつて防衛せざるをえない国になる条件をつくりあげられるかどうかの方が心配なのである」といふ事にならう。それればかりではない、更に気懸りなのは、その必要条件を満たすためにはどうしても直面せざるを得ない障碍《しやうがい》に目をつぶつてゐながら、ただその必要を説くといふ、この種の防衛論議が多過ぎる事である。それでは森嶋氏に「現実的国防論ですら、空想的平和論のようにはかなく、一皮めくればその下に、イデオロギーがあるだけにすぎない」と言はれても文句は言へないであらう。

私が一九七三年にアメリカを廻つた時、日米関係は最悪の状態にあつた。ニクソン政権はウォータゲイト事件で満身創痍の状態にあり、ヴィエトナム戦争の終結にすべてを賭けてゐた。結果論ではあるが、米議会は後者についてはニクソン大統領の能力に信頼し、それを充分に利用したあとで、前者の罪を鳴らしてその追ひ落としを計らうとしたと言へる。それはともかく、日本の将来にとつて、ウォータゲイトとヴィエトナム撤退とはどちらが致命的な問題であつたか。私は少なくとも日本にとつて、後者の方が重要な問題であり、前者は殆ど取るに足らぬ問題だと思つた。が、日本の新聞の大部分はアメリカのヴィエトナム介入を非難し続け、その撤退のためのハノイ、ハイフォン爆撃にまでけちを附け、戦争終結を歓迎した。一方、ウォーターゲイトの時はそれが恰も国内の問題であるかの如く扱ひ、日本の運命には直接関係の無いアメリカの内政問題を連日、詳細に報道した。新聞ばかりではない、政府自民党の中にも南ヴィエトナムのゴ・ジン・ジエム政権を「気違ひのやうな政権」（中曽根康弘氏）、「政府とか政権とかいへるもんぢやない」（宮澤喜一氏）と公開の席上で口走り、「アメリカはよくさういふ間違ひをする」（宮澤氏）などとべ平連[*9]と「共闘」するが如き姿勢を示した者もゐたのである。アメリカがよく犯す間違ひといふのは、宮澤氏に言はせれば、政権のレジティマシ（正統性・合法性）といふことにこだはり過ぎ、民主的でない政権を守るやうな愚を犯し、後で動きが取れなくなつてしまふといふ事ださうだが、それはいつの日か日本自らの頭上に振りかかつてくる運命を予言した言葉となるかも知れない。日本に軍事クー・デタが起りさうだからではなく、現在の日本の政府が文民統制の問題は固より民主主義の名による昏迷に対処し得ないといふ意味で統治能力のレジティマシを問はれかねぬ状態にあるからである。

その宮澤氏が後に三木内閣の外相としてワシントンに赴いた時、何といつたか、大方の読者は忘れたであらうが、七三年の訪米でホワイト・ハウスの空気を多少は知つてゐた私は非常な「衝撃」を受けた。といふのは、氏はかう言つたと日本の新聞に大きな見出しが出たからである。正確には記憶してゐないが、氏はホワイト・ハウスに乗込み、「アメリカは日本を守る義務がある――その確認を求める」と言つたのである。新聞がそれを一面トップに大見出しで扱つたのは、ヴィエトナム戦争終了後、アメリカがアジアを、そしていづれは日本を見捨てる時が来るのではないかといふ多少不安の翳《かげ》がさし始めたからであらう。それなら、なぜあれほどヴィエトナム戦争に反戦の姿勢を取り続けたのか、また政府の対米追随外交を非難し、日米安保条約に反対し続けたのか。だが、私が「衝撃」を受けたのは、それまで、日本の政府が、その閣僚の一人でも、国民、或は自衛隊に向つて、「諸君は日本を守る義務がある、その確認を求める」と迫つた事が一度も無かつたからである。未だに政府はそれを言はない。

私はアメリカで数十人の人々に会ひ、殆どすべてのアメリカ人が「日本を守る義務」など感じてゐない事を改めて思ひ知らされた。帰国後、その実情を「日米両国民に訴へる」といふ題で「文藝春秋」に連載し、翌年、更に加筆して一本に纏《まと》めたが[*10]、全くと言つていいほど無視された。私は何もそれを恨みに思つてゐるのではない。それが無視されるほど日米の連帯感は宿命的なものといふ暗黙の依存心が日本人の心を蝕《むしば》んでゐる、それが言ひたいのである。既に述べた様に、アメリカは助けに来てくれないと言つてゐる森嶋氏にしてもその安心感に拠り掛つてゐるのであり、それに反論し、助けに来てくれるやうにすればよいといふ「現実的国防論」に迫力が無いのも、やはり同じ安心感がどこかに潜んでゐるからである。もちろん、六年前、私が、アメリカに行つた時は、日米関係が、殊に安保条約といふ戦略、軍事の面において、戦後史上、最悪の時機であつたと言へる。その後、カーター大統領の時代になり、最近、一時凍結されたとはいへ、在韓米軍撤退、米台国交断絶、日米貿易戦争と次々と悪条件が出て来たが、それでも日米間の安全保障は現在、かなり好転したといふのが、政府、外務省はもちろん、国際関係論者の大部分の意見である。日本を助けてくれるに値する国にしようといふ意図の表明だけで、いつまでも足踏み状態が続くゆゑんであらう。だが、もう一度、先に引用したヒース、バインダー両氏の言葉を想出して貰ひたい。二人でNATOと全米を代表させるのは乱暴かも知れぬが、二人共、日本の自由世界、民主主義陣営に留る意思について強い疑惑を抱いてゐるのである。意図の表明だけといふ事になれば、ヒース氏が諧謔《かいぎやく》混りに非難した日本政府の常套手段「前向きに検討します」と何の変りも無い。

六年前に最も悪化した日米関係の振子が最近元に戻つた一例として、アメリカの主だつた外交指導者二百六十六名に対して行つたギャラップ輿論調査を挙げる人がゐる。もし西欧がソ聯の侵攻を受けた時、米軍を派遣すべきだといふ者は全体の九割二分であり、日本が同じ目に遭つた時にはといふ問ひに対しては八割一分で、ここ数年の間に二三割上昇してゐるといふ。が、ここにも確率といふ怪しげなものに対する素朴な信仰があり、また「すべきだ」といふ理想論を「するであらう」といふ蓋然性《がいぜんせい》に基づいた現実論と混同する希望的観測が働いてをり、更に度し難いと思ふのは、西欧と日本とが同時に危険に陥つた時に、或は既に西欧が風雲急を告げ、米兵の何個師団かを派遣した後に、日本に危機が迫つたらといふ最も蓋然性の多い問ひが出されてゐないにも拘らず、人々がその事実に殆ど気附かない呑気《のんき》さ加減である。その場合、日本を助けるべきだと答へた八割一分がどの程度の目減りで留ると思ふか、過半数を割る事は言ふまでもない、西欧の危機の増大に反比例して、恐らく一割と零との間を低迷するであらう（なほ＊7参照）。それればかりではない、米大統領選を来年に控へた今、出馬を表明してゐないエドワード・ケネディ上院議員の人気は六割であり、現職大統領のカーター氏はその脚下にも及ばない。もしケネディ氏が出馬すれば、ケネディ大統領の出現は殆ど確実になるであらう。が、そのケネディ氏は私との対談[*11]でアメリカにとつて日本が必要なのは何のためかといふ私の執拗な質問に対して、「それはマーケットとしてである」と答へてゐる。正直、これには参つた、日本共産党が三十年も前に言つてゐた事だからである。しかも氏は台湾を守るといふ防華条約は「台湾に危機が迫つた時、アメリカはそれを助けるかどうか、議会で審議する義務があるといふ程度のものだ」と明言してゐる。只乗り安保の日本となれば、それだけの労を取つてくれるかどうか、頗る疑問である。

それにもう一つ私に理解出来ないことは、関氏や志水氏が「最小限度の軍備」の必要を説き、その間、自衛隊が二週間でも持ちこたへる事が大事なのだと言つてゐる事である。が、文民統制が大統領と議会に分散してゐるアメリカに日本のためソ聯と戦ふ決断を下せ、期限は二週間と限つたら、答はノウと出るに決つてゐる。また助けたい相手が西欧にせよ日本にせよ、いよいよ助けると決意するには、その国が助けるに値するかどうかといふ判断によると同時に、いや、それ以上に、助けに駆けつけるだけの効果があるかどうかといふ戦況の判断による。その為には日本は二箇月、三箇月と持ちこたへなければならない。アメリカにとつての日本の戦略的価値の重要性を言ふ人は多いが、それは単に平時の現在における地政学的位置によつて固定的に計り得るものではなく、戦争が始つてから後の戦い方によつて流動し変化する。かういふところにも確率論の陥りやすい罠《わな》がある。アメリカ国防省が過去十数年に亙つて、フィリピン、グアム、マリアナ群島までアジアの防御線を後退させる用意をしてゐるといふ情報もあながち事実無根とは言ひ得ない。

第四幕　このままでは最大の軍備をしても国は守れない

二箇月、三箇月とは言はぬ、二週間にせよ持ちこたへるといふのは、現状では容易な事ではない。衛藤氏は今でも兵力は多過ぎると言ふ。私はさうは思はない。最近、高坂正堯氏が書いてゐた事だが、一九五三年、池田・ロバートソン会談[*12]の時、「池田・宮澤などがきわめて大蔵省的にアメリカと交渉した」といふ。手取り早く言へば経済優先主義でといふ事だが、当時アメリカは陸上自衛隊三十五万を要求したのに対し、日本側はそれを十八万にたたき、それで手を打つたのである。高坂氏はこれを必ずしも非難してゐない、アメリカがそこで妥協し、その後も大兵力の要求をして来なかつたのは、日本を助ける為ではない。当時のアメリカの戦略思想が日本の軽武装を是としたからだ、が、世界の戦略情勢が変化した今日、「われわれはわれわれの考えと努力で日本の安全保障政策を決めることができるという独善的な考え」を捨て、「軽武装のドグマ」から転換しなければならないと説いてゐる。私は氏に賛成する。が、遠慮なく言はせて貰へば、たとへ重武装しても、それだけで根本的な問題は解決しないのである。なぜか、理由は簡単である。たとへ九十五億ドルを以てしても、いや、その三倍の三百億ドルの巨費をもつて、兵力、装備を増大、強化し、志気旺盛の「精強」を集《あづか》め得たにしても、初盤戦の賽《さい》の目はどう出るか、それは運命の女神以外に誰も与り知らぬところである。三箇月は愚か二週間の短期間においても、身方の損耗零といふ事は決して考へられない。「専守防衛」の自衛隊に真珠湾攻撃やプリンス・オヴ・ウェイルズの撃沈の夢を託する訳には行かず、防衛、自衛に徹して、しかも敵の攻撃を抑へろといふのは、森嶋氏が暴走癖のある日本の軍を文民統制に服させるのは「軍に横綱相撲を強いる」やうなものだと心配したやうに、いや、それ以上に、自衛隊に大横綱相撲を強いる事になり、「よほど強大な軍隊でなければ、一度は土俵際まで退却して、一呼吸したのちに逆襲に転じるというような落着いた戦は出来ない」ことはもちろん、その逆襲にしても限界がある。「専守防衛」である以上、領海、領空外にまで深追ひする事を禁じられてゐるからである。この文脈から推しても、森嶋氏は軽武装の軍備では文民統制は不可能である事を指摘し、重武装への転換を「暗示」してゐるとしか思へず、関、志水両氏は森嶋氏の真意を読み損ひ、待ちに待つた援軍を敵と間違へて邀撃戦《えうげきせん》を展開してしまつたのではないか。が、その罪は森嶋氏にある、身方なら身方の合言葉を言はなければならない、それを森嶋氏は怠つた。といふのは、日本で文民統制が難しい理由として、日本がイギリスのやうに素人優先主義ではないといふ氏の独断を述べた後、右引用箇処に続けて「文民統制に任せられるのは強大な軍隊だけ」と言つてをり、しかし、残念ながら「日本の政治的、経済的状況では、そのような大軍備は不可能だし、関、猪木両氏も大軍備を主張していない」と意地悪を言つてゐる。これでは援軍に駆けつけながら、「君達は吾々増強部隊を必要としてゐないではないか」と厭味を言つてゐるやうなもので、敵と間違へられても仕方はあるまい。

話を本筋に戻す。仮に三百億ドルの重武装、大軍備をもつて、受けて立つ大横綱を自任したところで、一度戦争が始まれば、この大横綱の地位は一日一日と転落の道を辿り、千秋楽には前頭十枚目になつてしまひ、来場所には二段目、幕下の地位を確保する事すら出来まい。相撲の場合は横綱が初日に前頭十枚目に敗れ、その力倆を発揮し得ない事があつても、一場所のうちにその取返しは幾らでもつき、千秋楽を優勝で飾る事も出来る。が、今の自衛隊の戦闘能力は現平和時に、或は開戦直前において、その最高の極みにあり、時間が経つに連れて弱化の一途を辿るしかないからである。なるほど「金だけで防衛力は購えるものではない」にしても、その兵器、装備は購へる、たとへ軍艦、爆撃機が次々に撃沈されても、「最小限の自衛力」に必要な新品は、それも失つたものより優秀なものさへ、金によつて手に入れる事が出来る。が、その乗組員、搭乗員は一体どこから手に入れるのか。唯一の「財源」は予備自衛官である、が、その「老朽化」による目減りを勘定に入れれば、「精強」の数は自づと限られてゐる。昔と違ひ、日進月歩の兵器、それに適応する技術、訓練といふ事を考へれば、素人の文民をいきなり徴集しても、どうなるものでもない。第一、日本文民政府は国民の中から徴兵する権利を与へられてゐない、いや、禁じられてゐる。国民に納税、子弟教育の義務はあつても国家を守る義務は全く無い。ワシントンにおける宮澤外相の啖呵《たんか》、「アメリカは日本を守る義務がある」はむべなるかなといふ事になる。

「さふまで深刻に考へる事はない、日本人の事だ、いざとなれば権利だの義務だの、そんな七面倒臭い法律論にこだはらず、進んで銃を取つて立つさ。日本人に限らない、ビスマルクも言つてゐるではないか、『必要の前に法律は無い』と。」さういふ「楽観論」を唱へる人がゐる。

が、この大人の智恵には二つの陥穽《かんせい》がある。一つは、第二次大戦以前のやうに、最小限の武器が「菊の御紋章」附の三八式歩兵銃や手榴弾《しゆりうだん》であつた時代は終り、大部分の兵器は精密な機械化を施されたもので、ずぶの素人に扱へるものではなく、それらを備へた小隊を指揮する士官の養成には三年を要する。軍刀一振り吶喊《とつかん》の命令を下すだけでは済まないのだ。第二の陥穽は、法は破るために存在するものであり、下手な謎々《なぞなぞ》遊びではないが、「要る時に要らなくて、要らない時に要るもの、なあに？——風呂の蓋」といふ、その風呂の蓋の程度にしか、法といふものを考へなくなる事である。森嶋氏が自衛隊を「無用の長物」と考へながら、急にこれを縮小、もしくは廃止すると危険だと考へるのも、やはり目下のところ、自衛隊は「要らない平時に要る」もので、敵が攻めて来て、いざ要るとなつたら「要らない風呂の蓋」と見てゐるからである。が、これは既に言つたやうに裏目に出る危険性を多分に含んでをり、「必要の前に法律は無い」といふ装飾用の法は、文民統制そのものを否定し、軍の暴走に最上の口実を与えるであらう。

それはさておき、第一の陥穽、詰り、国民の自由意思であらうと、緊急措置の戦時徴兵制にようらうと、今や急ごしらへの兵士は役に立たず、とても「精強」などと称し得る者にはなり得ない。私の記憶に誤りがなければ、アメリカは第二次大戦、朝鮮戦争、ヴィエトナム戦争を通じて、徴兵制度と志願兵制度と、この二つのスウィッチを交互に切り換へ、今日は志願兵制度になつてゐるが、大学における軍事教練は未だに行つてゐる。もちろん、これも志望者のみに限られてゐるが、志望者数の方が収容人員を常に上廻つてゐる。アメリカの青年には自国を守る意思と情熱があるらしい、中には西欧を守る意思のある者もかなり混つてゐるであらう。

日本にはどうしてそれが無いのか、言ふまでもなく平和憲法といふ「カードの小屋」に手を触れる事はもちろん、うつかり息が掛つて崩れてしまひはせぬかと惧れてゐるからだ。与野党の政治家や官僚ばかりではない、大学教授もサラリーマンも、文士もジャーナリストも、もし疑似インテリとしての体裁を保ち、仕事仲間から村八分にされたくないとすれば、飲み屋でこれを話題にする事は、政界の贈収賄を批判するほど気楽には出来ないのである。その精神的硬直がアメリカに反映しない訳が無い。なぜアメリカは日米相互の安全保障条約において、「相互」の実を捨て、アメリカは専ら貸し方に廻り、日本は専ら借りるだけといふ只乗りを許すのか。その一点を執拗にケネディ氏に問ひ匡した結果が先に述べた通り「日本はマーケットとして必要だ」といふ答へだけであつた。詰り、「防衛は金で買へ」といふ事である。これに呼応するやうに、GNPの一パーセント位の防衛費をとか、「無用の長物」自衛隊も税金と思へばいいとか、国連分担金二パーセントを三パーセントなり五パーセントなりにしてはどうかといふ考へが日本側の一部の人々の間にみられる。いづれも憲法といふ「カードの小屋」を毀《こは》したくないからである。が、相互の安全保障を乗り逃げするために、金で事を済まそうといふのは、怠けながら大学に入れて貰ふための裏口入学や、進学させて貰ふための女子学生の肉体提供と同じく、贈賄であり売春である。またもしアメリカ人を傭兵と考へるなら、人身売買といふ事になる。

問題はケネディ氏ばかりではない、アメリカの有識者、政治家の中には、敢へてそれを黙認してをかうと考へる人がかなりゐる事である。十数年前の事だが、私はアメリカの或る高官[13]が率直にかう話した事を憶えてゐる。世界に一つしかない武装抛棄の平和憲法に手古摺《てこず》りながらも、それを現状のまま温存し、安保只乗りを許しておかうといふアメリカ側の動機、或は意図は、㈠アメリカが日本に与へたものであるだけに、それを逆用されても文句が言ひにくいといふ事、㈡改憲、再軍備を要求すれば、自民党内閣の政権保持は不可能になるといふ事、㈢日本が再び軍事大国になり、そのナショナリズム、ミリタリズムが、アメリカを劫《おびや》かしかねず、それ以上に東アジアの近隣諸国に大きな不安感を与へかねないといふ事、以上の三つ[14]が主要なものであらうと。が、これは飽くまで私的な話である、両国の政府と政府とが真剣にこの問題に取組んだ事は一度も無い。民間の学者、知識人の公式議会においても、これはタブー、或は野暮な話として討議の対象になつた事は無い。

　日本では総理大臣が代る度にアメリカに渡り、謂はゆる首脳会談なるものを行ひ、これで両国のパートナーシップの礎はいよいよ固まつたと、満面に微笑を湛《たた》へて手を握り合ふ。が、あれは単なる仕切りの儀式[15]にすぎない。元アメリカ国防省の軍属で、「海外評論」といふ雑誌を発行し、日本人に海外の論調を知らせるやう懸命に努力して来たローレンス・E・カーン氏は、大学で東洋史を専攻した事があり、奥さんが日本人といふ事もあらう、例のフジ・テレビにおける私との対談で、戦後の日本関係のごまかしについて巧みな比喩をもつてかう言つてゐた。「日米両国は同じ土俵に上つてゐながら、今まで一度も四つに組んだ事はない。ペルリ以来、両国の関係には長い歴史があるが、その間、真剣になつて四つに組んだのは、唯の一回、それは太平洋戦争だつた」と。そして氏は更に殆どすべての日本人がアメリカが日本を見捨てないと固く信じてゐる事は実に不思議だと附加へた。公開の席上でアメリカ人がこれだけはつきり物を言つた例《ためし》が無い。とにかく日本国憲法は、日米両国がお互ひに自分にとつて都合の好い時だけ、その蔭に素顔を隠すために利用されてきた。そして、その憲法を楯に取つた安保只乗りも、日本が「経済大国」になるためにはこの上なく居心地の良い安楽椅子であり、アメリカにとつても、ソ聯の軍事力が自国のそれに劣つてゐた時期においては、日本に安楽椅子を提供する余裕もあり、その上に日本を眠らせておく余得もあつたが、今はさうではない、極東におけるソ聯の軍事力の増大に反比例してアメリカはアジアから年々手を引いて行つてゐる。[*16] それでも前記三つの理由により、未だに本音を言はない。悪く勘繰れば、只乗りさせておいた方が、いつでも気楽に手が引ける。少くとも、結果としてはその方が捨て易い、只乗りではない韓国からさへ、カーター大統領は手を引かうとしたではないか。

それにも拘らず、日米関係を論ずる人の多くは、最近におけるその好転に希望を懐いてゐる。その兆しの一つが、ハワイ沖における日米海軍の合同演習である。が、在韓米軍撤退の一時凍結以前にも米韓陸海軍の合同演習が行はれた、それはカーター大統領の米軍撤退案に危機感を懐いた韓国に対する慰撫のジェスチュアであり、北鮮の南下に対する抑止のジェスチュアであり、同時に自国文民の最高責任者カーター大統領に対する牽制のための極東米軍のジェスチュアであつたらう。日米海軍の合同演習には他の種々の要因が働いてゐるであらうが、恐らく対ソ抑止のジェスチュアが最も強い要因ではなからうか。いづれにせよ、それをもつて、アメリカの日本に対するコミットメントの証しと手放しで安心してもゐられない。が、私がこの合同演習に疑問を懐くのはその事ではない。現行憲法のもとにおいては、吾が自衛隊は「専守防衛」であり、海外派兵は絶対に出来ぬ筈である。その海上自衛隊が公海も公海、遥か遠い米領ハワイ沖まで出動し、「専守防衛」など全く脳裡にないアメリカ海軍とどうして合同作戦が出来るのか、それを自衛隊の違憲裁判に嗜虐的《しぎやくてき》な情熱を燃し続けて来た野党や新聞が見て見ぬ振りをしてゐる様子を、ソ聯の圧力に対する一般の国防意識の高まりのためと喜んでばかりもゐられまい。これは明らかに文民統制からの逸脱である。もし国防会議で諒承したものなら、文民政府そのものが違憲の罪に問はれねばならない。なるほど海上自衛隊は専ら機雷などの掃海作業に専念してゐればよいと言ふかも知れぬが、それは憲法第九条第二項の芦田解釈にも似た下手な三百代言宜しくの言抜けといふものであらう。

貿易戦争を単に経済の次元で処理し得るものと考へる現象論が一般の風潮であるが、経済と国防とは飽くまでセットにして取扱はねばならない、殊に古典的な独立国といふ概念は米ソ対立の二極構造の世界では完全に消滅した。「政治的自決権」と言つても、これを広義に解すれば、寛大なるアメリカの核の傘の下においてすら、日本はそれを持つてはゐない。只乗り安保がそれをますます弱いものにしてゐるのだが、たとへ双務的に対等の相互安全保障を結んでも、今日、それは無理であらう。今日に限らぬ、個人と同様、潜在的敵国である他国が存在する限り、外部からの牽制、掣肘《せいちう》を排除する事は出来ぬ。吾々の為し得る事は、時に応じて自ら「自決権」を譲る自主、自律の態勢を作り、その相手を選ぶ判定、決断の能力を備へ、その共通の地盤の上に立つて、互ひに利害を異にする現象をどう裁くか、妥協の手段、方法を協議する事である。現在のやうに、防衛問題を棚上げし、不問に附したまま、貿易戦争や資源、エネルギーの問題を単なる経済的現象面においてのみ、その場限りの弥縫策《びほうさく》で対処しようとすれば、それは軍事にすべてを賭けた大東亜戦争の裏返しに過ぎず、日本人は再びＡＢＣＤ包囲網によつて身動き出来ぬ袋小路に追ひ詰められるであらう。その時、坐り慣れた安楽椅子は急に後ろに引かれ、床に尻餅を突く醜態を演じかねない。

その意味において、森嶋氏は論外としても、日米関係、防衛問題について私と立場を同じくする人々が、なぜ憲法を素通りして済ませられるのか、その点が私にはまだ充分に納得ゆかぬのである。本気で自衛隊を合憲とする護憲論を信じてゐるのか、肚の中では現行憲法など信じてはゐないが、アメリカと同じ老婆心から自民党を窮地に陥らせ、革新野党政権が誕生し、アメリカとの距離が「少し」開くどころか、安保条約まで消滅するであらうことをひたすら惧れるがゆゑに、時間がなしくづしに憲法を空洞化し、只乗りが有名無実になるのを待ち、改憲の議を持出さうとしてゐるのであらうか。もしさうなら、ビスマルクの「必要の前に法律は無い」ほどではないにしても、「必要を待つて法律を変へる」といふ事になる。再び、もしさうなら、森嶋氏が今、自衛隊を縮小したり廃止したりするのは拙《まづ》い、そのためには時を稼がねばならぬといふ意味の事を言つたのに対し、志水氏が「日本国民はなんのために高い税金を払って、こんな無用の長物を養っておかねばならないのか」と反論してゐるが、それと全く同じ事が時間待ち改憲論に対しても言へはしないか。なるほど、現行憲法護持には一文の金も掛らず、税金浪費の心配は無い。が、私は惧れる、この「欺瞞」が長く続けば続くほど、日本国民は法と政治に対する信頼感を失ひ、馴れ合ひと偽善に蝕まれ、森嶋氏の無抵抗主義に最も適合した人種に成り下るであらう事を。また現行憲法下でも自衛隊は合法的だと信じ切つてゐる真の護憲派にしても、同じ事である。あの非論理的、非現実的な憲法前文と第九条とは「必要の前には法律の解釈は無限に自由である」といふ法と政治に対する不信感を国民に植ゑ附ける。いづれにしても、このやうな偽善を偽善と感ずるコンシャンス（意識・良心）を持たず、何の後ろめたさもなく自我を主張するかと思ふと、何の誇りもなく相手に屈従する国民は、個人の場合と同様、国際間においても、どの国からも舐《な》められ、突放され、最後には袋叩きにあふであらう。

エピローグ　私は人間を信じない、しかもなほ……

私は人間を信じないがゆゑに、アメリカ人と共にソ聯人を信じない。もちろん日本人も信じない。私はいちわう、個人としての或る人間を信じる事は出来る。が、人間といふ抽象的存在を信、不信の対象とする思考法には不慣れなのである。或るアメリカ人、或るソ聯人を信じても、集団としてのアメリカ合州国、ソヴィエト社会主義共和国聯邦や、その政府、その国民についても同様である。森嶋氏は私の考へ方が異常であるか正常であるか、氏の信じるロンドン大学のD教授に尋ねて見るがよい。因《ちなみ》に、さういふ私の思想はイギリスの文学と歴史から、そしてまた欧米のそれから、いつの間にか学んだものなのである。

そして、個人として最も信じてゐないのは私自身である。それに次いで家内、子供、友人と自分から遠くになるに随つて信じる度合が増し、同時に信じられるか信じられないかといふ二者択一の関心度は薄れ、それぞれ相手を一人格としてではなく、仕事や利害関係の枠組における一機能として信じておくだけの事に過ぎなくなる。国鉄の改札係を一つの人格と見做し、一々人間附合ひしてゐたら身が持たない、私は彼等をいづれは合理化によつて機械に取つて代られるものと見做し、日米関係と同様、同じ土俵で四つに組むのは、何か不愉快な事が起つた時だけにしてゐる。私が自分を最も信じてゐないのは、最も信じたいからであり、人格としての完成体でありたいからである。故に、表に現れた言動としては恰も最も自分を信じてゐるが如く振舞ふ。その「恰も」といふのは人格としての統一体を仮説としてゐるといふ事を意味する。森鷗外の「かのやうに」といふ作品がよく文壇に話題になるが、殆どすべての論者はそのアプローチ（取上げ方）を間違へてゐる。当時、最も西欧的な思想を身に附けた文士の一人として、鷗外は人格もまた仮説であるといふ西欧の思想と、物事を自然発生的に見る日本人の習慣と、その接触点に身を置き、両者の適合に悩んでゐたのである。傍観的懐疑主義などといふ軽薄なものではない。

人格[*17]が仮説なら、国家も国民も当然仮説であり、フィクション（仮定・作り物）である。近頃は浮薄な東西文化比較論が横行し、日本人がどういふ人間であるか、或は日本の国がどういふ国であるかといふ類ひのお国自慢に打ち興ずる余り羞恥心といふ折角の日本的美徳を台無しにしてゐる手合ひが多くなつたが、自分がどういふ人間かといふ説明は自分よりも他人に任せておけばよく、吾々は日本人や日本といふ国がどういふ特性を持つてゐるかを論《あげつら》ふ暇に、世界が国家とか、人間といふものをどう考へてゐるかについて、充分、想ひを凝らすにしくはない。大雑把に言へば一般に西洋では、自分も人間も放つておけばどうにも手に負へない代物であり、てんでんばらばらな個人の慾望を適度に抑へ、それぞれの衝突から生ずる混乱を何とか纏めて行くためには国家の枠が必要であり、その国家の統一のためにはガヴァン（統治、支配）するガヴァンメント（統治者、支配者）[*18]が必要であり、そのガヴァンする者の慾望とガヴァンされる者の慾望との衝突を規制するためには法が必要であると考へる。だが、一般の日本人は、自分の子供が戦争に駆り立てられ、殺されるのが厭だからと言つて、戦争に反対し、軍隊に反発し、徴兵制度を否定する。が、これは「母親」の感情である。その点は「父親」でも同じであらう、が、「父親」は論理の筋道を立てる。国家といふフィクションを成立たせるためには、子供が戦場に駆り立てられるのも止むを得ないと考へ、そのための制度もまたフィクションとして認める。が、彼にも感情はある、自分の子供だけは徴兵されないやうに小細工するかも知れぬ。私はそれもまた可と考へる。「父親」の人格の中には国民としての仮面と親としての仮面と二つがあり、一人でその二役を演じ分けてゐるだけの事である。そして、その仮面の使ひ分けを一つの完成した統一体として為し得るものが人格なのである。「私たちはしつかりしてゐない」といふ自覚が、「私たち」をしつかりさせてくれる別次元のフィクションとしての国家や防衛を要請するのである。要するに人格も法も国家も、すべてはフィクションなのであり、迫持《せりもち》、控へ壁などの備へによつて、その崩壊を防ぎ、努めてその維持を工夫しなければならぬものなのである。

防衛は差し詰めその控へ壁に当るが、これもまたフィクションである、国家といふフィクションを維持するためのフィクションなのである。森嶋氏はソ聯が日本を攻める事は「まづ」ないと信じながら、ソ聯侵攻を条件としてその紙数の大半を割いてをり、それは自ら言つてゐるやうに「国防論では仮想敵を明示しなければ焦点が定まらぬ」といふ独断から出てゐるのだが、元来、国防は一国を仮想敵国とするものではない。国際情勢の変化によつてあらゆる国が仮想敵国と成り得る。志水氏はソ聯の動き方によつて、その前に「アメリカ軍がすぐさま日本を保護占領するだろう」と言つてゐるが、私はアメリカのみならず、他国をそこまで信じ切れない。それよりも、次の可能性の方が遥かに大であると思ふ。アメリカ軍は“I shall return.”といふ名ぜりふを残して一先づ引上げ、頃合ひを見計つて日本列島に二つ三つ水爆投下した方が手取り早い、日本をソ聯の「兵器庫」に使はせたくないからだ。だから、今のうちに日本の産業構造を変へておけと幾ら森嶋氏が荒野に叫び続けても、もう今からでは間に合はぬし、さうなつたら、アメリカはそれだけの理由で日本をパートナーとして必要としなくなるであらう。封建時代には「男子、家を出づれば七人の敵あり」といふ諺《ことわざ》が生きてゐた。他人は仮想敵と「まづ」考へろといふのである。儒学にはフィクションの思想があつたからである。

森嶋氏が「文民統制は日本では非常な難事業である」といふ時、その日本人は既に述べたやうに、明治以来の西洋化、近代化の過程において、それに充分適応し得なかつた時期のそれであり、その見本が氏自身なのである。氏はハードウェア、ソフトウェアといふ言葉を通念に随つて用ゐてゐるが、この両者の関係は私が去年の本誌九月号に書いた通り(「人権と人格」参照)、目的と手段との関係と同様、相対的なものである。たとへば、日清、日露の両役に用ゐた兵器、弾薬は文字通りのハードウェアであり、それを使用する兵士、及びその組織はソフトウェアである。が、平生は朝に星をいただき野良に出て行き、一人黙々と大地を耕し、夕には再び星をいただいて家路を辿る百姓が徴兵され、これが師団、旅団、聯隊に所属する一分隊の一兵卒に編入されれば、彼にとつて軍隊組織はハードウェアになる。近代的軍隊に比べれば西洋式の官僚制度も教育制度も議会制民主主義も、すべてソフトウェアであらうが、それらがすべてフィクションであるといふ事実を悟らなければ、爆撃機の操縦や核兵器の使用よりも、操縦、使用しにくいハードウェアと化する。防衛、軍隊のみならずと言ひたいところだが、吾々の周囲には、それ以上に吾々が今なほ適応異常に苦しんでゐるものが多く、しかも森嶋氏のやうにその実情に気附かず、ソフトウェアを喪失してしまつた人が大部分なのである。その森嶋氏がソフトウェアを口にする、止んぬるかな。

国際関係も、それを規定する条約もまた、いや、それこそ最も毀れ易いフィクションであり、憲法に至つては欠陥車に等しいハードウェアであるにも拘らず、吾々はこれに適応を強ひられてゐる訳だが、これを最後に、自衛隊を合憲とする護憲論者に質問したい、さういふ無理な適応を国民に強ひる事によつて、日本人のソフトウェアはどういふ事になるか。フィクションは建造物である、日本国憲法は手抜き工事の建造物であり、それ故、私は「カードの小屋」と呼んだ。詰り砂上の楼閣であり、虚像である。フィクションは虚像ではない、堅固な建造物である。フィクションに適応し、これを維持しようといふ努力は人格を形成する。逆に言えば一人一人の人格がその崩壊を防ぐための努力がフィクションを作りあげ、これを堅固なものに為し得るのだ。が、虚像への適応を強いれば、ソフテストウェアである心はコンシァンス（良心・自覚）への求心力を失ひ、人格の輪郭から外へ沁み出し、空のコップのやうな透明人間になつてしまふ。それはもはや人格とは言ひ難い、人格の崩壊であり、精神の頽廃《たいはい》である。どこの国が攻めて来なくとも、なしくづしの防衛論は日本といふ国と国民個々の人格といふフィクションをなしくづしに廃坑化し、幾ら森嶋氏の無抵抗主義に反論しようが、結果としてはそれに手を貸し、日本国民の洗脳に寄与する事とならう。

註

＊1　拙著「知る事と行ふ事と」（新潮社刊）八十六頁参照――当時は三木内閣時代でロッキード事件で毎日の新聞は騒然としてゐた。私は挨拶の中で、後に坐つてゐる三木首相、坂田防衛庁長官、前尾衆議院議長を意識しながら、「最近は国会でロッキード事件などといふつまらんことで大騒ぎいたしてをります」と半ば冗談口調で言つたところ、数千名の防大生の中から天井を揺がすほどの、それも実に明るい、こだはりのない笑声が返つて来た。彼等は固定観念に囚はれた非人間的なる「正義派」の疑似インテリではない。真の「合理主義」を身に附けた「文民的」軍人である。

＊2　「福田恆存評論集」（新潮社刊）第六巻所収「自由と平和」百七十三頁、「日本を思ふ」（文藝春秋刊）二百四十五頁、及び福田恆存全集第五巻三百一頁参照――これは十八年前に

ラッセルの「死よりは赤を」の無抵抗主義を批判したものであるが、彼はシドニー・フックの強烈な反論に対して、「私は純粋に学問的な問題の中に、あたかもそれが実際的な政治問題であるかのやうに引張りこまれた」と言ひ、自分の提案した一方的軍縮論を米ソのいづれが採上げる可能性があるかの問題は「理論倫理学上の演習に過ぎない」と答へてゐる。これは必ずしも遁辞《とんじ》ではない、いや、遁辞ならまだしも人間的で救ひがあるのだが、この天才的論理学者は道徳を倫理学の演習課題とし、更に論理学の演習課題にしてしまひ、思考、感情の純粋化、人格の透明化を目ざし、人間性をコンピュータで計量、操作し得る演習に熱中したのである。森嶋氏は、それほど天才的でないだけに、不用意、無邪気な実験室的遊戯に終り、まだしも救ひがある。ここに現れてゐる考へ方にも、子供が無心に蟻を石で潰し殺してゐる「残虐性」に似たものが窺へる。また「日本が攻撃される確率は、日本を攻略することによってえられる戦略的利益と攻略に要する費用（犠牲）に依存する」といふ様な考へ方は正にラッセルの亜流であり、「文藝春秋」九月号の読者評で椎野寿偉氏が「これら森嶋氏の発想の根本には数式的思考があるようだが、はたして人間はそう合理的に生きられるだろうか」と評してゐるのは、正しく森嶋氏の弱点を射抜いてゐると思ふ。松原氏が「人間不在の防衛論」と言つたのも同じ意味である。

*3　本書に収録。

*4　森嶋氏は「軍隊が国を守った事例と、国を破滅させた事例を数えあげるならば、前者の方が多数とは必ずしも言えない」と言つてゐるが、「必ずしも言えない」であるから、これは逆に「後者の方が多数とは……」とも言へる。が、読者には前者の方が少い様な印象を与へる雄弁術の一種でライトティーズ（緩叙法・曲言法）と呼ばれるものである。

*5　「世相を斬る」（サンケイ出版刊）二百六頁以下参照。

＊6　同書二百二十二頁参照。

＊7　私は輿論調査嫌ひであるが、確率論の流行に対しても否定的である。が、森嶋氏はよほど確率論が好きと見える。私はそれに附合つただけに過ぎない。確率論の詐術は次の一例で充分解つて貰へよう。或る手術を受けようとする場合、過去の事例から成功率八割で失敗率二割だといふ事が解つてゐても、一人の患者にとつては、成功と失敗とのいづれかしかなく、それが生死に関るものなら、八と二の中間といふ結果はあり得ない、生きるか死ぬかは五対五、詰り二者択一なのである。とすれば、人は必ずしも確率の多い方を選ぶとは限らない。資料や事例に基づく確率と決断とは、量と質との差と同様、全く次元を異にする事柄である。

＊8　「現代の悪魔」、本書に収録。

＊9　「月曜評論」八月二十日号（昭和五十四年）、殿岡昭郎氏「ベトナム報道発言史」による。なほイギリスの週刊誌「エコノミスト」がアメリカのヴィエトナム撤退を非難してゐるが、詳細は「日米両国民に訴へる」（高木書房刊）、及び福田恆存全集第六巻所収、第二章参照。

＊10　「日米両国民に訴へる」福田恆存全集第六巻所収、第二章参照。

＊11　「世相を斬る」二百七十六頁参照。

＊12　池田・ロバートソン会談に関する限り、私は高坂氏の意見に半ば賛成であり、半ば反対である。吉田内閣が戦後の復興にすべてを賭け、経済優先主義で望んだのは肯けるが、安保騒動の後、革新陣営の挫折感に際し、池田氏がそれまでの態度を急変し、所得倍増の低姿勢一本槍で国民と野党の歓心を買つたのは、戦後史上、最大の失政である。当時の高度成長への道を全面否定する訳ではないが、バターには大砲の歯止めが必要だつたと思ふ。あの後は誰の責任でもない、取返しのつかない事をしてしまつたのだから。

＊13　高官はハイ・オフィシャルで、ロッキード事件以後のやうに閣僚政治家を意味しない。高い地位の官吏の事である。

＊14　この三点から私は只乗り安保を占領の変形と考へる。

＊15　「日米両国民に訴へる」福田恆存全集第六巻所収、第十二、十三章参照。

＊16　「ニューズウィーク」「U・S・ニューズ」「エコノミスト」は揃つて米ソの第二次戦略兵器制限交渉の妥結について、アメリカ側の過大な譲歩に終始絶望感を表明し続けてゐる。西欧がさうならば、日本、アジアに対するアメリカのコミットメントに大きな期待を懐くのは間違ひであらう。事実七二、三年を境にしてソ聯の極東軍事力は年々上昇し、アメリカは殆ど同率で下降線を描き、現状では大きく水を開けられてしまつた。ウラージ・ヴォストークはヴォストーク（東）をウラージ（支配）せよの意味である以上当然であらう。それに、森嶋氏はソ聯が日本を自分の勢力圏内に取入れる方法として、ソ聯軍の上陸しか考へてゐないが、これはをかしい。たとへば、石油のルートを断ち、日本国内を混乱に導き、国労、動労が輸送サボタージュをすれば、暴動が起つても手の打ちやうがない。その時、日本共産党が一地方を確保し、その独立宣言を行ひ、ソ聯軍、或はヴィエトナム軍、キューバ軍に援助を求めれば、彼等は南ヴィエトナム救援を求められた米軍と同様に、正々堂々と日本に這入つて来られる。自衛隊は日本国民に銃は向けられないから、それを外から手を拱いて眺めてゐなければならない。

＊17　人格も新漢語であり、人格者などといふ用法があるので誤解を招き易いが、これはラテン語ペルソナ（仮面）の訳語であらう。上智大学から出てゐる季刊誌「ソフィア」の本年夏季号（百十号）で、スペインの法哲学者ヨンパルト氏は彼我の差を個人主義対集団主義とする通説を却け、人格主義対集団主義としてゐる。が、人格主義の対立概念として集団主

義を持つてくるのはどうか、それよりナチュラリズム、マテリアリズムといふ言葉の方が適当だと思ふ。

＊18　政府も新漢語である。もちろん古くから中国でも使はれたが、それは政治を行ふ場所を意味するものであり、「政」にも支配、統治の意味はない。その意味を失つたガヴァンメントの訳語としての政府は誤訳に近く、それでは西洋の制度を輸入しても、同じ機能を果し得ない。「権力」もさうである。原語はパワー（力）であるから善悪の色合ひはない。むしろ力は良いものである。が、日本では打倒すべき悪玉に化身してしまつた。マルクス主義のせゐである。

（「中央公論」昭和五十四年十月号）

追記　森嶋氏は「中央公論」編集部から私に対する反論を求められ、「私は亡命していない」と突放し、「朝日新聞」のインタヴューでも、かういふ「ウソやデッチ上げで相手を誹謗《ひぼう》してはなりません。（中略）この種の論者が加わると、論争がすっかりシラケてしまいます」と言つてゐる。だが、その部分は最初のプロローグ十枚分位でしかない、のみならず評論もまた読者を見物とするエンタテインメント（もてなし）であり、時には、皮肉、逆説、揶揄、自己韜晦などのレトリックを必要とする、イギリス下院の討論を御存じのはずの森嶋氏がそんなことも解らぬ野暮天とは合点が行かぬ。が、ここは百歩譲つて、森嶋氏に陳謝し、暴言を撤回する、その代り、後の本文について一々反論して頂きたい。私も二十年前に「論争のすすめ」を書き、氏もまた都留重人氏との論争でイギリスのテレビ番組を引合ひに出し、徹底的な「討論のすすめ」を唱導してゐる。もしその言に忠実でなかつたら、次の都留氏に対する非難は氏自身の頭上に降り掛つて来るであらう。

都留（森嶋）氏は「返答」でも「再返答」でも（朝日新聞でも、その他あちこちでも）「遊歩道」（「亡命者」）に関する私の誤解や認識不足を指摘したのみで、自分の政策を徹底的に分解検査することを何一つ試みていない。彼がこのような防衛的な態度をとりつづける限り、論争相手の私も（福田も）、第三者である読者も、彼から（森嶋氏から）学ぶことはほとんど皆無である。

彼の二つの返答（全くの無返答）は、彼が決闘家の理想像から遥かに遠い存在であること、……「自説に責任をもち、よろこんで批判に応じ、論争に際しては（たとへ防衛不必要論であつても）防衛的でなく、創造のためには進んで自説を犠牲に供するような、勇気ある執筆者」の全く逆のタイプであることを明確に示している。……社交ダンスでデクの坊のようにつっ立っているだけの女とおどるのは難しいが、同様に論争でも自閉症患者のように動きのない相手と論争することは至難の業である。（括弧内は福田挿入）

ここまで言へば、たぶん氏は前非を悔い、「勇気」を奮ひ興して、「防衛的」な「自閉症」の殻を破り、私の批判、或は疑問に答へてくれるであらう。それにしても、「朝日新聞」のインタヴューにおいて「相手の人格そのものが争点である場合には、人格に傷がつくのもやむを得ません」と答へてゐる森嶋氏の言葉は私には全く理解出来ない。勿論、氏が何を言ひたいのか、その積りは解る、私のやうに氏を「亡命者」呼ばはりする非礼な手合ひには応へる気がしないと言ひたいのであらう。が、氏は人格論といふ言葉をどう解してゐるのか、また私の長論の中で一番重要なエピローグの人格論こそ、氏に対する最も根本的な批判であることに気附いてゐるのであらうか。恐らく気附いてはゐまい、それなら、ここで私の真意をはつきり言つておかう。私は氏の人格を傷つけようともしなかつたし、それが傷つくとも思はなかつた、なぜなら、私は氏の特徴を「無人格」或は「非人格」の「亡命者」として捉へてゐるのである。

なほ猪木氏も健康を理由に反論を断つた上、「福田も現行憲法下で種々その恩恵に浴してゐるのに、その憲法を否定するのは許せない」と言ふ、私には氏の理屈が理解出来ない。私は今の憲法により被害こそ蒙《かうむ》れ、恩恵に浴してなどゐないが、仮にさうであつても、それを批判し否定する言論の自由は現行憲法でも許されてゐるし、常識もまたそれを当然と考へるであらう。猪木氏は旅客機、国鉄の恩恵に浴してゐようが、だからといつて、飛行機である以上、落ちても止むを得ない、国鉄がスト権ストをやつても文句は言ふべきでないと言ふのであらうか。

（「人間不在の防衛論議」新潮社　昭和五十五年五月刊）

Ⅳ　国家と個人

孤独の人、朴正熙

一

初めは別のことを書く約束であつた。

「文藝春秋」昭和五十四年七月号所載の森嶋通夫、関嘉彦、両氏の防衛論争を第三者の立場から、「総括」せよといふのが編輯部の注文であり、それは既に「中央公論」十月号に寄せた百枚の長文「防衛論の進め方についての疑問」（本書に収録）で大方は意を尽してゐるので、余り気が進まなかつたところ、呆《あき》れた事に、両氏の論争はなほ「文藝春秋」十月号に蒸し返されるといふ、それを読んだ上で改めて考へ直すやうにと言はれ、素直にその要請を容れて両氏の論文を読み、併せて「諸君！」十月号に載つた片岡鉄哉氏の「にっぽん第二共和国の構想」と前防衛庁次官、丸山昂氏に対する田原総一朗氏のインタヴュー「日米安保は空っぽである」

を卒読して、どうやら編輯部の要求に応じられると思つたのだが、十月号にはつひに間に合はず、一箇月延ばしてもらふことにした。

　といふのは、私達の劇団昴《すばる》が日韓演劇交流のため、ソウルの世宗会館小劇場で十月二十七日初日の幕を開ける事になつてをり、その前日の二十六日が舞台稽古、二十五日は金鍾泌氏の肝煎《きもい》りで小宴があり、二十四日ソウル入りと決つてゐて、その稽古、準備に逐はれてゐたからである。

　そして二十六日の舞台稽古までは予定通りに事は運んだ。役者達と一緒にホテル・プラザに戻つたのは夜の十時頃だつた。朴大統領が兇弾に斃《たふ》れたのは七時五十五分、勿論、私達はその夜、何も知らなかつた。私は役者達にダメ出しを済ませ、そのあと、たまたま韓国政府の招待により、私達と同じ便でソウルに著いた松原正氏と明方の五時過ぎまで話しこみ、眠りに就いてから二時間も経たぬうちに起され、意識朦朧《もうろう》のうちに大統領の死を知らされたのである、それを事実と受け留めるほど頭は醒めてをらず、お蔭で驚愕《きやうがく》と狼狽《らうばい》とからは免れた。

　私は直ちに演劇交流の韓国側責任者、李秉福、金正鈺、両氏と協議し、戒厳司令部の許可の有る無しに拘らず、その日の初日公演は故朴大統領に哀悼の意を表し休演とし、出来れば三十日までの全公演を中止したいと申出た。が、相手側の要望もあり、私が九月に青瓦台を訪ねた時、都合さへ附けば、初日には観に行く、もし自分が行けなければ令嬢を代理にとまで言つてゐた大統領の好意に応へるためにも、直ぐ司令部に許可願を出して、二日目の二十八日からは公演が出来るやう手配することにした。いづれにせよ、戒厳令のため夜間通行禁止時間が夜中の十二時から十時に繰上つたため、昼夜二回は無理で、二十八、二十九、三十と三日間三回の公演しか出来なくなつた。

許可願は㈠地区交番、㈡警察本部、㈢戒厳司令部民願課、㈣同治安課、㈤同公安課、㈥同参謀長、㈦陸軍本部公安課、㈧戒厳司令官の順で鯉の瀧登りをし、最後の戒厳司令官の可否決定があり、その結果は㈤の戒厳司令部公安課を通じて伝達されるのである。言ふまでもなく、㈢以上は軍人である。それまで文化広報部（文化省）所管であつた私達の演劇交流は史上初めての試みである。それが、北鮮の南下を予想し、非常戒厳令が布かれ、米軍も警戒態勢《アラート》三号を発令してゐるさなか、恐らく芝居など一度も観たこともなければ、そんなものに殆ど関心も持たないであらう人達の手によつて、許可が降りるはずがない、私はさう諦めてゐた。

私達としては、最悪の事態を覚悟して最善を尽すしか手はない。二十八日、役者達は午後一時半に楽屋入りをし、予定の開演時間三時に間に合ふやうにメイキャップを済ませ、衣裳を附けて、ひたすら許可を待つた。三時五分、書類は参謀長の関門を通過、間もなく司令官の手もとに達し、最終決定を待つばかりといふ報《しら》せが入つた。通行禁止は十時に繰上つたが、二時間四十分の芝居であるから、遅くも五時に幕が開けられれば、観客に迷惑は懸らない。役者達は時々メイキャップを直しながら、辛抱強く出の合図を待つた。が、三時前から外に並んでゐる観客の整理のことも考へ、四時半、つひに私達はその日の公演を諦め、観客に事情を説明して帰つてもらひ、ホテルに戻つて善後策を協議する事にした。といつて、結論はただ一つ、待つことしかない。明日、もう一度、今日と同じことを繰返すだけである。明日も今日と同じなら、明後日一回の公演でもいい、さう話し合つてゐる最中、受入側の劇団事務所から今やつと許可が降りたといふ電話があり、二十九、三十の両日、僅か二回の公演ではあるが、日韓親善といふ所期の目的を果すことが出来た。しかも韓国全土を通じて三日の国葬までに公演を許された劇団は昴だけであつた。李、金、両氏の撓《たゆ》まぬ努力と、戒厳司令部の好意ある配慮とに深く感謝する。

以上は私事のやうではあるが、決してさうではない。万が一、北鮮側の侵略があるかも知れぬといふ予想のもとでの非常戒厳令、米軍のアラートは謂《い》はば臨戦態勢である。勿論、それは北鮮南下の野心を予め先手を打つて封ずるための手段に過ぎぬとしても、それだけの万全の策を講じたからといつて、最悪の事態が起らぬといふ保証は全くない。ソウルが如何に平静であり、日常と少しも変らぬとはいへ、そして吾々もその平穏なヴェイルに包まれ、いつ初日の幕が開けられるか、その一事に専念してゐたとはいへ、そのヴェイルの外の、吾々が全く介入し得ぬ所で、何が起るか、或は起らうとしてゐるか、といふ懸念が時折、脳裡を掠《かす》める。

二十七日、私は朝から、日本のテレビ、新聞、週刊誌からの国際電話に追ひ廻された。程度の差こそあれ、いづれも明るい弾んだ声である、「ラッキーですね。」「いい時にぶつかりましたね。」これには全く答に窮した。私が朴大統領に初めて会つたのは昭和五十年の十月であり、その時を含めて三度しか会つてゐない、二度目は昭和五十三年の十月であり、最後は五十四年の九月である、そして今度もまた会ふ事になつてゐた。私は大統領を政治家として、またそれ以上に一人の人間として尊敬してゐた、さういふ個人的な気持を日本のジャーナリストに押売りする気は毛頭ない。私を含めて、政治、社会の現実を報道し論評する者は、すべて「死の商人」である。口に平和と無事を唱へ、ユートピアの実現を待望しながら、実は自分に被害の及ばぬ対岸の火事を手ぐすね引いて待つてゐるのだ。天災、事件、事故の被害は大なれば大なるほど昂奮し、五人の死者より百人の死者に生き甲斐を感じ、百人の炭坑夫の生き埋めより、一人の大統領の暗殺に胸を弾ませる。彼等の生の充実感は新聞の見出し活字の大きさに正比例し、それによつて正確に測られる。彼等ばかりではない、虫も殺さぬ善良な夫婦、親子の相寄る家庭においても、その夕餉の平和と睦《むつま》じさは、十月二十七日に関する限り、夕刊の「朴大統領暗殺さる」といふ大見出しによつて、一段と緊密度を増したことであらう。現地にゐた私はやはりその好運に感激せねばならぬのかも知れぬ。

人々は私を通じて現地にゐなければ解らぬ何事かを知らうとしてゐた。が、お蔭で私は現地にゐない人々がこの事件をどう解してゐるか、といふよりどう解したがつてゐるかを「逆探知」することが出来た。いや、現地にゐる、ゐないの問題ではあるまい、ソウルと東京、韓国と日本（国）、この両者のずれは危機感を持つてゐる国と、それを持たない離れ島とのずれであり、その国民と住民との生き方の次元の違ひとしか言ひやうがない。危機感を持つてゐる国といふ言葉は誤解を招くかも知れぬ、それなら、かう言ひ直さう、大なり小なり危機感を持たぬところでは国家は成立しない、日本は潜在的には大きな危機を孕《はら》んでゐるが、危機感は全くない、したがつて国家意識が曖昧になり、国家としての機能を失ひ、国民も領土も存在せず、ただ日本列島といふ地域とそこに棲息する住民が存在するだけである。私が「防衛論の進め方についての疑問」において日本をエア・ポケットと呼び、森嶋氏を「亡命者」と名附けたゆゑんである。

そして、ソウルからの「逆探知」により、私は改めて森嶋・関論争の如き「空騒ぎ」を話題にして興がるほど退屈し、だらけ切つてゐる日本につくづく愛想が尽きた。同行した若い役者の一人が殆ど何の予備知識も無く、朝夕ソウルの町を歩くだけで肌に感じたのであらう、半ば独り言のやうに「韓国と日本は、これで同じ国かと考へさせられてしまふ」と呟《つぶや》いてゐた。断るまでもあるまいが、これは両者が同じ国といふ概念では片附けられないといふ意味である。

国ではない島に、国民ではない住民に、防衛論は固より防衛そのものも不必要である、その認識を前提とし、その自覚を読者に要請すること、それが「中央公論」十月号所載の拙文の主旨であり、その点が充分理解されてゐないらしいので、改めて「文藝春秋」に補足を書く積りだつたのだが、真剣勝負をしてゐる韓国から帰り、安全地帯で相も変らぬ子供の火遊びに耽《ふけ》つてゐる自閉社会、日本の現状に接して、私はすつかり拍子抜けしてしまひ、編輯部と相談の上、話題を「開かれた国」韓国に切換へてもらふことにした。

しかし、ただ一言、第二回森嶋・関論争について言つておきたいことがある。森嶋氏は「現実の日本が完全な意味での守るに値する国でないことも事実である」と言つたのに対し、関氏が「日本人の多くが多少の不満をもちつつも、自らを中産階級と考えている日本などは、守るに値する国のひとつだと信じている」と応へてゐるのを読んで、私は啞《あ》然《ぜん》とした、やはり日本は国ではない。関氏の基準に随へば、アジア、アフリカの諸国は勿論、大抵の国が守るに値しない事にならう。

世界中、一体どこの国が自国の守るに値するや否やなどといふ「勤務評定」にうつつを抜かしてゐるであらうか。アメリカがアメリカにとつて日本は守るに値するかどうかを研究、論議するのは解る、が、日本人が日本を守らうとするのは、それが守るに値するといふ帳尻計算によるのではなく、自分が日本人であり、日本の過去を背負つて生きてゐるといふ実感に基づくもので、それ以外に何の理窟も必要としない。試みに、森嶋、関、両氏を初めとして、たとへ善意にもせよ、日本を守るに値する国にするにはどうしたらよいかと考へてゐる人達に私は敢へて問ひを発したい、その前にあなたは過去に一度でも自分が果して守るに値する人間であるかどうかといふ類ひの自問自答をしたことがあるか、或はまた周囲の知人を見廻して、この男、この女が暴漢、痴漢に襲はれた時、その生命や貞操を守るに値する者と値しない者とを識別する国際裁判所的な、即ち独裁者的な資格と権限とが自分にはあると言ひ切る自信があるか。少くとも私はもう少し謙虚である。幾ら無能で貧乏であらうと、幾ら無智で醜女であらうと、自分の父母や子供は、彼等が私の親であり子であるが故に守る。国についても同じである。そこには「値する」といふ傍観者的概念の入り込む余地は全くない。

二

日本に戻り、今度の朴大統領暗殺事件に関する留守中の新聞をざつと見ただけで、勿論、中身など読む必要はない、その見出しだけで、すべては解つた、いづれも「逆探知」で予測してゐた通りである。やはり日本は「守るに値するかどうか」などといふ空論にうつつを抜かしてゐられる暇人の天国であつた。しかし、韓国は違ふ、反体制的と言はれる野党側の新聞、「東亜日報」でさへ、日本の報道に対して手厳しい批判の論説を掲げてゐる、当然であらう。間違ひの本はすべて朴大統領を「独裁者」と見做してゐるところから発してゐる。しかも、さう断定する根拠は何処にもない。報道機関が屢々《しばしば》軽佻浮薄の愚を演ずるのは多分に生計の為ではあらうが、またその弱点に附け入る軽佻浮薄の徒を歓迎する軽佻浮薄の性癖が新聞の持前とも言へる。金大中、金泳三、両氏のこととなると目の色を変へて騒ぐ日本の新聞を見れば、およそ見当が附かう。両金氏は常に朴政権の「独裁」を非難、攻撃する。が、今まで日本の新聞は自分の頭で朴政権を批判したことは一度もない。十八年前の一九六一年五月十六日、朴正熙少将が軍事革命を起したのはなぜか、その前の李承晩、尹潽善、両大統領時代、国情騒然として民生安定せず、政財界が如何に腐敗してゐたか、そして朴政権のもとにおいて韓国の近代化が如何に目ざましくその実を遂げたか、日本の新聞は一度もその事実を伝へない。彼等の報道源はすべて金大中氏、或は金泳三氏による朴政権打倒の声明文や、ソウルには一人も特派員を置いてゐないアメリカの新聞だけであり、その虚実、真偽を調査しようとさへしない。

たとへば、今年の十月、金泳三氏は新民党総裁の座を降されるや、「朝日新聞」は恰もその非を責むるが如く、氏の朴政権打倒声明を大きく報じたが、あれは新民党内部の意見対立から生じたものである。私は一九七五年に金泳三新民党総裁に会つてゐるが、私の質問に対して、氏は殆ど何も答へられず、ただ緊急措置令第九号が言論の自由を弾圧するものであり、その廃棄を強調するだけであつた。その点は金大中氏も同様である。そして、いづれも北鮮の脅威を認めず、その南進はあり得ないと断言する。*しかも、さう断定する根拠を示さうとしない、当然である。任意の部屋を想像して見たまへ、その床に一本の釘《くぎ》が落ちてゐるかも知れぬといふ可能性は充分にあり、その理由を言へと言はれれば幾らでも言へる、が、反対に釘が一本も落ちてゐないといふ論拠は絶対に提出し得ない。まして明日、或は一年後となると、なほさらの事である。何事につけ、有るといふ証明はなしうるが、無いといふ証明は不可能である。韓国において、北朝鮮南進の可能性は無いと言ひ切る者は政治家として失格である。*勿論、金氏はかう言ふ、朴正熙の「独裁」が北の南進を誘発するのだと。が、独裁者金日成首領が南を独裁から解放してやらうといふ慈悲心を持つてゐるなどと、そんな途方もない夢を誰が本気にしようか。

　金大中氏が持てるのはアメリカの一部と日本だけである。韓国では日本が蝦《えび》（金大中氏）を鯨（英雄）にしたと言つてゐる。金泳三氏にしても同様の事が言へる。なぜなら、カーター大統領が在韓米軍撤退を公約して後、新民党の総裁は生真面目で穏健派の李哲承氏になり、大体、日本の民社党に似た姿勢を保持し続けて来たのだが、先頃の総裁選に敗れて再び金泳三総裁が実現した。が、その総裁選に不正があつたため、李哲承派が訴へ、裁判の結果、不正の事実が立証されて、金泳三氏は総裁職を剝奪《はくだつ》された、といふより、その資格が無効と認定されたのであり、その腹癒《はらい》せに自分の選挙区釜山で朴政権打倒の運動を起したのに過ぎない。その経緯を報道したのは、私の知る限り、「サンケイ新聞」のみである。あらゆる新聞が、とまでは言はぬが、少なくとも「朝日」がまたも蝦を鯨にしたのである。その詳しい経緯はいづれ松原正氏が書くであらう。ただ「朝日新聞」及び「文藝春秋」の読者のために言っておくが、「朝日」が「絶讃」した総裁選後の金泳三氏の態度を、野党側の「東亜日報」が論説で厳しく批判してゐるのである。

朴大統領は独裁者ではない、が、前に述べたやうに、「……ではない」といふ証明は不可能である、私に出来るのは、「……である」といふ実例が提示された時、それを否定し得る反対の証明を行ふか、或はそれが事実であつても、かくかくしかじかの理由により、韓国においては他に方法のない必然悪としてそれを認めねばならぬことを説得するか、そのどちらかである。が、日本の新聞も、アメリカの新聞も、朴大統領を頭から「独裁者」と決めつけ、その実例、もしくは朴政権の実態を具《つぶ》さに示してはくれない。それに近いものとして私の耳に入るのは、㈠金大中拉致事件であり、㈡金芝河投獄であり、㈢言論の自由の一部抑圧であり、それらを誇大に報じて日米の民主主義と比較し、暗い韓国といふ印象を捏造してゐるだけに過ぎない。だが、金大中拉致事件について、日本側にはそれを「主権侵害」の一本槍《いつぽんやり》で抗議出来ない弱味がある、といふのは、大統領選で朴正熙氏に敗れ、反朴遊説中の金大中氏の不法入国を、日本の法務省はライシャワー氏の書簡一つで認めてしまつたからである。（福田恆存全集第六巻「日米両国民に訴へる」参照）なるほどKCIAの暴挙を是認する訳には行かぬ、だからといつて、友好国の正統政権打倒の意図を持つた者に、日本における行動の自由を許してよいと言ふなら、それこそ韓国の主権無視の表明であり、結果としては日本側が朴政権打倒に手を貸したことになる。大方の日本人がさう考へないのは、やはり朴政権を独裁専制と見てゐるからであらう。

詳細は四年前に書いた「韓国の民主主義」*を読んで戴きたいが、朴大統領が「私は人にどう言はれても、あらゆる努力をして、（あの金大中のやうな人達には）大統領の席を譲りたくありません」と言つた時、握り締めた両の拳《こぶし》を机の上に置き、その間に稍《やや》前のめりに顔を伏せ気味にして、半ば自分に言ひ聴かせるやうに力強く言ひ放つた真率、沈痛な表情、その部厚い両肩が、未だに私の眼底に残つてゐる。それは私の生きてゐる限り一生消えないであらう。如何に私が民間の一文筆業者であれ、いや、だからこそ何でも書ける立場にある男である、それに向つて自分が「独裁者」呼ばはりされてゐることを百も承知の上で、一国の元首がこれほど真率の言を吐くといふのは稀有《けう》のことであらう。私は令嬢朴槿恵さんの言葉を想ひ出す、「父を日夜、見るごとに、その肩にどれほどの重荷を背負つて苦しんでゐるか、それを想ふとたまらなくなります。」大統領は私にかうも言つた、「万一、北が攻めて来たら、私はソウルを一歩も退かない、先頭に立つて死にます」と。勿論、それは覚悟の問題で、朴大統領が戦死したら全軍の志気に関る。そんな幼稚な反問をする暇もなく、大統領は続けてかう言つた、「私が死んだ方が、国民の戦意はかへつて強固なものになるかも知れませんよ。」私はその微笑のうちにこの人の孤独を看て取つた。

最初の会見の時、約束は午前十一時から正午までといふことになつてゐたのだが、その数日前に見て来た第二トンネルの話を持出すと、大統領は気軽に立ち上つて、応接室の片隅にある停戦ライン附近の模型の所へ私を導き、一本一本、そのトンネルの蓋を取り除いて内部構造の説明をし、かういふ状況下で、大砲とバターの均衡を採るのが如何に難しいかを語り、一口に民主主義、自由、平等と言つても、日米のそれと韓国のそれとを同一視する訳には行かないといふ話になつた。それは私の持論でもある、民主主義の名の下に、全く政治指導力も外交政策も喪失してしまつた日本、そして日本よりはましだが、それにしてもヴィエトナム戦争以来、大統領の指導力が弱まり、常にソ聯の後手後手に廻つてゐるアメリカ、そのいづれも大小の差こそあれ、離島であるのに反して、韓国は南ヴィエトナム崩壊後、アジアでは全体主義社会に直面する自由陣営の最前線基地である、その苦悩を日米両国とも全く理解してゐない、そんな話を幾つかの具体的な例を挙げて話したことを憶えてゐる。

約束の一時間が過ぎ、辞し去らうとする私を大統領は遠慮深さうに留め、「どうせ私も昼食の時間です、私と同じ物でよかつたら食べて行きませんか」と言ふ。平生二食の私だが、その好意を喜んで受けた。故人に対して、そしてまた一国の元首に対して、頗《すこぶ》る礼を欠いた話だが、私は敢へて書く、正直、私はその粗食に驚いた、オムレツは中まで硬く、表面がまだらに焦げてゐる。もし日本のホテルだつたら、「これがオムレツか」と私は文句を言つたであらう。が、それを平気で口にしてゐる青瓦台の「独裁者」をまじまじと眺め、軍事革命を起す前の朴少将は清貧濯《あら》ふが如く、大統領になつた後も、たまたま外出先で当時の韓国に不相応な「豪邸」を目にすると、誰の邸かと問ひ、それが閣僚や高官のものであると解れば譴責《けんせき》したといふのは決して作り話ではないと思つた。事実、私はその前後、朝鮮ホテルで一応及第のオムレツを食つてゐたからである。

多くの人が忘れがちだが、朴正熙氏は農民の出身であり、日本統治時代、大邱師範学校を一番で卒業し、暫く教職にあり、その後、満洲軍官学校でも一番で通し、日本の陸軍士官学校は三番で卒業、謂はば、日本旧軍の「軍人精神」が身に附いてをり、それが旧軍憎悪の平和呆け戦後日本の知識人に好感を持たれぬのかも知れぬが、私の目に映つた大統領の人柄の根幹にあるものは旧軍の「軍人精神」よりも、寧ろ更にその源をなす儒教道徳であり、それが日本の明治維新を達成した近代的合理思想と癒著したのであり、したがつて親日家などといふ生やさしい言葉では表せぬほど、良き意味において遥かに大方の日本人よりも日本的であつた。それ以上に忘れてはならぬことは、さういふ大統領のもとで、韓国は初めて四民平等の近代国家になつたといふ事実である。言ふまでもなく、李朝五百年は中国式封建制であり、それに続く日本統治時代においては韓国人は官民いづれにおいても差別待遇され、戦後の李承晩、尹潽善、両大統領時代においてはアメリカとヤンパン（李朝貴族の出身者）の勢力から脱し得ず、政治の腐敗はその極に達した。朴大統領は維新革命後、何よりも外国とヤンパンの勢力を後楯《うしろだて》にして自分の地歩を固めようとする連中を嫌ひ、これを政治の中心から排除しようとしたのである、民衆が慈父のやうに大統領を慕つたのは当然であらう。

私は食事が済んで三十分位して、食ひ逃げするやうだが、約束の時間を余りに超過したので と言ひ、再び辞去しようとしたが、「今日の午後は何も予定がないから」と再び押し留められた。既に私の脳裡には大韓民国大統領の姿は消え去り、知己、朴正熙しか存在せず、それから更に一時間余り話し込んでしまつた。気楽になつた私は、当時の大統領スポークスマン、現在の文化公報部長官金聖鎮氏から聞いた大統領の武勇談を想出し、あれは事実ですかと訊ねてみた、といふのは、大統領一行がどこか視察に出掛けた時、途中の岐れ路で普通なら直進すべきところを車は急に右へ迂廻した、「どうして遠廻りするのだ」といふ大統領の問ひに金氏は「大学紛争で警官隊と学生が対峙《たいじ》し、学生側の投石が激しいので」と答へたさうだが、大統領は直ぐさま「構はない、戻つてその道を行け」と言ふ、仕方ないので命令通りにしたところ、間もなく当の大学の前に差し掛るや、大統領は車を止めさせ、真先に飛び出し、一人で大学の正門に向つて歩き出したといふ。驚いたのは学生の方で、忽ち投石を止め、蜘蛛《くも》の子を散らすやうに逃げてしまつたさうである。大統領はそのまま総長室に入り、直ぐ総長に来るやうに命じたが、既に自宅に逃げ帰つてしまつてゐた総長が現れたのは数十分後で、気拙《きまず》さうな彼の前に大統領は諄々《じゅんじゅん》と説諭したといふ、「かういふ時に総長が責任を執り、学生を説得しないといふ法はない」と。

「やあ、そんなこともありました、勿論、それで学生が説得されるとは限りませんけれど、総長たる者には騒動の経過を見てゐて、適切な措置を採る責任感がほしいのです。」それが大統領の答であつた。いざといふ時は、ソウルから一歩も引かないと言つた大統領の言葉を私は心の中で嚙《か》みしめてゐた。これを人は「独裁者」と言ふのであらうか、それなら私は民主制より独裁制を採る。

三

嘗《かつ》て吉田茂はワン・マンと呼ばれ、対米追随外交を非難され、政権の座に長くゐたために飽きられ嫌はれた。その点、朴大統領は吉田氏とよく似てゐる。一九五四年の初め、私がワシントンを訪ねた時、日本部の役人諸君に招ばれて食事を共にしたが、「吉田首相ほど頑固な男はゐない、アメリカに楯突いてばかりゐる」と言はれ、日本国内と全く評価が違ふのに驚いた事を憶えてゐる。朴大統領も同じではなかつたのか。アメリカを牽《ひ》き附けておかねばならぬといふ懸命な努力の裏で、その韓国の弱味に附け込み、自国産の、それも今や度が過ぎて故障だらけの民主主義を強要するアメリカに色々な形で抵抗してゐたのではなからうか。アメリカに対する期待と不信と、このディレムマは最初の会見の時にも窺《うかが》へた。勿論、このディレムマは日本に対しても同様に存在する。だが、日本に対しては期待の方が強く、不信と言ふよりは困惑の形で示された。今年の九月、三度目の会見の時、私は「カーター大統領が人権外交を韓国に適用するのは内政干渉と言ふより、結果論からすれば間接侵略と言ひたくなります。それに、もし閣下を独裁者と言ふなら、カーター大統領も同じく独裁者と言へませんか、在韓米軍撤退に反対したシングローブ少将を解任したり、確かデトロイトかシカゴで『ワシントンを相手にせず、身方は人民諸君のみ』と大見得切つたりしてゐますからね」と言つたところ、大統領は「しかし、東京サミットの後で、ここへ来て、それまでとは違つた印象を持つて帰つたやうに思へますがね」と答へた。私は同感だつた。在韓米軍撤退の暫時凍結のことではない、私自身、その前日、ホテルのテレビで、カーター大統領のソウル訪問とその歓迎振りを一時間余り眺めてゐたが、目には見えない「人権抑圧」は別にして、ソウルの市民生活が日本と少しも変らぬ民主主義と自由の空気に溢れてゐることをアメリカ大統領は自分の目ではつきり確めたに違ひない。いや、歓迎の旗を振る民衆はゐても、それを取締る警官は全く目に附かない、或はカーター氏は日本の方が遥かに警察国家だと思つたかも知れぬ。私は朴大統領に「独裁者には独裁者が見えなかつたのかも知れませんよ」と冗談を言つたところ、大統領は肩を揺すつて笑つてゐた。

しかし、アメリカに対する大統領の不信は在韓米軍撤退凍結だけでは、決して解けない。なぜなら、その引換へにアメリカ側は諄《くど》く「開かれた民主社会」を要求してゐるからだ。アメリカは対ヴィエトナム工作の二の舞を韓国で演じようとしてゐるのか。朴大統領よりも私の方がそれに苛立《いらだ》ちを感じる。アメリカは、そして日本も、次の重要な事実を理解してゐない。それは朝鮮戦争を経験してゐない、それ以後に生れた世代が二十代後半にさしかかつてゐるといふことだ。彼等には北の脅威といふものが全く理解出来ない、したがつて、そのためには消費生活や言論の自由に限界があるといふことに想ひ到らず、一方、アメリカ帰りのテクノクラートの優秀なることは認めるにしても、その才能、能率は平和時を前提としてのみ十全に発揮される。それを可能にするためには韓国の平和と安全を保障する停戦ラインの壁を蔭で守つてくれる力が必要であることは言ふまでもないが、その機能が見事に果され、北の侵攻を抑止する成果を挙げれば挙げるほど、僅か四十キロ後方のソウルからは、その壁を支へてゐる力の存在が見えなくなり、その向う側で絶えずこちらを窺つてゐる北鮮の脅威もまた感じられなくなつてくる。さうなれば、韓国は日本と同じエア・ポケットになる*。

今まで無制限の自由を「抑圧」するといふ憎まれ役を演じながら、しかも国民一般から敬愛されてゐた朴大統領は既にない。権力と権威と、この両者を兼ね備へた人物は今後果して出来るであらうか。日本の韓国通の人でさへ、維新体制はもはや不必要である、少くとも緩和せねばならないと説く人が多い。が、私はその逆であると思ふ、望ましい事ではないが、まだまだその時期ではあるまい。もし緩和すれば、拾収の附かぬ混乱が起り、再び軍事クー・デタといふ最悪の事態になりかねない、いや、その時を狙つて北鮮が雪崩《なだれこ》込まぬといふ保証はどこにもない。なるほど朴大統領が維新体制を長年維持し続けたことには得もあれば失もあらう。が、朴大統領の存在は空気のやうなもので、その一部が汚染されたからといつて、空気を抜去つたら、人は窒息死する。といつて、アメリカや日本が絶えず空気を補給する覚悟があるのか、その覚悟なしに維新体制を批判する人を私は憎む。

勿論、朴大統領の推進する維新体制のもとに目ざましい経済発展を遂げた「漢江の奇蹟」に、去年の末頃から暗雲が漂ひ始めて来た事実を私は無下に否定しはしない。インフレがひどく、折角セマウル運動で基礎固めが出来た民生の向上も頭打ちになり、貧富の差が増大して来た。第二次オイル・ショックのためだといふ人がゐる、しかし、それなら、世界一の民主主義国、富めるアメリカも同じではないか。韓国のインフレも貧富の差も、必ずしもオイル・ショックのためのみとは言ひ難い。その一番大きな原因は、在韓米軍撤退を選挙で約束したカーター氏が大統領に就任したことにある。その万一に備へて韓国は軍事費を予算の三分の一にまで増大し、この九月、なほその状態を一九八五年まで持続することが議会で決つた、その皺《しわ》寄《よ》せが市民の消費生活に響いて来たのである。

だからといつて、この七月、ＹＨ社（かつら製作会社）の偽装倒産による女工の飛降り自殺、それを切掛けとする金泳三氏の反政府運動、釜山、馬山の暴動、それに対応する金泳三氏議員剝奪決議、それを受けての新民党全議員六十九名の辞表提出、そして最後にＫＣＩＡ部長金載圭の朴大統領暗殺事件を一連の必然的因果関係として受取り、その謎《なぞ》を解くマスター・キー（親鍵・合鍵）を㈠維新体制の「硬直」と㈡物価体系の「崩壊」に求め、更にあの「計画的」な暗殺事件の背景には㈢軍部やアメリカの「謀略」があるのではないかと憶測することは余りにも単純であり、前に述べた朴大統領の、或は彼が一身に背負つてゐた韓国のディレムマに対する無理解といふほかはない。

なぜなら、第一に、金泳三氏の過去半年に亙る反朴運動は、新民党内部からの批判を封じ、党内の主導権を一手に収め、自己の派閥を強化して党を「独裁」し私物化するためのアド・バルーンに過ぎず、野党、及び野党派のジャーナリストさへ甚だ批判的であり、好意的に見れば、朴大統領といふ不倒の横綱の強さを当てにしての安全地帯における「体制内反体制運動」だといふ声さへ聞かされた。第二に、同氏の議員剝奪の強硬決議は、その「体制内反体制」の弱味を見抜いた与党側の勇み足であり、それに対抗する新民党全議員の辞表提出も、実は与野党全議員の七割が賛成しなければ、それは受理されないことを承知の上での、これまた安全地帯における形式的抗議と言つても過言ではなからう。一歩譲つて、以上はすべて私個人の勘繰りだとしても、今年七月二十日附「ニュー・ヨーク・タイムズ」の記事にある「朴大統領は議会から野党を逐出した。」「朴大統領が隣の共産国家の警察国家的手法を真似れば真似るほど、アメリカはこれに抗議せねばならない。」「民主勢力である韓国の野党」といふやうな虚偽や偏見によつて、或は十一月五日附「ニューズウィーク」に出てゐる記事「この十八年間、黒眼鏡を懸けた小柄の峻厳な男が、この国を恰も自分の私領の如く支配して来た」といふやうな悪意の誹謗によつて、万事説明づけられるとは思はない。(朴正熙氏が黒眼鏡を掛けてゐたのはクー・デタ前のことで、大統領になつて以来、この十八年間は全く用ゐない。)

アメリカのジャーナリズムが発展途上国、或は中進国に対して常に犯す過ちは、その近代化と先進国への脱皮を遅らせ停滞させてゐる責任をすべて指導者層のみに帰し、それを除去しさへすれば、自分達と同じ様な近代社会が出来上る素地がその国には既に築かれてゐると考へ、体制批判者の声にばかり耳を傾け、彼等を激励することである。その恰好な例が右に引用した「ニューズウィーク」の「黒眼鏡」の後に出て来る。「かうして、つひに朴を支へて来た組織そのものが彼を破滅させたと言へよう。大統領は韓国の複雑な近代社会からますますずれて行つてしまつた。政府の役人の中には彼の強硬政策に不安を感じてゐる者がゐる、学生や労働者はそして時には経営者達まで、政治的、精神的自由の欠如をひやかし、反対者の集団は朴が彼の人民優先宣言に行動を以て応へることを要求した。が、それに対する朴の反応は常に抑圧あるのみであつた。〈朴は人民を服従させるためには、恐喝しかないと信じてゐる〉と極く最近、或る批評家が言つてゐた。皮肉にも、朴狙撃の嫌疑者はその恐怖を国中に行き渡らせるために作つた機関の統率者であつた。」

私は一批評家に過ぎない、が、もしこの筆者フレッド・ブランニング氏の如く報道記者、或は論説委員であつたら、朴大統領の強硬政策、それに対する役人の不安、学生から経営者までが嘲笑してゐる自由の欠如、大統領の恐喝政治、等々について具体的に事実を伝へ、大統領の言動と批判者のそれと、いづれが是か非か読者に判断の材料を提供するやうに努めるであらう。このやうな抽象論で大統領を黒、人民を白と片附けるのが言論の自由といふのであれば、朴大統領がそれを抑へたことに私は共感せずにはゐられない。ケネディ大統領暗殺についてもこの手のパロディは幾らでも作れるであらう。朴大統領といふ硬く重い蓋を取除いたら、韓国に忽ち自由の気に溢れた明るい近代社会が現出するか、それともパンドラの箱のやうに禍ひと毒が噴出し、その底には絶対に実現しつこない希望といふ言葉だけが残るか、一年後、或は二年後に、「ニューズウィーク」誌上でブランニング氏の意見が読める日を私は待つてゐる。もし朴大統領をどうしても「独裁者」と呼びたいなら、さう呼ぶがいい、が、一国の元首でその死が国際政治の動向を左右する掛け替へのない人物は、ヨーロッパのチトーとアジアの朴と、この二人だけだと私は思つてゐた。今でも私が責任を以て言へることは、学生や労働者は別としても、韓国内部では、今までは朴政権に多少批判的であつた人、或は反体制的な政治家、言論人はアメリカのジャーナリズムほど楽天的ではないといふことである。寧ろ不倒の横綱、「独裁者」を失つた後、一番進退に窮するのは彼等である、安心して無責任な反体制運動が出来なくなるからだ、一度突進し始めたら、それを止めてくれる厚い壁が今やなくなり、北鮮にまで突走つてしまはなければ納りが附かないことにならう。

四

十月二十八日頃から国葬の前は、十一月二日までソウル市を初め全国の市町村に、焼香のため急拵への焚香所《ふんかうじよ》が設けられた。帰国後、全国の焼香者は人口三千七百万のうち二千万と聞いた。人口の五分の一余りが集まつてゐるソウルでは、民衆が焼香のため長蛇の列をなし、皆、悲痛の面持で、泣いてゐる者も沢山ゐた。テレビでは朴大統領回想のため、生前の写真が次々に写し出されてゐたが、ホテルのメイドは私の部屋を掃除しながら、急に泣き出し、「またあとで来ます」と言つて、そそくさと姿を消した。その種の話は役者達からも聞いてゐる。国葬の日には整理に当つてゐる警官まで時折涙を拭つてゐた。十月三十一日、板門店からの帰りのバスの中で中央庁前の焚香所に焼香に行く列が世宗路の両側を埋めてゐるのを見て、案内嬢が大統領に対して民衆が如何に敬愛の念を持つてゐたかについて話し出したので、私は頃合ひを見計つて、「でも、日本では独裁者と言つてゐますよ」と言つた途端、相手は一際声を張り上げ、「それは知つてゐます、でも、それは大変な間違ひです」と食つて掛つて来た。バスの案内嬢だけではない、数人の反対制派の言論人が、朴大統領だけは別格扱ひしてゐるのを私は聞き知つてゐる。

「逆探知」で既に色々な謀略説を聞かされてゐたが、さういふ推理小説の犯人探しに耽つてゐる時ではない。勿論、情報部長と警護室長との間に意見の対立はあつたらうが、その根柢には大統領に対する「忠誠心争ひ」があり、それが犯行の動機だつたと私は見てゐる。それほど人間朴正熙には周囲の人間を献身的にさせる魅力があつたのである。謂はば男が惚れる男なのである。その「忠誠心争ひ」を独裁者をめぐる権力闘争といふ政治上の一般的な図式で説明することは誤りであらう。どうしても犯人探しをやりたければ、捜査の常道に随つて、朴大統領が死ぬことによつて最も得をするのは誰かと考へてみるがよい。北鮮以外に誰もゐない、もしアメリカが韓国から手を引くのに最も好都合な情勢を醸し出したいと思つたのでなければ。が、それこそ勘繰りもいいところであらう。但し、かういふことは言へる、アメリカが韓国の実情にうとく、今までも何度か、韓国を守るのは日本のためだと言ひ続け、日本に較べて韓国に対しては不当に邪険であつた、そのアメリカを引止めておかねばといふ「憂国」の情から、逆縁ながら「涙を揮つて馬謖《ばしょく》を斬る」の挙に出でたとも考へられよう。

この九月、大統領との三度目の会見の時、私は大統領にかう訊ねた、「失礼な言ひ方ですが、閣下も多分御存じでせう、日本ではソ聯の次に嫌ひな国が韓国となつてをります、なぜだとお思ひですか」と。大統領は即座に答へた、「マス・コミのせゐでせう。」「それもあります、それともう一つ、といふのは、私は閣下が農村で百姓の老婆と閑談なさつてゐる時、それから大邸で師範学校時代の同級生か何かと粗末な膳を囲んで、どぶろくを飲交してゐる時の笑顔を写真で知つてをりますが、大抵の日本人は厳しいお顔しか知らないし、旧軍人でクー・デタを起した張本人といふ固定観念に煩はされ、今の韓国は軍事政権だと思ひ込んでゐます、アメリカのアイゼンハワーは気にならないくせに……そんなことで損をしていらつしやる。」さう言ふと、大統領は「どうも私は一人の時、カメラを向けられると笑へなくなつてしまふんですよ」と言ふ、なるほど、自分だつてさうだ、一人では笑へない、内心、さう思つた。その時だつた、大統領が「煙草を一本いただけませんか」と言ふ、私は「おや」と思つた、最初に招ぜられて椅子に腰を降して直ぐ、「閣下は煙草をお吸ひになりましたかしら。」「いや、ここ暫く止めてゐます。」「吸つても、よろしいでせうか、まさか嫌煙権を発動なさらないでせうね。」「どうぞ。」さういふ会話が取り交された後だつたからである。大統領は苦笑しながら、「やはり人が吸つてゐるのを見ると吸ひたくなるのです、まだ駄目です」と言ふ。私も笑ひながら、内隠しからケイスを出し「日本のピースで両切りですけれど……」と言つた。「いや、結構です」と言つて、一本抜き取る大統領の顔を見ながら、私は内心をかしかつた、確か外国人から外国製の煙草をもらつてはいけないことになつてゐたはずだがと思つたからである。

そのうち大統領は何の切掛けでだつたか、「私はどうしても日本に行きたい、本当は家内と一緒に行きたかつた、それが私の念願です。しかし、その前に日本の総理が一度こちらへ来てくれないと、私の立場上、困るのです。この間、山下防衛庁長官がソウルへ来ましたが、私の所へは寄つてくれませんでした、どうしてでせう。」私は一瞬、言葉に詰つたが、直ぐかう答へた。「日本といふ所は万事その調子です、さつき閣下がおつしやつた通り、新聞といふ独裁者が輿論《よろん》を操作し、韓国をソ聯の次に嫌ひな国に仕立て上げてしまひましたから、大臣、長官ともなると、憲法上の主権者である国民の顔色を窺ひ、その許可がないと、旅行、訪問の自由もないといふ訳です。」大統領は私の冗談に邪気の無い笑顔で応じ、「済みません、煙草をもう一本。」私は再びケイスを取出し、「では、ここへ置いておきますから、御自由に」と、さうして辞去するまで、私は大韓民国大統領、アジア最大の「独裁者」にピース五本を「恵む光栄」に与《あづか》つた。

私はさういふ雰囲気の中で、少々図に乗つて、かう質問した、「閣下に最初にお目に懸つた時、そこの入口まで家内と同道したことを憶えていらつしやいますか……御挨拶《ごあいさつ》が済んだ後、私は家内に、『お前はこれで失礼して先に帰るやうに』と言ひましたが、数箇月前、サンシャインの韓国文化院開館式の時、崔書勉さんにお目にかかつたら、『福田といふ男はひどい奴だ、奥さんのことをお前と言ひ、先に帰れと言つてゐた。』さう大統領がおつしやつたと聞きました、それは本当ですか。」その時の大統領の照れ笑ひを私は忘れない、「いや、それは前後の話の筋道を聞いてもらはないと……、実はかういふことです、一口に民主主義だの平等だのといふけれど、国によつて、それぞれ歴史や生活とか風習とか、それに政治的にも色々違つた条件があるので、アメリカや日本の民主主義をそのまま韓国に適用しろと言ふのは無理だ、時には日本の方が劣つてゐることだつてある、福田さんは奥さんのことを『お前』と呼んでゐた、そんな冗談を言つたのですよ。」さう大統領が言つたので、「ああ、さうですか、私の世代では、いや、私は少し古い方かも知れません、友人の中でも奥さんに君と言つてゐる人がゐますし、もつと若くなると、お互ひに名前を呼び合ふ人が多いやうです。ところで、閣下は亡くなつた奥さんをどう呼んでおいでしたか」と問ひ返すと、大統領は「日本語に訳せば、あなたです。」「では、奥さんの方は……。」「やはり、あなたです。」私は咄嗟《とつさ》に「あなたと呼べば、あなたと答へる」といふ昭和初期の流行歌を憶出しながら、笑ひを嚙み殺し、「いや、一本参りました」と頭を下げた。

そして話は再び民主化、近代化と維新体制といふ真面目な問題に移り、大統領は更に極く最近、青瓦台を訪れた元アメリカの高官の情報だがと前置きし、ソ聯のシリアへの働き掛けについて語り、私には解らない新型戦車について説明してくれ、もし第三次大戦が始るとすれば、自分は中東からだと思ふと言つた。その話の中で一番印象に残つてゐるのは、「五年か七年したら、日本と韓国は安全保障条約が結べる時が来る、どうしてもさうしなければいけない、両国が手を結んでアメリカを牽き附けておかなければなりません、一つ一つがばらばらでアメリカと繋つてゐるだけでは危ない」といふ言葉である。が、それから三箇月後の今日、アメリカや日本が民主主義の媚薬《びやく》に酔ひ痴れて韓国の「独裁」に口出しなどしてゐる暇に、イランを初めとしアフガニスタン、パキスタンとソ聯の手は伸び、スエズ運河、ペルシア湾を抱き込み、サウジを巡る外濠《そとぼり》は一つ一つ埋められ、韓国と日本とが手を結んでもアメリカをアジアに牽き附けておける情勢ではなくなつてゐる。私は大統領の言葉に同感しながらも、「しかし、今の日本には韓国の脚を引つ張りこそすれ、閣下の御期待に応へるやうに努力しようとする政治家が果してゐるでせうか」と答へた時、沈黙のまま、じつと私の目を見詰めてゐた大統領の表情は沈鬱そのものだつた。

最後に別れる時、いつもは戸口で握手し、そのまま部屋を出るのだが、その日に限つて大統領は私の腰を左手で抱へ、廊下を一緒に歩いて来た。一間ばかりして私は立止り、「もう結構です、また来月、お目に懸るのを楽しみにしてをります」と挨拶し、もう一度握手を交した。その「来月」、私がソウルに著いて三日目の夜、大統領は斃れたのである。そして私が日本の政府とも、その他一切の公的機関とも全く関係がないからこそ、或る意味で「無責任」に今後の日韓両国の文化交流に関し大統領に約束した二三の懸案について答へる機会は永遠に失はれたのだ。朴正熙氏の人柄を心から敬愛してゐた私は、その死後、ソウルのホテルで一人になると、どうしても涙が抑へられなかつた。陸英修夫人が兇弾に斃れた後、子息や令嬢に向つて人前では決して涙を見せてはならぬと命じた大統領が家族だけになつた時、机に顔を伏せ、大声挙げて男泣きに泣いたといふ話を想起しながら。

追記　今にして想出す、いつだつたかはつきり憶えてゐないが、一度、東京から大統領に信書を呈し、「忠誠心争ひ」が種々の弊害を生んでゐることについて「諫言《かんげん》」したことがある。勿論、大統領自身それを充分知つてゐると承知の上でのことだが、それが果して大統領の手もとに届いたかどうか尋ねるのを忘れた、心残りの一つである。

＊印は拙著「知る事と行ふ事と」（新潮社刊）所収「新聞への最後通牒」（福田恆存全集第六巻に収録）及び「韓国の民主主義」参照。

（「文藝春秋」昭和五十五年一月号）

「ニューズウィーク」への忠告

去年の暮、アメリカ最高級の週刊誌を自任する「ニューズウィーク」の東京支局長クリシャー氏の秘書から問合せの電話が掛つて来た、私が「文藝春秋」新年号に書いた「孤独の人、朴正熙」に引用した同誌十一月五日号所載の「この十八年間、黒眼鏡を懸けた小柄の峻厳な男が、この(韓)国を恰も自分の私領の如く支配して来た」に始るブランニング氏の記事についてだが、「それは当誌には出てゐない、何処にあるのか」といふ丁重なる「詰問」である。私は自分が嘘を文章にして同誌を中傷したと言はれたに等しい質問に腹を立てるよりは、自誌に出てゐる記事を日本の雑誌によつて初めて知らされ、「まさかそんな事が」と引用者の日本人に教へを乞ふ「潔《いさぎよ》さ」に、言換れば、その厚かましさ、その羞恥心の欠如、その無責任にただただ呆れ返り、韓国を初め極東に関する「ニューズウィーク」の記事にとかく嘘が多いのも当然と思つた。

「それなら私が嘘を書いたと言ふのか、宜しい、写しを取つて送らう」、私がさう答へたところ、相手は〈もう一度調べる〉と言つて引退り、暫くして折返し電話を掛けて来たが、今度はひたすら恐縮の体で「自分は同月同日版のアメリカ国内《ドメステイツク》版を調べ、それに出てゐないので問合せたのだが、国際《インタナシヨナル》版を見たところ確かに出てゐる。が、これはクリシャーの責任ではなく、調べろと言はれて国内版しか見なかつた自分のミスだ、許してくれ」と懸命に詫びを言ふ。私は答へた、「なるほど、その点はあなたのミスだ。が、クリシャー氏は東京支局長ではないか、〈独裁者〉宜しく秘書に調査を命ずるとはとんだ心得違ひだ、その前に、自分の守備範囲である韓国に関する記事が自誌に出てゐる事を、日本人の私に教へられた事も恥なら、更にその事が同じ日本人の部下に知られるのは恥の上塗りと心得、自分でこつそり手もとの国際版を覗《のぞ》いて見るべきだ、さう同氏に伝へる様に」と私は秘書を慰め励した。

　数日後、私はニュー・ヨークの同誌本社読者欄宛に短文の手紙を書き、故朴大統領がマフィアのちんぴら宜しく黒眼鏡越しに自国を私有地扱ひして来たといふのは、読者を著しく誤解させはせぬかと注意を促した。それに対して読者欄係のエドマンドソン女史から一月二十二日附で、これまた短文の素気無い返事が届いた、マフィアを聯想させる「名誉毀損《デロガトリ》の悪意」は毛頭無い、ただ「故韓国大統領のイメージ、即ち黒眼鏡のそれは西側大多数の人々にとつて見慣れたおなじみのものなので」さう書いただけだといふのである。

　文字通り開いた口が塞らない。私も朴正熙氏が軍人時代、或は維新革命前後に、マッカーサー初め、極東米軍将官の顰《ひそ》みに倣ひ黒眼鏡を著用してゐた事は知つてゐるし、大統領時代にもワイキキの浜辺で夫人の陸英修女史と共にそれを掛けて余暇を楽しんでゐる写真を初め、その種の私的なものなら幾つか見てゐる。が、それらから韓国大統領就任以来十六年間の公的な政治家としてのイメイジを抽出するのは明白な悪意ではないか。韓国大統領としての公式の場で朴正熙氏が黒眼鏡を著用してゐた事は無かつたからである。何よりの証拠に、問題の十一月五日号の表紙に出てゐる大写しの氏の肖像や記事の中の写真には勿論、同誌はその後も引続き数回、韓国問題を採上げてゐるが、私の記憶する限り、そのいづれにも黒眼鏡の朴大統領の写真は一度も出て来ない。だからこそクリシャー氏は自分の雑誌に「そんな嘘」が出る筈が無いと思つて半ば抗議の電話を掛けさせて来たのではないか。

それにも拘らず、黒眼鏡の朴正煕といふイメイジが西側の多数、無数の人々にとつて、なぜ「おなじみのもの」となり得たのか。この十六年間、朴大統領の写真が欧米やソ聯、中国の元首なみに新聞、週刊誌を頻繁に賑《にぎは》して来た筈は無く、といつて、十八年前に一二度見た朴将軍の写真が人々の頭にこびりついて離れぬほど彼等が韓国に関心を懐き続けて来た筈も無い。エドマンドソン女史に敢へて問ふ、女史は朴大統領=黒眼鏡のイメイジが西側多数者に「おなじみのもの」になつてゐるといふ事実を如何なる方法によつて確認し、「ニューズウィーク」を代表して私に向ひさう断言し得たのか。

寧ろ女史は私にかう答へるべきであつた、「黒眼鏡はパーレビ氏やニカラグァのソモサ大統領のそれと同じく、民主主義国の元首として吾々には余り好ましくない存在を聯想させるものであり、眼鏡無しの故朴大統領の顔にうつかり黒眼鏡を掛けてしまつたのは多少の悪意、或は嫌悪感からである」と。さう答へてくれれば、私は一歩引退つて、それは悪意、嫌悪感からと言ふよりは、完全民主主義を奉ずる一部アメリカ人の正義感からではないかと答へたであらう。

が、私はアメリカのジャーナリズムに忠告しておきたい。たとへ善意と正義感に基づく批判癖からにもせよ、ヴィエトナムと同様、北の脅威を目前にしてゐる「半民主主義国」韓国に完全民主主義の実験室を強要する愚を演じてはならない。黒眼鏡は一些事《さじ》に過ぎぬ、が、些事も匙加減《さじかげん》一つで良薬を毒と化す。全国が毒化した後の難民を何百万でも引受けようといふ善意があつたにしても、その程度の善意を以て「半民主主義国」一つを失ふ損失の償ひや口実となし得るものではない。

（「サンケイ新聞」昭和五十五年二月二十二日）

近代日本知識人の典型清水幾太郎を論ず

経緯

確か五月の末近くであつた、「週刊文春」編輯部より電話があり、清水幾太郎氏が日本の国防について大胆な提案を行つた、氏自身の論文は百枚位のものだが、第二部として専門の自衛官数名が装備その他を含む防衛戦略の大綱を詳述した百六十枚程度の具体案を添加してゐる、それを読んで意見を述べてくれないかといふ電話が掛つて来た。私は言下に断つた、第二部については素人の私がとやかく言ふべき筋合ひのものではない、のみならず、その素人の私が今日まで一個人、一国民として国防に関心を示して来たのは、戦略、装備、軍費の具体案ではなく、さういつた具体的な問題を論議する前に、それを研究し、その結果を検討し得る体制を造る事、即ち国家、社会における軍の在り方を正常なものにし、文民統制といふ問題を含めて、軍が軍で在り得る為の機構、機能を整備する事、その方が大事だと考へてゐたからであり、防衛問題ばかりでなく、何事につけ、さういふ常識が通用しなくなつた「戦後の風潮」を私は私の「敵」と見てゐたからである。さう言つて断ると、電話の相手は清水氏もそれと同じ事を言つてゐる、せめて第一部だけでも読んでくれと言ふ。が、私は思つた、私の言ふ「戦後の風潮」の際立つた代表者の一人である清水氏に私と同じ事が言へる筈が無い、仮に言へたとしても、同じ事なら読む必要は無いし、同じ事が言へる様な風向きになつたからそれに唱和するといふのが私の嫌ふ「戦後の風潮」であつて、それなら読まずして批判的にならざるを得ない。大体さういふ意味の事を言つて電話を切つた。

そんな訳で、「戦後最大のタブーに挑んで話題騒然・清水幾太郎氏の〈核の選択〉・日本よ、国家たれ」（「週刊文春」六月五日号）が出た時も、その本文第一部、第二部二百六十枚一挙掲載の「諸君！」七月号が出た時も、私は全く無関心であつた、偶々《たまたま》劇団昴《すばる》の六七月公演の稽古中だつたせゐもあらう。が、彼等の商策は予想通り当つた、といふのは二三の知人から、是非読んで、その感想を聴かせてくれといふ電話や端書を貰つたからである。賛否両論あつたが、いづれも戸惑ひの態で、戦中から清水氏と附合ひのあつた私に、その中途半端な戸惑ひを整理して貰ひたげな様子さへ窺《うかが》はれた。私は稽古で疲れてをり、好い加減に聞き流してゐたところ、筆者の清水氏には失礼になるが、ある晩、ふとした切掛けで、寝酒の肴《さかな》に「諸君！」を読み始め、稍朦朧《ややもうろう》たる状態ではあつたが、欄外に書込みまでして、二晩で読み終つた。私の読後感は不快感の一語に尽きる、怒りではない、寧《むし》ろ嘗《かつ》ての友人、先輩に対する同情を混へた嫌悪感である。

が、問題はさういふ私的な次元で済ませる事ではない、「諸君！」七月号の「核の選択」は、やはり私の予想通り、「戦後を疑う」（講談社刊）の著者、清水幾太郎氏が、正にその疑ひ方において「戦後の風潮」の代表者たる事を立証してゐる。私は無視出来ないと思つた、その気持を伝へ聞いた「中央公論」編輯部から清水氏批判の一文を寄せろといふ依頼があつたが、偶々海外旅行の予定があつた為、先月号には間に合はなかつた。しかし、問題が問題なので、今となつては「証文の出し遅れ」と言はれるかも知れないが、以下、遅ればせながら清水氏、及びその「核の選択」に対する批判、乃至は疑義を、酔余の欄外書込みを頼りに一つ一つ覚書風に書き連ねる事にする。

概評　その一

ポスター、広告並みに一頁を占める大文字標題「核の選択」＊といふ文字の両側には、幸ひ余白が大分あり、通読後に思ひつくまま書き散らした欄外書込みをそのまま左に別記する。

出トチリ防衛論——→蕩児カヘルか！

「どん底」ルカのせりふ　アジテイター

説明、説明、また説明の辻褄合せ——→破綻

防衛の対象は日本ではなく自分自身
自己防衛→自己正当化→自己劇化→身元証明
社会学の効用と限界　国家と個人→自由

＊　これは清水氏、及び「諸君！」編輯部が思つてゐるほど「衝撃的」発想ではない、核拡散防止条約の第十条に「自国の至高の利益を危ふくするに至つた場合には条約から脱退することができる」とあり、たとへこの一条が無くとも、今日の国際社会が清水氏の言ふ通り「法も道徳もない世界、戦国時代の世界」であるなら、右の条約は無いに等しいからである。

右の欄外書込みを見ただけで解る人もゐようが、清水氏を知らず「核の選択」その他、氏の書いたものを読んでゐない人の為に、またそれらを読んではゐても、左右いづれにせよ、見当違ひの共感、反撥を感じてゐる人の為に、多少の字解きが必要であらう。その幾つかについて概評する。

㈠「戦後最大のタブーに挑んで話題騒然」とは、如何に週刊誌と雖《いへど》も羊頭狗《やうとうく》肉《にく》の度が過ぎはしないか。別に先取権、縄張りにこだはる訳ではないが、ここに取扱はれてゐる天皇制の意義、占領憲法の否定、平和主義、非武装中立の幻想、共産主義、或は全体主義の非人間性、アメリカに対する不信感、ソ聯を平和勢力と見なす神話、等々、既に過去二十数年間に亙り多くの人々によつて言ひ尽された事であり、＊それも、清水氏よりは本質的に、論理的に、或は具体的に論じ尽されて来た事である。清水氏の試みた事は、それらの部分部分を寄せ蒐《あつ》め、糊《のり》と鋏《はさみ》で要領よく整理し、創意は無いが、気楽で斜め読みの出来る優等生並みのダイジェスト版作製に過ぎない。今時、なぜそんな事をする必要があるのか、思はず「どん底」の中にあるルカの名ぜりふが口を突いて出た。娼婦のナースチャが若い頃の恋物語をし、自分と結婚出来なければ自殺するしかないと訴へられたと言ふ、それを周囲の者が茶化したのに対して、ルカはかう言ふ、「さう端から茶々を入れるものぢやない！　人の身にもなつてごらん……大切なのは、何を喋るかといふことではなくて、なぜ喋るのか、といふことなのさ。そこを汲んでやることだよ！　さ、娘さん、かまはないからお話し！」（神西清訳）。ルカや周囲の者は勿論、ナースチャ自身、夢の様な恋物語が少くとも半ばは嘘の自己陶酔であり、自分をメロドラマの主人公に仕立てあげようとする自己劇化である事を充分に承知してゐる。が、清水氏の場合、果してそれだけの自覚があるか、有るとも言へるし、無いとも言へる、その辺が頗る微妙である。ただ私はルカの様に「……そこを汲んでやることだよ！　さ、娘さん、かまはないからお話し！」とだけは、口が裂けても言へない。

＊　私の欄外書込みに「オレ」「既」などといふ文字が散見する。「オレ」は私自身が言つた事、「既」は誰かが書いてゐるのを読んだ記憶のあるものだが、途中から面倒になり、いづれも×印になつてゐる。それが全文四十五頁中、約四十箇処もあり、その大部分はそれぞれ一頁の半ば以上を占める。

　それら、他人の文章の殆ど口移しとしか思へぬものを含む清水氏の論文が、今更、事新しく通用する「戦後の風潮」に読者の注意を促したい。なほ「ふたたび平和論者に送る」（昭和三十年「中央公論」二月号、福田恆存全集第三巻三十頁以下）の中で、私は当時、共産主義＝平和勢力と見なしてゐた清水氏の平和運動を批判してゐるが、氏はそれを黙殺した。しかも、その前年、即ち昭和二十九年の夏、私は偶然パリで清水氏と出遭ひ、広場のベンチに腰を降し、どういふ話の切掛けだつたか、自分は帰国したら先づ平和運動否定、知識人批判をやる積りだと言つた時、氏は自分も同感だ、二十世紀研究所で是非それを喋つてくれと言つたのである。事実、その年の十月初め頃、私は「中央公論」の為の覚書に随ひ、氏の司会のもとに岩波書店の一室で所見を述べてゐる。清水氏がパリで私に嘘を言つたのでなければ、その頃から氏も平和運動に疑問を懐いてゐたといふ事になり、その疑問を懐きながら、日米安保条約反対闘争に突進して行つたといふ事になる。なるほど反安保闘争は親ソ反米ではないと氏は力説する、といふより、その弁明の為に「核の選択」を書いたのではないかとさへ思ひたくなる節があるが、それは後に譲る。

㈡　ナースチャは、一生に一度のロマンスなのに、話す度にその恋人の名前が変り、服装が変り、職業が変る。茶々を入れずに「さ、娘さん、お話し！」と言つてやれば、相手はただ話して話して話しまくるしかない、が、話せば話すほど、基に事実が無いのだから、少なくとも無きに等しいのだから、どうしても昨日の話と今日の話とに違ひが出て来る、前後に矛盾が出て来る。尤《もつと》も清水氏の場合はナースチャと異り、事実、或は行動はある、そしてそれは万人の前に曝《さら》け出されてゐる[*1]が、その事実、或は行動の動機となると、誰の目にもはつきり見えるといふ訳のものではない、恐らく清水氏自身の目にもはつきり見えてゐないのであらう、随つて、或る時期における一つの行動の動機が、五年後、十年後、二十年後でそれぞれ氏自身にも違つて見えて来るに違ひない。誰の場合でも動機などといふものはさういふ怪しげな摑《つかま》へ所の無いものではあるが、清水氏の場合、特にさう言へる。なぜなら、氏には生来、附合ひのいい、人なつこさ、東京下町人特有の面倒見の良い家父長的性格があると同時に、始終、大政、小政から石松まで、自分に近附く者を取巻きにしてゐないと気が済まない寂しがり屋[*2]の弱さがあり、孤独を好まず、孤独に堪へる精神に欠けてゐる為、事を起すのに明確な動機や目的意識が稀薄で、取巻きや時の風潮に気軽く附合つてしまふからである。

*1　なるほど、事実、或は行動は万人の前に曝け出されてはゐるにしても、それを忘れるのも世間の通弊であり、今の若い人々は二十年前、三十年前には殆ど物心づいてをらず、当時の清水氏の行動は彼等の前に事実として曝出されてゐるとは言へない。さういふ事実については、氏は嘘を吐《つ》くまでもなく、隠す事が出来る。譬へば、もし私の記憶に誤りが無いとすれば、憲法についても国防についても、今の氏と同じ様な考へを持つてゐた高山岩男氏を、学習院教授に迎へる様、当時の院長の安倍能成氏が決定した後で、一教授に過ぎない氏がなぜこれを妨害したか、その「説明」が「戦後を疑う」にも「わが人生の断片」（文藝春秋刊）にも出てゐない、但し、久野収氏を学習院大学教授に採用して貰ふ為、安倍院長に請はれるまま、仕方無く、自ら人質、「景品」として同大学の教授になつた義挙については詳し

く書かれてゐる（「わが人生の断片」下巻九十四頁以下）。高山氏の就職妨害については、清水氏にも色々言ひ分があらうが、私自身、それと似た様な氏の遣り口を終戦直後の二十世紀研究所、その他で二度も目の辺り見てゐるので、高山氏の話を単なる巷間の流言として聞き流せなかつた事を覚えてゐる。

＊2　清水氏がビルマに徴用される前、偶々《たまたま》高橋義孝と二人で氏の家に寄つた後、バスを待つてゐる間に、高橋がかう言つた事を覚えてゐる、「清水さんといふ人は他人《ひと》に入れ上げさせる名人だね」と。私は苦笑して同感の意を表はした。現在の清水研究室の盆暮の会も同じだが、同種の試みは戦争中から行はれてをり、人間は変らぬものだと、ひそかに苦笑してゐる。

私の欄外書込みにある「説明、説明、また説明の辻褄合せ↓破綻」の「説明」はその明確な動機の無い無重力状態の中で、氏は何とか自分の足場を探し、背筋を伸して真直ぐに立つて見せようと焦る、その試みに他ならない。そして、それはいちわう成功してゐるかに見える。といふのは、読み易く書かれてゐるだけに、大方の読者はその杜撰《づさん》な理窟附けに抵抗を感ずる事なく押し流されてしまふからである、その点、完全犯罪にも似た緻密な計算が働いてゐると言へようが、その様に読者を押し流し巻き込んで行く才能は、氏も自覚してゐる様に、溯《さかのぼ》つて頁をめくる事の出来ない演説会場のアジテイターのそれに過ぎない。しかし、読者の方で、その流れに乗らず、筆者と緻密な問答（ダイアローグ、ダイアレクティク）を交しながら読んで行けば、様相は忽ち一変し、全体は破綻に満ちた支離滅裂なものに見えて来るであらう。過去における一つ一つの行動について、たとへこじつけにもせよ、いちわうの動機が発見出来たとしても、それは部分の説明として肯《うなづ》けるだけで、といふのは一つ一つの数珠玉《じゆずだま》に穴が通つただけの話に過ぎず、それを貫く一本の紐《ひも》を発見するのはまた別の話である、部分部分の説明、説明、また説明の辻褄合せだけで、意思、意慾を持つた一人の人間の人格は完成しない、その結果は破綻といふ事になる。「核の選択」一つを取つても既に破綻は覆ひ隠すべくもないが、二年前の昭和五十三年「中央公論」六月号に発表された「戦後を疑う」や、更にそれより四年ばかり前に、即ち「諸君！」の昭和四十八年七月号から翌五十年の七月号まで連載された「わが人生の断片」や、なほ題名は忘れたが、その前に書かれた戦時の疎開までの甚だ感傷的な回顧録など併せ読むと、それらの間に相互の矛盾が多々あるのに呆れる、いや、それよりもその矛盾に気附かせぬほど殆ど本能的に働く自衛の智慧*に感心しはするものの、却つてそんな処に隙が出、「上手の手から水が漏る」のが手に取る様に解るものなのだ。

＊　譬へば、「核の選択」では「結社の自由」を否定してゐるが、その「結社の自由」を禁ずる戦前戦中の治安維持法について「戦後を疑う」の中では「全く実感がなかった」（十八頁）と言つてゐながら、その「あとがき」では「私自身、同法の下で、ビクビクしながら暮して来た……」（二百六十四頁）と書いてゐる。なるほど同法の成立は大正十四年で、清水氏が旧制高校入学の年であり、それが「改正」されて天皇制破壊活動の場合、「死刑及び無期懲役」の罰則が加へられたのは昭和三年で、氏が大学入学の年であり、「ビクビク」はその昭和三年以後の事かも知れぬ。しかし、「わが人生の断片」上巻では「読売新聞」の論説

委員室には「自由な空気」があり、その仕事は、「大変に楽なものであった」（九十九頁）とあると思へば、「如何に楽であったにせよ」、自分の勤めてゐた時期は開戦の年から敗戦の年までで「私たちは地獄の底で文章を書いていたようなものである」（百二頁）と言つてゐる。「地獄の底」の「楽な仕事」といふのはどんなものか私には理解出来ない、もしこれを安全圏内で抵抗の姿勢を取り続けたといふ自己正当化、乃至は自己劇化と解さぬ限りは。同様の事が「わが人生の断片」下巻における「唯物論研究会」「平和問題談話会」「安保前夜」についても言へる、氏はいつでも「颯爽《さつそう》と孤立」する事によつて、それらの運動から手際よく手を引いてゐる。なぜさうなるかについては、いづれ後述する。

㈢　「核の選択」は既に述べた様に殆どすべてが先人の言つた事であり、決して初めて戦後のタブーを破つたものではなく、そもそも国防論とすら言ひかねるものである。大目に見て、非核三原則を否定し、核兵器保有を公けに表明したのは「最大のタブー」を破つたと言へるかも知れない、が、防衛論としての新味はそれだけであり、結果論にはなるが、他はすべて配役済で、核を小道具にでもしなければ清水氏の出場は無い様なものである。が、核や待避壕なら第二部の専門家に任せておけばいい。清水氏自身、意識してゐるかどうか解らぬが、氏の目的は国防そのものではない、また、その意識の昂揚、具体的な方法の提示、或は国防を論ずる為の状況造り、その為のタブー破りでもない、では、何なのか、言ふまでもない、「核の選択」における防衛の対象は日本なのではなく清水氏自身なのであり、その全文は手のこんだ自己防衛の仕組みに他ならない。随つて、それは、余人ならぬ清水幾太郎*が国防強化を言ひ出す経緯説明以外の何ものでもなく、非難は覚悟の上とは言つても、同時に、「あの清水幾太郎が」といふ効果の方がその種の非難を遥かに上廻るほど大きい、苦労人の氏の事だ、その程度の計算は殆ど本能的に働く筈である。さう考へるのは氏に対する私の買被《かひかぶ》りであらうか。

正に「蕩児、帰る」（ルカ伝第十五章十一以下）である。放蕩息子が父親から貰つた財産を使ひ果し、悔い改め、落ちぶれて帰つて来たのを、父親は歓び迎へる、孝行で勤勉だつた兄は当然面白くない、が、父親は兄の不満を抑へて言つた、「子よ、汝は常に我と共に在り、わが物はみな汝の物なり、されどこの汝の弟は死にまた生き、失せてまた得られたれば、我等の楽しみ喜ぶは当然なり」と。イエスでさへ、これを認めた、「諸君！」の編輯子がこれを喜び迎へるのは当然である。が、イエスと編輯子と、その喜びは果して同じ性質のものであらうか、また日本の蕩児は真に悔い改めたのであらうか、事々しく問ふまでもあるまい。

＊　やはり問題は清水幾太郎なのであつて、核の選択なのではない、これは何を意味するか。譬へば西洋人が日本の文化や企業の性格を褒めそやすと、日本人は大層喜ぶ。イザヤ・ベンダサン以後、その傾向は激化した。問題なのは計る物差が西洋であつて、計られる対象の日本ではなく、日本人は日本を計る場合でも日本の物差より西洋の物差を信用する、とすれば、大部分の日本礼讃は裏返しにした西洋礼讃に他ならない、同様に、反体制的、反米的であつた平和主義者、進歩主義者の清水氏が核の選択を言ひ出した事に値打ちがあるので、これを自民党政府が言ひ出したら、幾ら保守的出版社でも相手にしないであらう。これは戦後の風

潮として殆ど動かし難いものとなつた進歩主義、平和主義に対する無意識の信頼感を示すものであり、清水氏が幾ら言葉の上で戦後を疑つて見ても、どうなるものでもなく、多少の実効を期待するとすれば、清水氏自身が何等かの意味で「自殺」して見せねばならぬ。が、さうしないで済むのが、いや、さうしない方が、詰り、遊蕩の揚句、肩で風を切つて帰還した方が歓迎される、それがまた日本の戦後の風潮と化した。清水氏は日米安保条約に楯突《たてつ》きながら、アメリカを頼りにしてゐる進歩派知識人を「甘えの構造」といふ流行語を以て批判してゐるが、そのナショナリストの氏もまた、嘗ての闘士＝蕩児なるが故に却つて持てるといふ「甘えの構造」に甘えてゐるのである。

概評　その二

㈠　部分部分を採上げれば、その殆どすべてが既に誰かが言つた事であり、その意味では「出トチリ防衛論」としか言ひ様が無い。「出トチリ」といふのは芝居の世界の用語なので知らぬ人もあらうかと思ひ、一言説明しておくが、役者が楽屋で自分の出番を待つてゐるうちに、芝居より役者が好きな贔屓客《ひいききやく》が差入れの寿司などを手にして「楽屋見舞」に来る事があるが、そんな時、うつかり仲間内の世辞に聴き惚れてゐたりして、大事な舞台の出に遅れる事を言ふのである。勿論、芝居の場合は「出トチリ」は失敗であり、舞台の効果を台無しにする。だが、清水氏の場合、それが逆に最も効果的になる、或は氏はそれを最も効果的にする、「出トチリ」を「待ツテマシタ！」の声が掛る様な主役登場の効果に一変してしまふのである。しかし、「出トチリ」はやはり「出トチリ」である、なぜなら、「わが人生の断片」から「戦後を疑う」に掛けて、氏は謂はゆる「右旋廻」を試みてをり、反安保闘争以後の大勢に何とか附合はうとしてゐたが、防衛に関する限り、平和運動の闘士として未だ充分転進の準備が出来てゐないうちに、あちこちで防衛論の「花火」が揚つてしまつたからである。が、かうして出場を失つた氏にとつて、幸ひにも神風が吹いた、それは第一にソ聯が国後《くなしり》、択捉《えとろふ》、次いで色丹《しこたん》*にまで地上軍を配備し、中近東ではアフガンに進攻した事であり、第二にアメリカが日本に対し防衛費増額を要求して来た事であり、第三に国内野党間に非武装中立の影が薄れ、去年は公明、民社両党による中道聯合政権構想が、今年になつてからは社会、公明両党の間に聯合政権構想が生じたからである。八月五日の閣議で了承された昭和五十五年度の「防衛白書」も右三点を「論拠」にして「日米安保条約と自衛隊に関する我が国の安全保障（国防）政策が、より現実的、具体的な観点から検討される基盤の形成に大きく一歩を進める動きとして注目される」と述べてゐる。

＊私の記憶に誤りが無ければ、猪木正道氏は四五年前、私に向つて「北方領土返還」などと言つて騒ぐのは間違つてゐる、あれはサン・フランシスコ条約の第二条で権利抛棄したのだと言明した、大平内閣の時、「総合安全保障グループ」の座長であつた氏が今度の「国防白書」に何の関係も無いとは考へられない。なるほど千島の請求権を抛棄したからといつて、それは直ちにソ聯の領有を認める事にはならないが、北方領土返還要求は漁業問題を含みに

入れ、ソ聯に対する警戒心から出たものである、とすれば、猪木氏は職業柄、一般国民以上に早くからそれを予知してゐなければならず、アメリカ中心に交されたサン・フランシスコ条約を楯に、北方領土返還要求を愚かだとは言ひ切れない筈であり、且つまた今年の「国防白書」でそれ等諸島におけるソ聯地上軍の配備を事々しく強調してゐるのを黙視し得ない筈である。といつて、ソ聯がこれほど極東にまで手足を伸して来るとは思はなかつたと言へば、清水氏同様、空とぼけも甚だしいと言はざるを得ない。

実情は、ソ聯の脅威は解つてゐても、日本政府に余りにも「コミット」し過ぎてゐる為、アメリカがソ聯を口実に日本の防衛費増額を強く要求して来るまでは本音が言へぬといふことではないか。猪木氏のみならず、これはアメリカや日本の政界、官界と特別「契約」してゐる大部分の国際関係論者の通弊であり、そこに清水氏の附け入る隙が出て来るのである。

ついでに言つておくが、アメリカの顔色を窺ひ、その外圧に屈し、或はそれを利用する事ばかりではない、中華人民共和国が日米安保条約を肯定した時、それを恰《あたか》も鬼の首でも取つたかの如く燥《はしや》いで利用した保守派も私は信用しない、もしかの国がその反対の態度に出たらどうする積りか、内政干渉と言つて怒るであらう。

「核の選択」は右の白書より前に書かれたものだが、清水氏ともあらう者が、右の三点を見逃す筈は無く、殊にアメリカがソ聯の脅威を背景に日本に対して軍事力増強を要求して来た以上、政府は勿論、共産党以外の国民の合意を得る決定的「基盤の形成」が出来たと読んだに違ひ無い。正に主役登場の絶好の機会である。が、日本を「去勢」し、非国家化する「アメリカの鉄腕」に抗する為に立上つた反安保闘争の指導者が、なぜ最近のアメリカの「身勝手な」要求に追随し、これを利用しようとするのか、私にはよく理解出来ない。それにしても、清水氏には戦前、戦中もさうであつたが、戦後の内灘、平和運動、反安保闘争、天皇制礼讃、その他すべて、周囲の条件が整つた後で、しかも「厭々ながら」据《す》ゑ膳《ぜん》ばかり食ふ性癖*がある。敢へて訊ねるが、清水氏は次の事実を今日まで知らなかつたのであらうか、ソ聯は一九七〇年前後からアラブ産油国に対してラジオで執拗に石油の国有化を呼び掛け、社会主義政権への地ならしを試みてをり、アフガン進出も今始つた事ではなく、一九七三年七月に親ソ派のダウド将軍が起したアフガンのクー・デタはソ聯の支持、或は工作によるものであらう、その豊富な天然ガスはパイプラインでソ聯に送られてゐたし、アフガンさへ物にすれば、南接する弱いパキスタンは訳無くソ聯の手中に落ち、念願だつた印度洋に進出出来よう（拙著「日米両国民に訴へる」福田恆存全集第六巻六百七頁参照）。のみならず、過去十数年、ユーゴの親ソ分子を助け、クロアチア地方など、危険に陥つた事は屢々で、チトーはそれを排する為、何度、彼等を粛清した事か。日本に関しても同様で、津軽、対馬、宗谷の三海峡はソ聯艦隊は常時通行自由であり、今や日本海はソ聯海だなどといふ苦い冗談が交されてをり、紀州沖の近海で大規模なソ聯海軍の演習が行はれたり、その軍用機が殆ど毎日の様に領空すれすれのところに飛来し、その度に自衛隊の飛行機がスクランブルを行ふといふ事が年中行事化して以来、恐らく十年以上になるであらう。

＊　清水氏は「朝日新聞」六月十八日附夕刊で、「防衛論議がかまびすしい。そこへ、あな

たの『核の選択』。スポットライトを絶えず浴びたい、との評もありますが」といふ記者の質問に答へて、「……そうじゃなくて、ぼくの立っている所に日が当たってくるんだ。日なたを求めて、日蔭に生きてきたわけじゃない。これは大事だと思って、そこに行けば日があたってくる」と言つてゐる。が、私の附合つて来た限りでは、世間の評が当つてゐると思ふ。それはいい、誰しも日蔭よりは日の当る場所を好み、男である以上、女に持てないよりは持てる方を好むであらう、が、清水氏の場合、困るのは、人一倍、持てたい、床の間の前に坐りたいと思ひながら、その気が全くないと思込める度外れの自己欺瞞（セルフ・デセプション）である。それが自己劇化（セルフ・ドラマタイゼイション）、自己正当化（セルフ・ジャステイフィケイション）に通じる。既に述べた様に、そこから動機と結果、手段と目的との混同が起る。「これは大事だと思って、そこへ行く」のは動機であり、「日が当たってくる」のは結果である、本人はさう思込んでゐる、「ぼくの立っている所に日が当たってくるんだ」と、神の摂理を頑《かたくな》に信じてゐる。なぜ氏は「日なたを求める」といふ動機、乃至は目的が、たとへ潜在的にもせよ、自分の中にあるといふ事実を認めようとしないのか。「核の選択」（八）の中でソ聯経済の停滞を批判し、「それは、共産主義が利己心という人間性に背いているためではないか、と私は以前から考えている」と述べてゐる氏の事である、それなら、言論の自由、金儲《かねまう》けの自由が許されてゐる日本で、敢へてその人間性に背き、滅私奉公の精神を以て「(氏が）これは大事だと思って」動くと、その結果、必ず氏の頭上に日が当つて来て己れを利するといふ非人間的な事態がどうして起るのであらうか。

清水氏は戦前、戦中、戦後を通じて、ソ聯の内部でどんな事が起つてゐるかについては、勿論、知らなかつたのであらう。*戦後、東欧でソ聯が何をしたか、敗戦間際に満洲でどんな残虐行為を働いたか、それすら知らなかつたと「核の選択」に書いてゐる氏の事である、とすれば、氏の平和運動は幻想の平和においてのみ可能だつたといふ事になる。妙な話ではないか、平和の温室の中でのみ可能な平和運動といふのは。清水氏が何よりも先に試みなければならなかつたのは、その説明であり、辻褄合せだつたと思ふ。が、一度《ひとたび》その非を認めれば、今になつて急に「核の選択」による軍事大国化を主張し始めた事の辻褄はいちわう合ふにしても吾々読者の立場からすれば、依然として同じ様な疑念を懐かせられるであらう、といふのは、過去の平和運動が幻想の平和といふ温室の中でのみ可能なものであり、世界情勢に関する氏の無智、或は故意の無関心から生じたものに過ぎぬとすれば、今度の軍事大国化といふアジテイションもそれを裏返しにしただけで、結局は同じ線上にあるものではないかといふ疑ひである。なぜなら、ソ聯の対外膨脹政策もいつ破綻を来し、国内的にも社会・経済、両面において、いつ崩壊するかも知れず、更にまた清水氏が「アメリカの軍事力が相対的に低下しつつある現在」と見てゐる米ソのバランスが三四年後には全く逆転するかも知れないからである、さうなると、氏の「軍国主義」はソ聯の拡張とそれに対応するアメリカへの不信感を仮説とする幻想の冷戦といふ温室の中でのみ可能な、単なる幻想の「軍国主義」といふ事になりかねない。

＊ 共産主義の非人間性について、清水氏はその事を「以前から考えていた」と言ふ、気になるのはその「以前から」といふのは一体いつ頃からなのか、「わが人生の断片」下巻を読

む時、大学に入つたばかりの唯物論研究会時代からとも取れるが、昭和二十九年の旅行記を読むと、氏はソ聯や中共の人々が帝国主義の日本軍と氏を含む日本の一般民衆とを区別してくれてゐる事に安心し、恥ぢてうなだれて見たり、そこでは「平和」といふ合言葉で親しく心と心を通はせる事が出来る事に感激したりしてゐるので、「以前から」がいつからなのか、依然として解らない。ソ聯の脅威、それに対抗して日本を守つてくれる筈の日米安保条約に対する不信感についても同様で、「核の選択」（十）の冒頭に「私は、或る時期から、以上に略述したようなことを考えて来た」といふ。その「或る時期」がいつ頃なのか、やはり不明確である、といふより、清水氏にとつては、そこを不明確にしておかねばならぬ事情があり、それを充分計算した上で、「或る時期から」とか「以前から」とかいふ曖昧《あいまい》な言葉を使つてゐるのである、ソ聯の脅威を少くとも素人の私が知つてゐた頃から氏もまた知つてゐたとすれば、無責任に平和運動や反安保闘争は出来なかつた筈であり、もし全く知らなかつたとすれば、非武装中立路線の社共と共闘して反安保闘争を徹底した反米運動の梃子《てこ》にし、その「国民的」エネルギーを今日まで温存、持続し得た筈である。同様の事が文中屢々出て来る「私たち」といふ一人称複数の独特微妙な用法にも窺へる。その複数の中に清水氏を含めた方が氏にとつて得ではあるが、実際はさうではなかつた事がはつきりしてしまふ場合、またその反対に自分を含めたら損になるにしても、実際にさうであつた場合、さういふ時に「私たち」といふ一人称複数は氏の居場所を曖昧にし、その迷彩の下に隠れて「敵」の目をくらませ、すべてを、愛読者の救援に委ねる為に頗る効能がある。

(二) 清水氏は「核の選択」(八) にかう書いてゐる。

「ソ聯の制度は、どの程度まで、ソ聯の国民によって支持されているのであろうか。もし国民の広汎な支持があるのならば、即ち、政府に大きな自信があるのならば、言論、集会、結社の自由を極端に制限する必要がないのではないか。また、もし広汎な支持があるのならば、頻繁な亡命事件など起らない筈ではないか。また、政治上の効率の高さということを言ったが、ソ聯と雖も、所詮は、有限な資源の配分という経済的問題を免かれないのであるから、長期に亙《い》る軍事費の増額は、仮に政治上のトラブルを生まず、また、思想的問題を生まなくても、謂はば物理的困難を生むのではないか。」

尤もこの後に、それは「ソ聯自身の問題であって、私たちの問題ではない」と逃げてはゐるものの、ソ聯が内部にさういふ重大な危機を蔵してゐるなら、何もさう煽動的《せんどうてき》にソ聯の脅威を強調する事はあるまい。しかし、さうかと思ふと「自由のディレンマ」などといふ論理学的、哲学的な本質論を持出し、「この問題は、自由の制度は、この制度を破壊しようとする人間にも自由を与えねばならないか、ということである。ディレンマと呼ばれるのは、もし彼等に自由を与えなければ、自由の制度でないことになるであろうし、もし与えれば、そういう人間の活動によって、自由の制度そのものが亡んでしまうかも知れないからである。戦後の日本は、このディレンマに気づかずに来た。*しかし、米ソ間の軍事力のバランスが崩れ、ソ聯の無限膨脹政策が明らかになった今日、ソ聯と同じイデオロギーを奉じ、膨脹のための手先になり兼ない人間がいる場合、自由のディレンマについて、私たちは新しく考える必要があるのではないか」と書いてゐる。

＊　最初の傍点箇処の私の欄外書込みは「オレは気づいてゐた、トックに警告ズミ」となつてをり、次の傍点箇処には「どう考へるのか、逃げるな！」とある。事実、私はこのディレムマを「言論の自由の効用」（昭和三十七年「読売新聞」一月三日附）の中で問題にしてゐる、但し、それは哲学的、道徳的問題としてであつて、政治、経済等の制度上の問題としてではない。元来、この自由のディレムマは飽くまで哲学、道徳の問題であつて、制度にまで適用すべきものではなく、清水氏はその異つた次元のものを、識つてか識らでか、混同してゐる。しかし、いづれにせよ、清水氏の意図は日本共産党を結社として禁止する立法のすすめにあるらしい。これだけを通読した時は、半ば酔つてゐたせゐもあらう、そこまでは気が附かなかつた、が、「逃げるな！」と書き入れた私の直観は正しかつたのである。「戦後を疑う」の中で氏はかう語つてゐる、「既にお気づきでしょうが、反政府、反国家、反体制を呼号する多くの結社の存在と活動とを寛大に許している現在の日本には、結社の完全な自由があると言ってよいでしょう。しかし、本当のところ、日本の前途は、それで大丈夫なのでしょうか。」（二十八―九頁）

ここで私の考へをはつきりさせておかう、私は共産主義者にも結社の自由を認める、勿論、その自由を禁止してゐる国、譬へば、西独や韓国の在り方も認める、が、私は日本の前途が大丈夫かどうかといふ様な大問題を、共産党その他の類似の組織に結社の自由を認めてよいかどうかといふ様な「瑣末《さまつ》な」現象論で片附けようとする考へ方に疑問を懐く。もつと本質的な道徳や精神の問題に想ひを致すべきではないか。

清水氏の言ひ分は論理的に矛盾してゐる、といふのは同じく「戦後を疑う」の中でかう述べてゐる、「結社というのは、通常、満たされない慾望を満たすための手段として作られるものです。結社の完全な自由というのは、一方、社会の全員が完全に満足していて、政府が不動の自信を持っている時だけ、認められるものであります。何でも勝手にやりなさいという訳です。しかし、他方、もしそんな中分のない社会であったら、誰もわざわざ面倒な結社などを作ろうとはしないでしょう。つまり、結社の完全な自由は、それが可能である時は、それが不要な時なのです。そういう矛盾を含んだものなのです。逆に申しますと、社会の全員の完全な満足がなく、政府が不動の自信を持っていない社会——それが普通の社会です——には、必ず結社が生れようとし、同時に、結社の自由に或る制限が加えられるものなのです。」(二十五—六頁)

この文章自体、二重、三重の矛盾を含んでゐる。先づ国家、社会、家族を問はず、一集団の全員が「完全に満足していて」その指導者が「不動の自信を持っている」状態はユートピアであり、私にとつては居たたまれないほど不健全な恐るべき世界である、私が共産主義の洗礼を一度も受けなかつたのは、さういふ病的思想に対する嫌悪感からであるが、幸ひにして、そんな世界は絶対に出現しないであらう。

しかし、清水氏は必ずしもさうは考へてゐないらしい、氏は「社会の全員の完全な満足がなく、政府が不動の自信を持っていない社会」を「普通の社会」と考へてゐるが、私はそれが

「すべての社会」と思つてゐる、現実に何処を見廻してもさうだからである、となると、何処でも「必ず結社が生れようとし、同時に、結社の自由に或る制限が加えられるもの」といふ事になつて来る。この言ひ廻しも甚だ曖昧である、制限が必要だといふのは、結社の在り方、活動の仕方についてなのか、それとも結社の性格や種類についてなのか、そこが初めはよく解らなかつたが、同書の右引用部の直ぐ後には「小さな自由を活用して、国家そのものに挑戦する結社を作り上げる場合もあります。それを恐れるから、どの国家も容易に結社の自由を認めないのです」（二十八頁）とあり、これにはびつくりした。「場合もある」程度で「どの国家も」結社の自由を簡単に認めないといふのは本当か。

それはさておき、「結社の完全な自由は、それが可能である時は、それが不要な時なのです」といふのは例の「自由のディレンマ」を言つてゐるのだが、「それが不要な時」詰りユートピア社会といふものは、「百歩」譲つて少くとも現段階では存在しないから、結社の完全な自由は許されないと言ふ訳である。この「完全」も先の「制限」と同様、甚だ不明確で、誰しも「結社の〈完全な自由〉」と読み流してしまふであらうが、結社と個人とを問はず、「完全な自由」など許されない事は言はずもがなの事であり、恐らく清水氏は「完全な〈結社の自由〉」はどこの国でも許されないと言ひたいのであらう、その後で「容易に……認めないのです」と言つたのも、同主旨の用心深い言ひ廻しに他なるまい。

が、矛盾はまだある、先に引用した通り、氏はソ聯を批判して「政府に大きな自信があるのならば、言論、集会、結社の自由を極端に制限する必要がないのではないか」と言つてゐるが、それなら、日本に「結社の完全な自由」がある事を憂へ、「本当のところ、日本の前途は、それで大丈夫なのでしょうか」と問ふ氏は、日本政府を信用してゐないといふ事にならう。しかも、その前提として、「核の選択」(八)、(九)両章の末尾に、米ソのバランスが崩れ、ソ聯の軍事的優勢とアメリカの弱体化といふ「事実」を繰返し指摘してゐる、何の事は無い、清水氏が頼りにしてゐたのは日本政府ではなく、アメリカであり、事によると、ソ聯の脅威を強調するのは日本防衛の為ではなく、清水氏個人の防衛の為かも知れぬ、これは単なる冗談ではない、その事はいづれ後で触れる。

猪木正道氏も「中央公論」先月号で清水氏を批判し、「少なくとも二十世紀中は、わが国は軍事大国になつてはいけないのである」とは言つてゐるものの、その文脈から察するに、猪木氏は二十年後にはその道もあらうが、今のところは内外の情勢を窺ひ我慢しろと言つてゐる様に受取られ、憲法改正についても時期の問題だといふ考へ方であり、現憲法の不合理性も認めてゐる。従つて、猪木氏の清水氏批判は「核の選択」の内容そのものを対象とするといふよりは、「親の心、子知らず」にも程がある、現段階でそれを言ふ馬鹿がゐるかと諭してゐる様にも思はれた。もしさうなら、猪木氏は今のところ日本は軍事大国にならうなどと口に出してはいけないと言つてゐるのであり、「ならうとすればなれる」といふ事も前提としてゐるらしい。が、私はさうは思はない、資源、蓄積、野党、輿論、その他の内圧による限界があり、軍事大国化は「いける、いけない」の問題ではなく、絶対に不可能なのである。のみならず、日本を軍事大国化させまいとする強力な外圧があり、これを弾ね退ける為には、その前にまづ軍事大国になつておかねばならぬといふ論理的、現実的な矛盾にぶつかり、どう仕様もない。とすれば、軍事大国を目ざす清水氏の頗る上つ調子な怪気焔は実行不可能の非現実的な非武装中立の幻想と同じものであり、その裏返しに過ぎず、「総てか無か」と駄々を捏ねてゐるだけの話に過ぎない。いや、可能、不可能といふ事に関する限り、非武装中立の方がまだしも現実的だとさへ言へよう。手取り早く言へば、清水氏は「出トチリ」の失敗を取返し、逆にそれだけの効果を挙げようとして、核、軍事大国といふ、両手を以てしても抱へ切れない程の巨大な小道具を引きずつて登場せねばならなくなつたのではないか、どうもさうとしか考へられない。

各論　その一

「核の選択」は十章に分れてゐる、それぞれに標題は附いてゐないが、その内容は大体次の通りにならう。

一　「終戦の詔勅」の奇蹟——シヴィリアン・コントロールの限界
二　当用憲法否定——天皇制との取引による第九条
三　大東亜戦争肯定論
四　原爆とアメリカ不信
五　国家的利己心の強調
六　平和運動と反安保闘争

七　その挫折――忠誠心――日本よ、国家たれ
八　ソ聯の脅威、共産主義の非人間性
九　アメリカの身勝手――核兵器所有の権利
十　結論――第二部への橋渡し

既に述べた様に、各頁、随処に欄外書込みがあるが、そのすべてについて論じる暇は無い、看過し得ぬ事のみ取上げる事にする。

㈠　清水氏は、米軍の恐れてゐた「巨大な日本軍」が何の抵抗も示さず、そして「殆ど何の混乱もなく」降伏し、武装解除が行はれたのは予想外の「奇蹟」であるが、それは「終戦の詔勅」といふ「天皇の命令」のお蔭であり、もしこの命令がシヴィリアン・コントロール（文民統制）の下で、内閣総理大臣によつて出されたなら、「奇蹟は容易に起らなかつたであらう」と述べてゐる。これは一部の人々によつて今までにも屢々言はれて来た事であるが、それなら「宣戦の詔勅」といふ「天皇の命令」のお蔭で大東亜戦争といふ「奇蹟」が生じたのかと反問されたら、清水氏はどう答へるか。猪木氏もその問題に触れてゐるが、氏も私も、だからといつて天皇制に疑問を持つてゐるのではない。数年前に行はれたテレビを通じての天皇の記者会見において、一記者が陛下の戦争責任を「追及」するが如き発言を行つたのを見て、私はその無智と不謹慎に、また、それを制止しなかつた司会者の渡辺誠毅氏の記者群に対する卑屈な態度に腹が立つた。が、「終戦の詔勅」の効力を「奇蹟」と見る清水氏も、本質においては陛下

の戦争責任を「追及」する跳ね上り記者と同じく不謹慎である、が、無智とは言へない。猪木氏も言つてゐる様に、鈴木貫太郎内閣は既に当時において「終戦内閣」と言はれてをり、「読売新聞」論説委員だつた清水氏がそれを知らなかつたとは言はせない。のみならず「核の選択」（九）において、氏はかう書いてゐる。

「確かに、（「一度の敗戦によつて、凡そ国家意識といふものをすべて忘れてしまつた」といふ）この不思議な現象の或る部分は、敗戦後におけるアメリカの日本弱体化政策の遺産と解釈すべきものであろう。しかし、私は以前から[*1]想像しているのだが、この不思議な現象の他の部分は、広島及び長崎に対するアメリカの原子爆弾の投下で戦争が終ったという事実と関係があるのではないか。被爆地の言語に絶した惨状、核兵器に対する本能的な恐怖、嫌悪、無力感。」

　これはをかしい、（一）で「終戦の詔勅」を「奇蹟」扱ひしてゐる事と、（九）で「原子爆弾の投下で戦争が終った」といふ事と、この違ひは論理的矛盾といふよりは、事実認識の誤謬《ごびう》、或は出たらめと言ふべきであらう。いづれにせよ、軍の統帥権が天皇にあつた為、その「せゐ」で戦争が始り、敗戦に追込まれたとしても、またその「お蔭」で日本の軍民が素直に占領軍を迎入れたとしても、それを以て天皇制、或は絶対天皇制の是非を論ずる事は無意味である、なぜなら如何なる制度も美点と弱点とを併せ持つものであり、左右、いづれの立場に立つにせよ、美点だけの、或は弱点だけの、身勝手な摘《つま》み食ひによる論争は常に不毛に終るからである。大統領制、内閣責任制、いづれの文民統制においても同様で、如何に法的整備を完璧にしようとも、これを悪用する事は可能であり、それすら許されぬほどに文民の規則が強力である時、或は文民自体が怠惰、無能である時、その事が逆にクー・デタを招来し、美点の強化が却つて弱点になる可能性もある。しかし、そのいづれでもなく、文民統制といふのは建前、名目だけのもので、その結果、文民と専門家の軍人との分離と対立を齎《もたら》し、しかもその事実が表沙汰《おもてざた》になるのを惧《おそ》れて、その事実を密室に閉ぢこめておく文民統制の日本的ごまかし[*2]については、私はただ弱点だけしか見ず、その美点が何処にあるのか、未だ納得の行く説明を聴かされてゐない。

＊1　また「以前から」といふ曖昧な言葉が出て来る、これは前に指摘した通り（八）の中の「以前から」と、また（十）の冒頭に出て来る「或る時期から」と全く同質の「故意」の迷彩に過ぎない。なぜなら清水氏がアメリカの「非人道的」な原爆投下にそれほど激しい憎悪感を持ち、被爆者達にそれほど「人道的」な同情を懐き始めたのは一体いつ頃からなのか、それを余り明確にすると、氏の言動に齟齬《そご》を来す惧れがあるからであらう、それよりは、氏に好意的な読者には何となく原爆投下以降とも受取られ得る「以前から」といふ曖昧な言葉を使つておいた方がいいと無意識の配慮が働いたのに違ひ無い。しかし、氏はまさか忘れはしまい、昭和二十年八月六日、広島に「新型爆弾投下」の号外を手に少しく昂奮気味で私に語つた事を。氏はかう言つた、「新型爆弾といふのは原子爆弾の事だ、良かつた、これでもう戦争は終りだよ。」そして私達は自分の命が助かつた事を喜び合つた、その時、十四万の被爆者達の「言語に絶した惨状」は少しも私達の脳裡を掠《かす》めなかつた、少くとも話題に上らなかつた、敵軍の核兵器使用を救ひの神と思つても、それに「本能的な恐怖、嫌悪、無力

感」など全く懐かなかつたのである。

清水氏の名は出さなかつたが、私はその事を正直に書いた事がある、しかし、「わが人生の断片」に私の事が屢々引合ひに出され、恰も私が氏と同じ様な心境で戦時中と戦後の一時期を過したかの如き印象を与へてゐるので、もう遠慮はしない事にした。この八月六日の事もさうだが、私との附合についても、氏の本能的叡智《えいち》は都合の悪い事を都合よく忘れてしまふらしい、他にもさういふ事は沢山あらう、それは文章を見れば解る、その内容ではなく語り口を見さへすれば迷彩の蔭にゐる筆者の居所が、はつきり見えて来よう。

この際、ついでに言つておくが、日本も遅蒔《おそま》きながら原爆を造らうとして懸命に研究を続けてゐた事を、私達は知つてゐた。それにも拘らず、清水氏は「広島や長崎にしても、白色人種の住む都市であったら、あのように簡単に原子爆弾を投下することはなかったであろう」と言つてゐる。それでは日本人には、たとへ原爆が造れたとしても、黒人の多いワシントンやニュー・ヨークにはそれを落さぬほどの「人種的偏見」があつたとでも言ひたいのか。清水氏はもう一度、自分の文章を読み返して見るがよい、「国際社会は法も道徳もない世界、戦国時代の世界である」と書いてゐる、それを認めるなら、アメリカ人が日本人を原爆の実験材料に使つたとしても、事新しく問題にする必要はあるまい。とにかく、アジテイションに最も効果的な人種問題を、この様な形で持出すのは卑劣である。
＊2　この点、即ち自衛隊を軍隊と呼ばず、自衛隊といふ名で縛つておく事によつて、文民統制の実さへ挙げてゐないといふ清水氏の指摘には同感である、その事は去年の「中央公

論」十月号に載せた「防衛論の進め方についての疑問」(本書に収録)に詳しく書いておいた。一見、その答へとも思はれるものとして先月号に猪木氏はかう書いてゐる、「私は日本国(自衛隊)の現行制度やその運用にいくたの問題が存することは知っているけれども、文民統制は堅持されなければならないと確信する。」これは珍妙である、平仮名で「いくた」と書かれると意味が曖昧になり、ごまかされる人がゐるかも知れぬが、「いくた」は「いくつか」の訛りでも「幾太」でもなく「幾多」であり、「多少」とは異り、多数、無数の意味である、それほど沢山の問題がある事を知つてゐて、過去四半世紀、どうしてそのまま放つておいたのか、また今なほそれを抜本的に検討しようとしないのか、それが私には理解出来ない。その上、さういふ問題を「いくた」抱へたまま、且つまた何の根拠を示す事無しに文民統制堅持の必要を確信するなどと言ひ切られると、私には猪木氏といふ人がますます解らなくなつて来る。これでは神がかりの新興宗教の信者と何の変りも無いではないか。文民統制よりは遥かに伝統的であり、歴史的必然性もあり、遥かに合理的でさへあつた戦前の天皇制について、「その制度やその運用にいくたの問題が存することは知つてゐるけれども、絶対天皇制は堅持されなければならないと確信する」と、もし私が言つたら、猪木氏は何と答へるか、是非、近い将来に意見を聞かせて貰ひたい。

(二) 清水氏は「戦後思想の基本文書は、日本国憲法であり、その中でも、第九条である」と言ひ、松本烝治国務大臣の手に成る「松本案」が拒否され、占領軍が一週間で書上げた草案をそのまま飜訳し、日本側が起草した形で発表された経緯を述べてゐるが、その前後の私の欄外書込みは、至る処、×印の連続でそんな事は既に多くの人が詳細に調べ、誰でもが知つてゐる事である。手頃なものとしては児島襄氏の「史録・日本国憲法」（昭和四十七年、文藝春秋刊）、「憲法のすべて」（昭和五十二年、高木書房刊）などがある。しかし、私は清水氏と異り、第九条より、その前提をなす前文の方が問題だと思ふ。第九条には「国ノ主権ノ発動トシテノ戦争」、「国ノ交戦権」を否定してゐるが、その前に、前文では「日本国民ハ……平和ヲ愛スル諸国民ノ公正ト信義ニ信頼シテ、ワレラノ安全ト生存ヲ保持シヨウト決意シタ」とあり、児島氏はこれを評して「自国の運命を自主的に決定するのが主権国、独立国である。他国の意志にゆだねるのは、非主権国であり、属国ではないか」と言つてゐる。全く同感である。とすれば、第九条の「国ノ主権ノ発動」云々とは全くの空文としか言ひ様がなく、「主権在民」などといふ流行語は素面《しらふ》ではとても口に出せるものではないのである。

私も嘗て「当用憲法論」（本書に収録）といふ一文を草し、現憲法の前文*は厭がる女の手を取つて無理やり書かせた「女郎の誓紙」「詫び証文」だとまで毒づいた事がある。更にそれは稀代の悪文である、憲法制定当時の経緯やその真相に関する資料を漁《あさ》つて見るまでもなく、それが外国語からの拙劣な直訳である事が一読して見透せるほど類型的な、入試の英文和訳そのままの血の通つてゐない死文である、その事を私は一々英文と対比しながら立証しておいた。尤もその英文もまたアメリカの高校生並みの幼稚な構文であり、観念的、形式主義的な語彙《ごゐ》の羅列に終始してゐる。あの日本文と英文とは、日米両国、それぞれの国辱として、それぞれの国会図書館に残され、後世の語り草となるであらう。が、今にして思へば、あの日本語前文の直訳形式は、当時の飜訳者が、それが無理強ひの飜訳であり、日本側の意思を全く踏み躙《にじ》られ、顧られなかつた証拠として、その痕跡を無言の裡《うち》に後世に残しておかうとした苦肉の策であつたかも知れない。それが清水氏には「美しい理想の言葉で綴られた」ものとしか読み取れず、それ故に、氏は恐らく最近の「或る時期」まで前文の正体に気附かずにゐた為、現行憲法の再検討を訴へる吾々に今日まで一度も手を貸してくれなかつたのであらう。

＊アメリカ独立宣言の「吾々は次の真理を自明のものと考へる、即ち、すべての人間は平等に造られ」以下、「人民にとつて彼等の安全と幸福を一番実現すると思はれる原理に立脚し、また、さういふ形式に権力を組織する新しい政府を設ける事は、人民の権利である」（訳者不明）に至るまでが、原文の英文と共に有斐閣版「六法全書」憲法編の扉に未だに麗々しく刷り込まれ、日本の憲法の権威附けに使はれてゐる。清水氏の言を俟つまでもなく、日本が、仮に国家であるとしても、アメリカの属国である事は、少なくとも法学界では常識として「定著」してゐるらしい。因《ちな》みに右「六法」の編集委員は次の通りである。（×印は故人）

	×我妻　栄	成蹊大教授	金澤良雄
	×宮澤俊義	東大教授	平野龍一
東大名誉教授	鈴木竹雄	〃	石川吉右衛門
〃	田中二郎	〃	雄川一郎

×兼子　一　　〃　加藤一郎
×石井照久　　〃　矢澤　惇
東大名誉教授　最高裁判事　団藤重光　〃　三ケ月章

各　論　その二

㈠　反安保闘争の時、護憲派であつた清水氏が、その後、如何なる心境の変化で、いつ急激に、或はいつから徐々に「諸悪の根源」としての憲法の存在に思ひ附いたのか、その事については今は不問に附する。「核の選択」においては、氏は専ら第九条を問題にし、それが天皇制護持の為の代償である事を強調して、ここ数年の日本の「反動的」風潮に迎合するが如く、そこに氏自身のナショナリズムの存在証明を試み、反米、反安保の正当化にまで利用してゐる。が、それも単なる辻褄合せに過ぎぬのではないか。氏はつい数箇月前に発行された「戦後を疑う」の「あとがき」にかう書いてゐる。

「戦前、『稀代の悪法』として知られる治安維持法というものがあった。それは、天皇制と資本主義制度とを守ることを目的とした法律で、敗戦までの二十年間、進歩的インテリを初めとする左翼的な人間は、同法に怯《おび》えながら生きて来た。敗戦後、同法が廃止された途端、今度は、『治安維持法への復讐』というのが新しい大義名分になり、天皇制を廃して共和制にする、資本主義国日本を倒して社会主義国日本や共産主義国日本を作るというのが、戦後思想の大前提

となつてしまつた。」（二百六十四頁）

逆捩ぢを食はせる様だが、清水氏の場合、「治安維持法廃止への復讐」が反米、反安保、天皇制護持、結社の自由の否定、核の保有を正当化する反憲法の「新しい大義名分」になつてゐるとしか思へない。私が「当用憲法論」「日米両国民に訴へる」などで強調した現行憲法否定は主として日本人に、時にはアメリカ側に、反省を求め、日米安保条約の改訂とその前提としての憲法改正[1]であつて、反米でも反安保でもない。なるほど清水氏もその点は実に巧妙に逃げ道を用意してゐる、「アメリカの鉄腕」に対して「癩《かつたゐ》のかさうらみ」の如き言辞を全篇至る所に振り撒《ま》き、自分の戦後の運動を「ナショナリズムのエネルギー」といふ一本の紐によつて連続しようとしてはゐるが、その辻褄の合せ方が甚だ不手際である。例の「朝日新聞」記者との会見記では、氏が反安保の運動から手を引いた理由は「デモのエネルギーをすべてアメリカ大使館に向けようとした、反米一本やりの共産党に対する不満やいきどおりでした」と答へてをり、また同様の事が「わが人生の断片」下巻の中に出て来るが（二百七十九頁）、またかうも言つてゐる、「憲法擁護や軍事基地撤廃や安保条約廃案を要求する線で声明文を作ろう」（二百三十三頁）、「旧安保から新安保への改定に反対するのは、新安保より旧安保の方が望ましいという主張ではなく、新旧に拘らず、そもそも、安保条約そのものを拒否するという主張であった。……更めてアメリカの鉄腕に抱き締められるのを避けようという気持、それに抱き締められることによって、何を考えているのか判らない共産主義諸国の敵意の的になるのは困るという気持が強かったのではないか。同時に、これも説明し難いことであるが、全学連を初め[2]、安

保闘争で積極的に活動した諸勢力には、反米の傾向がなかった。」（二百七十八頁）
　相も変らぬ「説明、説明、また説明──→破綻」である、それを突かれぬ先に、反安保なのに反米ではない理由が氏自身にも「説明し難いこと」だと逃げにもならぬ逃げを打つてゐる、私に言はせれば、自己欺瞞のごまかしである。しかし、その前に、「安保条約そのものを拒否する」のが究極の目的だつたといふ動機附けは、「核の選択」（七）の中で、反安保闘争は平和運動の帰結であり、その総仕上げであると同時にその敗北であつたといふ意味の事を述べ、その「六十年安保」は「片務的条約から双務的条約への改定[*3]に反対するもの」だつたといふ釈明と矛盾する。前者では全面否定であり、後者では部分否定である。そればかりではない。自分、或は自分達の気持は反安保であつて反米ではないと言ひながら、同じ「核の選択」（六）では、既に触れた様に、ソ聯が東欧や満洲で何を行つたか、中ソ蜜月時代に中共で何を行つたか、清水氏がその程度の誰にも解り切つた事さへ解らず、「箱入娘」でゐられたのはさういふ事実が「社会主義思想の美しい言葉の蔭で曖昧になり、或いは、ソ聯への恐怖のため、故意に曖昧にされた」[*4]からだと書いてをり、その為、自由主義諸国＝戦争勢力といふ「公理」や「アメリカ帝国主義」といふ言葉に共感した、なぜなら「平和への関心や熱意は、放つておくと、反米的な含みを持つようになつた。そして、アメリカが日本に与えた第九条が、反米的な含みの底にあつた」からだとまで言つてゐる。
　呆《あき》れて物が言へない、五年前には反安保であつて反米ではないと言ひ切り、ここでは「反米的な含み」と小出しにして来、五年前には「安保条約そのものを拒否する」事が目的だと公言しておきながら、今度は「片務的条約から双務的条約への改定に反対する」事が目的だつたと後退して見せる、読者を愚弄するにも程があらう。ここに改めて清水氏に問ふ、現在の只乗り（片務的）日米安保条約に対して現在の氏は賛成なのか、反対なのか、もつと端的に言ふと、日本は同盟国無しに、単独防衛といふ強硬策を取れと言ひたいのか。私は第一次大戦後、殊に第二次大戦後においては、如何なる国家も古典的な意味での独立国といふ体制は不可能になつたと思つてゐる。が、清水氏は日本だけは唯一の例外で、経済、軍事、両面において大国になり得るが故に、単独防衛も可能だと考へてゐるのか、いづれにせよ、平和運動、反安保闘争と「核の選択」との辻褄合せの失敗が、「核の選択」の致命傷だと私は思ふ。

＊1　誤解の無い様に断つておくが、日米安保条約を論点とする文脈の上で、一応かう書いたまでの事で、現行憲法に対する私の疑義はもつと本質的なものであり、安保条約とは次元を異にするものである。詳しくは「当用憲法論」及び「防衛論の進め方についての疑問」を読んで戴きたい。いづれにしても、問題はすべてを気楽に受容れてゐる日本人の生き方に在り、アメリカに子供ぽい敵意を燃す事はない。

＊2　反安保闘争直後、知人の紹介で全学連の指導者達に会つた事がある、島成郎、唐牛健太郎両氏その他五六人はゐた様に思ふ。席上、誰だつたか、かういふ意味の事を言つた、「僕達はもう清水幾太郎を信用してゐません、信用出来るのは丸山眞男だけです、マルクスも『資本論』のマルクスは捨てた、信じられるのは初期マルクスだけです。」それに対して私はかう答へた、「さうして君達は次々に親分を捨てて行つてどうする気持なのかね、その

うち丸山眞男も初期マルクスも切り捨てて行くだらうよ、そして紐の切れた凧《たこ》みたいに風のまにまに何処へ行くやら、最後には自分も信じられなくなる時が来るに決つてゐる。」最後の言葉は最後に清水氏に呈上する積りだが、それよりも読者の為に次の事実に注意を喚起しておきたい、といふのは、「全学連を初め、……諸勢力には反米の傾向がなかった」といふ清水氏の考へは、「或る時期」において自分に好都合な希望的後《あと》推量に過ぎない。

＊3　私は当時、この闘争の真実味を信じてゐなかつたので、この言葉には面喰つた。今日、日米安保条約が片務的だと言ふ時、アメリカにのみ日本を守る義務があり、日本は守らせる権利だけしか持たない只乗りを意味し、双務的と言へば、日本もまたアメリカと協力し敵を攻撃する義務を負ふ事を意味する。六十年安保改訂において、外からも内からも憲法に両手を縛られてゐる日本側がそんな突拍子も無い事を考へる筈は無いし、鉄腕のアメリカがそれに応ずる訳が無い、だから面喰つたのだが、何人かの友人に訊ねて見ても解らず、漸く辻村明氏に電話を掛けて、その意味を教へて貰つた。

氏の著書「新聞よ驕るなかれ」（高木書房刊）によると、昭和三十二年四月二十八日附の「朝日新聞」社説「安保は改訂さるべきである」にはかう書かれてゐる、今までの条約は不平等である、なぜなら「例えば、安保条約は、アメリカに対して、一方的にその軍隊を日本に駐留する（「させる」の誤植か）権利を与えながら、日本を防衛する義務を規定していない……同条約第一条の末尾には、米軍隊は『日本国の安全に寄与するために使用することができる』とあるが、これは『使用すべきものである』と修正すべきであると考える」（百十六頁）。これは独立以来の「朝日新聞」の主張であり、「できる」だけでは片務的であり、「すべき」と改めるのが双務的といふ意味なのである。清水氏もまた「核の選択」（六）において、この旧安保のみを問題にし、「身勝手な」アメリカの「片務的」態度に不信を表明してゐる。が、辻村氏の言ふ通り「日本の安全確保を米軍に依存すればするほど、米軍の都合もききいれなければならなくなることは自明のことであろう」（百十八頁）といふのは、譬へば、アメリカ側としては「日本の安全のためにこそ、極東の平和が大事であり、そのためには、日本の基地からも自由に出撃できなければならないというであろう。」

　ところが、三十四年になると、「朝日新聞」の社説は頗る「過激」になり、六月十三日の社説では、辻村氏の言ふ極東平和のため、米軍が「日本の基地からも自由に出撃できなければならない」といふのは「日本が反対給附として新たな防衛義務を負う」事を意味し、これは「正に〝双務性〟の転用であり、逆用ですらある。世論が要求していた〝片務性〟の排除とは、このようなものではなかったことは明白である」と言つている。随つて、清水氏が「核の選択」で回顧してゐる反安保闘争は、「朝日新聞」の社説と同様、乳飲み子の様な「おんぶにだつこ」の徹底的対米依存だつたといふ事になる、それなら、やはり「わが人生の断片」の「安保条約そのものを拒否する」のが反安保闘争の究極の目的だつたといふのと全く矛盾する。この様に読者の頭を徒《いたづ》らに溷濁《こんだく》させるが如き言論公害を撒き散らす事は今後絶対に止めて貰ひたい。

＊4　この「故意に曖昧にされた」といふ語法は、右「朝日新聞」の社説にあつた「その軍

隊を日本に駐留する」に類する誤植だと言ふかも知れぬが、前後の文脈から察するに、必ずしも誤植、或は筆者自身の不注意による間違ひとも思へぬ節がある、たとへ間違ひであるにしても、それは不注意によるものではなく、やはり故意のものであらう。説明するまでもあるまいが、「故意に」は自発的、能動的な副詞であり、「された」といふ受動態とは同棲《どうせい》、同衾《どうきん》しかねるものである。正しくは「……ソ聯への恐怖のため、私達は（さういふ事実を）故意に曖昧にしておいた」とせねばならない。それを「故意に曖昧にされた」と書くのは「故意の過失」である事を自白した様なものであるが、清水氏、及びその仲間達はどうやらこの常習犯の様に思はれる。「わが人生の断片」下巻にも「『全面講和』という文字は（共産党や社会党左派の主張と）同じでも（自分達の場合は、これしか無い事は承知の上で）平和問題談話会では、暫く躊躇《ちうちよ》した後に、ソッと口に出した『希望』であった」（百二十三頁）とあり、また「『北鮮軍三十八度線を南下進撃』ということ自身、そう簡単に認められはしない。『南鮮軍およびアメリカ帝国主義の挑発』という解釈を導き入れねば、政治集団は活動を続けて行くことが出来ない」（百二十三―四頁）ともある、いづれも「故意の無智」である。

しかも、それは「アメリカの鉄腕」が絶対日本を手放さないと承知の上で、「暫く躊躇した後に、（何も知らない振りをして）ソッと口に出した」反米・反安保である事を裏切り示すものであらう。この調子では「居候、何杯目でもソッと出し」になりかねない、事実「核の選択」も非武装中立と同様、先づそんな事は実現すまいと承知の上で、ナショナリズムといふ実態の無い文字を楯に「ソッと出した希望」に過ぎず、三年か五年後には、「ソ聯の無限膨脹政策という解釈を導き入れねば、政治的発言を続けて行くことが出来ず」、また「日米合作のシナリオに過ぎぬソ聯への恐怖の為、それが事実に反する幻想でしかない事を故意に曖昧にされた」と氏が言ひ出す日が来ないとは断言出来ない。

(二) 清水氏は「核の選択」(七)において、反安保闘争のエネルギーを規定し、「第一のものは、戦前、戦中、戦後の経験を基礎とするナショナリズムのエネルギーであった」と言ひ、「第二のエネルギーは国民生活の窮乏であった」と書いてゐる。第一のナショナリズムについては、戦前、戦中のものについても私は多くの疑義を懐いてゐるが、戦後に、殊に昭和三十五年前に、反米にせよ、反安保にせよ、何十万の群集が国会議事堂を取巻く程、「巨大、強力」なものになつてはゐなかつたばかりでなく、同胞の警官を「犬」呼ばはりし、彼等に投石する様な暴力を働かせても、アメリカの原子力潜水艦寄港阻止運動などにおいて屢々見られた如く、警官が退き米兵が上陸して来ると、踵《くびす》を翻して逃げ去る程度のものに過ぎなかつた。そもそもナショナリズムなどといふ言葉を持出すのがをかしく、あの昂奮状態には最初から、反米にせよ反安保にせよ、運動と名の附くものになし得る何物かが欠けてゐたのではないか。第二のエネルギーとしての窮乏も口実に過ぎぬ、なぜなら私は昭和二十八年から二十九年の半年間、ニュー・ヨークで過し、日本の社会、家庭生活には見られない珍しい文明の利器に数々お目に掛つたが、帰国後二三年のうちに、それらが日本の街頭に溢《あふ》れ、家庭に侵入し始めたことを覚えてゐる。朝鮮戦争の余波は既に日本人の生活全体に滲《し》み込み始め、「貧乏人は麦を食へ」と言つてゐた鷹派《たかは》の池田勇人が首相となるや、急に「低姿勢」を取り、所得倍増政策に踏切る素地は既に出来てゐたのである。

　いづれにせよ、七十年安保に対する前闘士達の仮称ナショナリズムが清水氏の言ふ様に「人々が満腹に近づくと、思想に対して無関心になる。……六十年安保の後の経済成長の過程で、かつて学生たちの間に有力であったマルクス主義の解釈が、四分五裂、収拾のつかぬ状態に陥って行った」のだとすれば、その程度のたわいもない、無限定のものに強ひてナショナリズムといふ名を附け、体裁を整へただけの事ではないか、いや、もつとはつきりさせて欲しい、そのナショナリズムは「マルクス主義の解釈」の合意によつてのみ成立可能なものだつたのか。清水氏に忠告する、無責任に言葉を撒き散らす事は、今後一切止めて貰ひたい、言論の自由のディレムマもへつたくれもありはせぬ、国家に対する忠誠も大事だが、自己、及び言葉に対する忠誠も等しく大事な事である。

　六十年安保が烏合《うがふ》の衆のお祭り騒ぎであつた何よりの証拠は、たつた一人の闘士、樺美智子の死によつて終止符を打たれた事である、そんなものが何でナショナリズムのエネルギーなどと言へるものか。何もエネルギーなどといふ勿体《もつたい》振つた言葉を使はずに、ムードと言へば良いものを、ただそれに自己劇化の体裁を与へただけのことに過ぎないではないか。当時、私の知人の一人はこんな皮肉を言つてゐた、反体制といふ単なる気分（ムード）の中にしかインテリの特権と身分保障を見出せなかつた連中の、他に何の共通の動機も目的も無い運動が、予想もし得なかつた「数のエネルギー」に発展してしまひ、行掛りの勢ひと人波の力で止る事も脱け出る事も出来なくなつた突撃行も、一人の同志の死によつて、しかもそれが女性であつた事が幸ひして、漸く引込みの切掛けが掴めたのではないか、と。なるほど、さう言へない事は無い、実戦なら、戦友の死は復讐と戦意の昂揚に繋《つな》がる筈で、それが追悼会といふ儀式によつて、一気にクライマックス、アンティ・クライマックス、幕切を迎へたのは、それまでの自己陶酔から脱出する為の自己陶酔としか言ひ様がない、樺美智子は彼等にとつて救ひの女神だつたのである。

総括

㈠ ここまで来れば、私が何を言ひたいのか、誰にも大よその察しは附くであらう、「わが人生の断片」「戦後を疑う」以来、今度の「核の選択」に至るまで、清水氏の狙《ねら》ひを定めて来た敵はソ聯であると言ひたいが、実はその神である共産主義そのものなのである。平和運動も、反安保闘争も、天皇制も、憲法第九条も、原爆も、核も、ナショナリズムも、忠誠も、氏にとつて必要とあらば、その他、何でも彼でも手当り次第、保身の為の小道具、自衛の為の防壁として利用される。譬へば、既に触れておいた事だが、氏は反安保闘争挫折後十数年を経て、天皇制を肯定するに至り、戦前、戦中の治安維持法の成立を「自然であった」と語つてをり、その理由として、一九三二年、スターリンの指令としてコミンテルンが「日本における情勢と日本共産党の任務に関するテーゼ」を出し、「天皇制の打倒」を第一目標と定めた事が決定的であつたと言ふ。が、その時、氏が進退谷《きはま》つたのは、一方でコミンテルンのテーゼに忠ならんとし、他方、治安維持法に孝ならんとしたからであつて、天皇に忠ならんとしたからではない。そして今やコミンテルン、スターリンに対する忠を捨て得る情勢が日本の中に充分醞醸《うんぢやう》されたと見届けて、亡き治安維持法に孝ならんとした当時の自分の気持を正当化する為に天皇制を利用したと言へよう。

本当の事を言へば、「核の選択」において清水氏が強調してゐるソ聯の脅威を、氏自身、本当に感じてゐるかどうか、私には頗る疑はしい。確かに「ソ聯への恐怖」といふ言葉が幾度か出て来る、が、それは現在の日本の風潮に受け容れられ易いからである。それにしても、アメリカのロイヤル元陸軍長官やキシンジャー元国務長官の日本、乃至は極東拋棄論を今更らしく取上げ、米ソ軍事力の秤《はかり》がアメリカに不利に傾いて来た事[*1]とソ聯の「無限膨脹政策」とを仰々しく強調するのはをかしい。私が「平和論にたいする疑問」以来、過去二十五年間、事ある毎に清水氏一派に対してアメリカへの協力の必要を説いて来たにも拘らず、氏はそれに少しも耳を傾けず、アメリカを帝国主義と見なし、ソ聯を平和勢力として神聖視して来ながら、その頃でも自分は反米ではなかつたと言つてゐる。[*2]とすれば、ソ聯の膨脹政策も「国際社会は……戦国時代」といふ定法に随つて動いてゐるのであつて、自分は反ソではないと言ひ得よう、ただ確かな事は、反安保闘争時代までの氏が自分の保身術として反米感情を利用してゐたのと同様に、今日の氏はソ聯恐怖症を利用してゐるといふ事である、保身術である以上、いづれの場合においても、それが最も安全であり自己顕彰に効果的である事は言ふまでもない。

＊1　米ソ軍事力のバランスがアメリカに不利に傾いて来たといふ事は、今までよりはといふ事に過ぎず、必ずしも米の劣勢を意味しない。軍事力のみならず、すべて力の優劣は現在の保有量を以て計るべきではなく、その潜在的余力を考慮に入れなければならない。そして、私が真に恐れる「仮想敵国」はアメリカである（高木書房刊、栗栖弘臣著「私の防衛論」六十七頁参照）。更にここで考へておかねばならぬ大事な事が二つある。第一に、国家の名に値する国家ならば「核の選択」第二部の様に「仮想敵国に対する戦略、戦術」を雑誌に公表する「自由」を許さないであらう、その「自由」といふ名の安全地帯で「日本よ、国家たれ」と言ふのは自己矛盾も甚だしい。第二に、よく言はれる「核の抑止力」といふものを、私は余り信じない、それは平和時の「安全地帯」においてのみ通用する幻想である、ヴィエトナム戦争の様にそれが「張り子の虎」に終る時もある。また米ソ二超大国の軍事的バランスを平和の前提と見るのも同じ幻想に過ぎず、清水氏の言ふ通り戦国時代であらうと、第二次大戦であらうと、戦争といふものは、理性的、或はコンピュータ的計算から勝算ありと見た側から仕掛けるものとは限らないからである。

＊2　清水氏は覚えてゐるのであらうか、敗戦後、間もなく、日本橋辺りの何処かの焼けビルの中で、私が「清水さん、今までは軍部が〈喧嘩相手〉だつたけれど、これからはどうします」と言つたのに対して、昂然として「大丈夫、アメリカがゐる」と答へたのを。「読売新聞」の論説委員といひ、海軍技術研究所嘱託といひ、「心ならずも」或は「一応尤もらしい理由で」引受けた様に説明してゐるが、いづれの場合にも、氏が「わが人生の断片」に書

いてゐる以上に、私はその「現場」に立会つてゐるので、氏が都合よく忘れてゐる実情を多少は知つてゐる。要するに氏にとつて最も居心地のよい場所は「身の安全を保ちながら、しかも派手な抵抗の姿勢を取り得る」地位ではなからうか、少々穿《うが》ち過ぎかも知れぬが、「大丈夫、アメリカがゐる」と答へた時、氏の本能は、「頑迷な日本軍部」を相手にするより、プラグマティズムを護符にして、もつと気軽な安全地帯で派手な抵抗が出来る時代の到来を鋭く感じ取つてゐたに違ひ無い。が、その夢は意外に早く破られた、占領軍によつて治安維持法が廃止され、その活動を合法化された日本共産党、及びその同調者達は、早くも昭和二十二年、二・一ストによつて硬い壁の存在を思ひ知らされたのである。

しかし、戦前から共産主義を最も恐れてゐた清水氏にとつて、これは寧ろ「好もしき」事であり、氏の望む安全地帯における抵抗を容易ならしめる条件を整へてくれたものと言へよう、なぜなら、氏の様な自由主義者は「腹背に敵」といふ最も危険な状態から免れたからである、事実、それ以来、日本共産党は戦術を「平和革命」方針に切替へた。当時、私はそれを「揶揄」し、共産革命を目ざす者がブルジョワ民主主義の「欺瞞」たる議会政治などを頼りにする法は無いと書いた事があり、「幸ひ」その私の言葉が「上聞」に達したのであらう、昭和二十五年、スターリンはコミンテルンの戦後版、コミンフォルムを通じて、日本共産党を批判し、武装革命へと戦術転換を命じたのである。やがて「もう三月経てば革命」「もう半年たてば革命」といふ言葉が人々の間を「走り抜けて行つた」(「核の選択」(六))が、もうそれを抑へる治安維持法は無い、清水氏の夢見てゐた安全地帯における「颯爽」たる抵抗の余地は、この時を限りに完全に消滅したのである。今まで述べて来た平和運動、内灘における基地闘争、反米、反安保闘争へと氏を駆りやつたものは、その安全地帯の消滅であり、氏は爾来、全く紐の切れた凧の様に、身の安全を求めて、敢へて危険な場所に身を挺して行つたのである。この逆説的な事実に目を塞《ふさ》ぎ、ひたすら自己正当化に懸命になればなるほど、これまで私が指摘して来た自家撞着《どうちゃく》やごまかしの破綻から免れる事は出来ないであらう。

(二) 右の事実を充分に納得する為には、清水氏が治安維持法に引掛る危険を承知の上で、レーニンの「唯物論と経験批判論」を経典として組織された研究会に席を置いて、身の安全を計らうとした氏の東大研究室時代にまで溯らねばならない。この唯物論研究会といふのは、氏自身が「わが人生の断片」下巻に述べてゐる様に純粋な研究団体であり、革命といふ実行運動を目的とするものではなかつた、事実、当局側もさう見てゐたらしい、「同会が共産党並に赤色労働組合の同伴者として承知されたにしろ、現在同会の表面的中心人物(小泉丹、長谷川如是閑、林達夫、戸坂潤、羽仁五郎、清水幾太郎等)が是の如き事実を承認しつつ行動して居るとは思はれない。大部分の会員も亦然りと云へるであらう。……要するに自由主義者の反動的時代における鵺的存在と見て大過なきものと思はれる。」(同書、十五頁)要するに、相手は子供だから、当分遊ばせておけといふ事であり、当時は(昭和九年)まだその程度の緩いものであつた、私の言ふ危険と安全とが両立し得た所以《ゆゑん》である。それにしても、危険の引力は無限であり、多少は安全を犠牲にせねば、その両立の難しかつた事は言ふまでもない。では、多少の犠牲を敢へて覚悟しても唯物論研究会に籍を置く安全とは何であつたか、それは自分が自由と進歩に目ざめ、自分を捨てても大衆＝貧しきプロレタリアートの為に生きる知識人である事の身元証明（セルフ・アイデンティフィケイション）を手に入れたいといふ心理的安心感である。

当時、清水氏はこの身元証明を得ようと必死になつてゐた様に思はれる。勿論、氏の専門は経済学ではない、社会学である。その頃、経済学を専攻するといふ事はマルクス・レーニン主義と握手する事であつた、だから、それを避けて社会学を選んだとまでは言はない、が、「戦後を疑う」及び「わが人生の断片」上巻の最後の四章、下巻の最初の二章は、氏が如何に懸命に社会学を楯にして共産主義の攻勢を防いだか、詰り自分が共産主義者になれなかつたのはなぜか、その経過説明に専ら費されてゐる。詰り氏は腹背に敵を控へてゐたのである、一方には治安維持法の背後にある国家権力、或は軍国主義があり、一方にはそれを顚覆《てんぷく》する事が目的である共産革命運動を背景にする唯物論研究会がある。言ふまでもなく前者への忠誠を誓ひ、万国の労働者、世界の貧民を裏切るのは知識人の沽券《こけん》に関る、その後ろめたさから逃れる為に、氏は先づスターリンに粛清されたブハーリンを持出し、それを却《しりぞ》けられてからはオーギュスト・コントやプラグマティズムに縋《すが》つて、何とか革命思想、或は革命運動に引込まれずに、しかも自由と進歩の旗手としての知識人の身元証明を獲得しようと苦しい足掻《あが》きを試みてゐる。

私はその事を意地悪で言ふのではない、寧ろ氏に同情する、勿論、これも皮肉ではない、それは日本の近代化といふ過程における知識人の宿命であつた。私は今中断したままになつてゐる「新潮」連載の「独断的な、余りに独断的な」において、日本近代文学の歪《ゆが》みをその観点から考へて見た事がある。中断とは言つても私の主題は殆ど出尽してゐるのだが、その中で最初に私の「好餌《かうじ》」となつたのは二葉亭四迷の「浮雲」(明治二十年から二十二年まで)の主人公文三である。作者がこれを未完のまま放置したのは、いや、先が書けなくなつたのは、書き初めには明治の近代化を推進した体制順応型の昇に批判的であり、反体制、乃至は非体制の落伍者に過ぎぬ文三に同情的であつたのが、明治三十五年にはロシアの南下政策に危機感を懐いたのが切掛けになり、爾後、国際問題に関心を懐き続け、四十年に発表した「平凡」においては、外国思想を後楯にして知識人の特権を得ようとする当時の文士、文学に対するパロディを書くに至つたからである。そして翌四十一年、彼は「朝日新聞」特派員として露都ペテルスブルグに赴いたが、病ひを得て翌四十二年、海路帰国の途次、ベンガル湾上で死んでゐる。

それから約七十年後、清水氏も「戦後を疑う」の中で、治安維持法により投獄され、後に転向した人々を弁護し、似た様な事を言つてゐる、「私は、当局者が踏み込んだのは、良心という神聖な領域ではなく、良心が身につけていた外来思想*という部分ではなかったか、そんな気がするのです」(五十頁)。私もいちわうそれには賛成する、といふのは、敗戦後、それも何度か、戦前の左翼思想は、たとへ弾圧が無くとも自己崩壊したであらうと書いた記憶があるからである。それにも拘らず、清水氏の言葉には、この様なかなり本質的な問題について論じてゐる場合にも、常に弁解めいた響きがあるのはなぜであらうか。やはりそれはマルクス主義、共産主義、革命運動に対する後ろめたさのせゐだと思ふ、私にとつて、共産主義の非人間性のうち、その最悪なるものは、当時の知識人に対して自らを最高善として押し附けた事である、これは謂はゆる洗脳以上の洗脳ではないか。が、その前で後ろめたさを覚えた知識人の弱さこそ問題であらう。

＊　この外来思想といふものについて、「核の選択」（八）では、「人々を或る理想へ向って鼓舞する思想、特に外来思想は、通例、人々の間に広汎で切実な飢餓や貧困があって」、その思想によつて窮状から抜け出せる希望を懐く時に「特別の力を持つ」と書かれてゐるが、私はそれに賛同しかねる。二葉亭の場合もさうだつたが、日本においては、その近代化の過程において、居心地の悪い場所に追ひやられた知識人が自己の不遇を正当化する身元証明書として外来思想はその効能を発揮する。清水氏の場合がその典型であると考へるが、それについては次節以下を参照して貰ひたい。

仮に体制、反体制といふ流行語で片を附けるとすれば、日本の近代化の担ひ手は薩長の体制側であり、そこから脱落した土佐を中心に自由民権運動が起つた。が、これも戦前の左翼と同様、体制側の弾圧が無くとも敗北したであらう、なぜならその反体制は結果から見ても明らかな様に、潜在的には体制派であり、日蔭から日当りに出ようとする運動に他ならなかつたからである。が、この時代の反体制運動＝自由民権派においては政治家と知識人との乖離《くわいり》は無かつたと言つてよい。反体制でありながら、潜在的には体制派だと言ふのは、両者の目的は同じく日本の近代化、民主化であり、その後楯とした思想も範例も斉《ひと》しく欧米先進国のものであつて、それに照して政府の施策の遅れを反動、或は弾圧として攻撃しただけの事に過ぎないからである。後に彼等の中心的指導者、板垣退助や大隈重信が政権を取り、体制側に廻ると、同様の攻撃を受ける羽目に陥らざるを得なくなつたのである。

が、明治四十年代に至ると、反体制ならぬ非体制派とも称すべき「純粋知識人」の一群が生じた。それがその後の知識人の原型となるのだが、その気楽な夢は十年しか続かず、ロシア革命によつて破られた。以後、知識人にとつて先進国は欧米型とロシア型の二つに分れ、そのどちらの方が進歩的か、どちらの方が真の先進国であるかといふ兎と亀の競争になつたのである。欧米型自由主義者の非体制派はソ聯型共産主義者の反体制派に対して、言換れば、行動に対して学問、思想の（文学の場合は政治に対して藝術の）自由を確保せねばならない。しかも、資本主義国は背の高い者順に共産化するといふマルクス・レーニン主義の理論を前にして、体制側より進歩主義的、自由主義的であるといふ知識人の誇りは一瞬にして潰え去り、自分達より進歩的であり、世界人類の自由と解放を叫ぶ共産主義に対して何とか自分の立場を確保せねばならない窮地に追込まれたのである。

この時以後、知識人の性格が変つた、詰り、腹背に敵を受け、知識人は初めて非体制派の「純粋知識人」として安閑としてはゐられなくなつたのである、腹背の敵とは言ふものの、本当に怖いのは共産主義の方である。なぜなら、非体制に甘えてゐられた時代には、腹の中で体制を軽蔑しながら、そつぽを向いてゐればよかつたのだが、理論武装した非人間的な行動的共産主義は、そつぽを向く自由を許してはくれない、飽くまで踏絵を迫り、知識人の身元証明をしろと、「良心」にまで斬り込んで来るからである。清水氏は「治安維持法の下で、ビクビクしながら暮して来た」と書いてゐるが、それは監獄に打ち込まれる事に怯えてと同時に、それだけの事をしてゐない「良心」の声に怯えてゐた事を意味しよう。日本の知識人は初めて後ろめたさといふ不毛の陰鬱な感情を味はされ、あらう事か、その後ろめたさにすら知識人としての最小限の身元保証を見出すといふ惨めな経験さへさせられたのである。清水氏がその谷間でコントやプラグマティズムを救ひの神として、懸命に背筋を伸さうと足搔いてゐたのは当然であらう。

殊に氏は旗本の家系であり、維新後零落し、苦学に近い努力を重ねて、東京帝国大学に入学した。既に述べた事だが、維新によつて、旗本の依つて立つ江戸＝下町文化は片隅に追ひやられ、江戸子、東京人は田舎者になつたのである、立身出世の道は欧米の思想と繋り、知識人として何等かの身すぎ世すぎを計るしか無い、大戦争を予想しなかつた、謂はゆる大正デモクラシーの時代において、その最高の夢は東京帝国大学教授であつた。清水氏もたぶんその夢を懐いていたに違ひ無い、その夢が破れたのは学内の政治的理由によるかも知れぬが、やはりマルクス主義に踏絵を迫られ、後ろめたさといふ陰鬱、不毛な感情との不毛の戦ひに、生来の繊細、柔軟な神経を磨り減らした為もあらう。重ねて言ふが、清水氏の、そしてその他の多くの人の人格を歪め、或は崩壊させた当時のマルクス主義を私は憎む。しかし、それだからといつて、さういふマルクス主義の本質を突かず、戦後もなほそれに後ろめたさを感じながら、マルクス主義、或はソ聯恐怖症から平和運動、反安保闘争を展開し、「核の選択」においてはその恐怖症を堂々と表沙汰にし、自分の過去の辻褄合せにあらゆるものを利用しようとしてゐる清水氏に対して、私は何とも言へぬ不快感を覚える。「わが人生の断片」にはまだしも同情の余地があり、文中の自慢話も苦笑しながらも聞き流せた、その弁解は不愉快ではあるが、また、しをらしい面もある。が、今度は「右旋廻中」の大向うの受けを狙つて、余りにも粗雑に書き流してゐる、その芽は既に「戦後を疑う」の「あとがき」に出てゐる、その戦前には考へられなかつた節度と羞恥心の無い自画自讃を読めば、常識を持つた人なら、全文の信憑性《しんぴょうせい》に疑ひを懐かずにはゐられなくなるであらう。

㈢ 最後に清水氏の国家観に対して疑義を表明しておく。先づ「核の選択」の中からそれに関する部分を左に列挙して見よう。

(a)何千年の歴史を有し、一億の民族を擁する国家が、そのために亡んでもよいような理想が、本当に何処かに存在するものであろうか。

(b)学界の常識によれば、無気味な兵器や死を覚悟した人間、要するに、軍事力が、国家というものの本質である。

(c)国家というものを煎《せん》じつめれば、軍事力になり、軍事力としての人間は、忠誠心という人間性に徹した存在でなければならぬ。自分を超えたものの存立及びその発展のために自分を献げ、それによって深い満足を得るという傾向、それは万人の内部に潜む人間性であるが、この傾向を純粋化したところに、軍事力としての人間が実現される。

(d)死の柱に支えられなければ、生命の園は成り立たない。……死の柱とは、他の人々の生命を守るために、自分の生命を捨てることを覚悟した人々の集団である。それゆえに、如何なる国においても、この人々は最高の名誉を与へられている。

右の(a)(b)(c)(d)一つ一つに誤れる独断、或は矛盾があり、更にそれぞれ相互の立言にも幾つかの矛盾があるが、酔つて語り酔つて聞き流せば、恐らく多くの人々はそれに気附くまい、それを当てにして書かれたものとしか思へない。手初めに、(a)にある通り、一国が亡んでもよしとする理想が無いとするなら、確かに清水氏の言ふ通り「第九条に盛られた絶対平和の理想」などといふものは心にもない空念仏に過ぎぬといふ事になる。が、それなら、核武装は固より軍備は一切必要としないといふ事になり、非武装中立の方がまだしも論理的といふ事にならう、なぜなら戦争は常に必ず勝つとは決つてをらず、大火の時に風向きが変るのと同様、自国の軍事力以外に、吾々の予想しえぬ要因の続出によつて事態は変動し、大敗北を喫して日本民族の滅亡に近い状態を招く事もあり得るからである。とすれば、戦争を前提として軍備を充実せしめる以上、大敗、滅亡も覚悟するだけの「理想」、或はそれに似たものがなければならぬ筈である。それが行き掛り、意地、面子《めんつ》に過ぎぬものであるにしても、個人の喧嘩と同様、それにはそれだけの経緯、即ち歴史が、もつと厳密に言へば、過去の歴史に支へられた生命力がある、その連続性、一貫性に対する「忠誠心」こそ、目の前に取出して検討し、話合ひの末、合意を得た観念的な「理想」より遥かに「理想」の名に値する「理想」であり、その前では「理想」といふ言葉が羞《は》ぢて身を退かざるを得ぬほど根強い実在である。

それに、もし清水氏の言ふ如く、国家に「理想」が無いなら、(d)の「他の人々の生命を守るために、自分の生命を捨てる覚悟」を以て「死の柱」になる人間、或はその集団の出現をどうして期待出来るのか、またそれを高く評価し「最高の名誉」を与へ得るのか。それに、右の「他の人々」といふ場合、清水氏は「一億」といふ「人海戦術」で本質的な問題を廻避してゐるが、もし人口三千の国家なら、空疎な「理想」の為に亡んでもよいと言ふのか。私は屁理窟《へりくつ》を捏ねてゐるのではない、なぜなら、人口といふ数の問題を一度無視してしまへば、必然的に、この命題から国家といふ「集団」概念は消滅し、「他の人々」は親、妻子、兄弟、友人、恋人といふ個人になつてしまふであらう。そして、それらとの関係に基づく人間の最小共同体もまた「生命の園」であり、それを成立させる為には、いざとなれば「自分の生命を捨てることを覚悟した」（「人々の集団」ではなく）個人の道徳感、意思、愛情、本能といふ「死の柱」が必要なのである。

なるほど、吾が子を庇《かば》ふ為に命を捨てるのは易しいといふかも知れぬ、が、衝動的な行為としてならともかく、行住坐臥、子の為に「死を覚悟した人間」を期待するのは無理である、まして国家の為にそんな人間を期待する事はとても考へられない。随つて(b)の「無気味な兵器や死を覚悟した人間、要するに、軍事力が、国家というものの本質である」といふのが、もし清水氏の言ふ通り「学界の常識」であるならば、私は今日の学問、学者を信じない。これほど人間性を無視した残酷な考へ方は一体どこから出て来るのであらう。(c)の「自分を超えたものの存立及びその発展のために自分を献げ、それによって深い満足を得るという傾向、それは万人の内部に潜む人間性である」も同様で、この場合、更に質《たち》が悪いのは、「人間性」を踏絵にして非人間的な強制を行つてゐる事である。さういふ残虐性を(d)の「この人々は最高の名誉を与えられる」といふ煽《おだ》てと媚《こ》びによつて一挙に消却し、なほ且つお釣りが来ると考へてゐるとすれば、清水氏はやはりアジテイターと言ふ他はない。しかし、理性的な軍人ならば、戦場においては別の話、平時において、「死の覚悟」などといふ、その様な思ひ詰めた、或は思ひ上つた考へを持つてゐる筈が無く、それでは一旦緩急の時に効率的な行動が取れないであらう。近代国家の軍は清水氏が考へてゐる以上に合理的に物を考へる合理的存在である。私は(b)の部分について、かう書き直したい——（死を覚悟した人間ではなく）「死の覚悟」を要請する組織が軍事力であり、それを要請し得る、或はその要請を是認する国民暗黙の合意が国家存立の前提である。

次に(c)に出て来る「軍事力としての人間は、忠誠心という人間性に徹した存在でなければならぬ」といふ断定にも、私は押し附けがましい煽ての響きを感じる。氏に言はせれば、忠誠心も人間性なら、利己心も同じく人間性である、私もさう思ふ、が、それなら一人の人間に、いや、多数を擁する一集団に、悪魔と手を切つて天使とだけ附合へと、またも非人間的な強制をし、その実現をどうして期待し得るのか。軍人も文民も心は同じである、同輩が先に将官になり、幕僚長になるのを余所《よそ》目に見ながら、ただ「忠誠心」一途に、己れを空しうして天使と綾《あや》取りでもしてゐろと言ふのは所詮無理な話であり、その羨望《せんぼう》、嫉妬《しつと》といふ人間本来の利己心を抑へるのは忠誠心ではなく、やはり合理的な組織の規律と、それに対する組織人としての自制心である。その弁への無い処に、私は社会学の、或は近代日本の知識人の典型たる清水幾太郎氏の限界を見てゐる。

これは既に触れた事だが、清水氏は二十五年前に中ソを旅して、その地の人々が「帝国主義」日本の軍人と氏の様な日本の民衆とを区別してゐる事で安心したと書いてをり、またイギリスやフランスでは同じ日本人同士なのに街で出遭つても知らん顔をしてゐるのに反して、その同じ日本人が中ソでは互ひに握手したり抱き合つたりする、これは「平和を大事にするという一点で、カーテンの内部の人間は、明らかに共通なものを持っている」からだと書いてをり、恰も西欧の風土、民族性は冷淡で利己的だと言ひたさうな口吻《こうふん》が窺へるが、これなど誰にも解り易い例で、清水氏には近代国家における国家と個人との分離、断絶が全く理解出来ないらしい。氏は両者を一元的に連続するものと考へてゐる。言ふまでもあるまいが、私の言ふ分離、断絶は、体制と反体制、支配と被支配の関係を意味するものではない。

「防衛論の進め方についての疑問」エピローグで既に言つておいた事だが、その問題を考へる手掛りを二つ提供しよう。一つは西欧と中ソにおける清水氏の感想である、譬へば、外国にゐる時の私は国籍不明の、或は国籍とは全く関係の無い福田恆存として、いや、大抵の場合は名無しの権兵衛として、詰り、一人の人間として振舞つてをり、日本人である事を自ら確認したり、相手に確認させたりする必要は殆ど生じない、その点では東京の街中を歩いてゐる時、その地下鉄に乗つてゐる時と少しも変らず、ロンドンに行つて一見日本人らしい人間に出遭つたからといつて特に親しみを感じはしない、それよりは定宿のポーターに偶然ピカデリーで出遭つた時の方が親しみを感じる、彼と私との附合ひは英国民と日本国民との附合ひではなく、個人的な知合ひとしての人間附合ひだからである。その意味では幻覚にもせよ、「平和」といふ言葉一つで日中ソの国籍を越え得る、そして、それを裏返して言へば、それが無ければ、国籍が越えられぬといふのは異様である。また、清水氏が「帝国主義」日本の軍人であらうとなからうと、一度戦争が終り、平和になれば、「昨日の敵は今日の友」で、戦時には個人は国家の中に埋没し、平時には国家から独立して、人間同士の附合ひをするのが近代国家の建前である。

国家と個人とについて考へるもう一つの手掛りは、善き人間（個人）は必ずしも善き国民ではなく、またその逆も真であるといふ事実である。さういふ例は諸君の周囲に幾らでも見出せよう、「あいつは本当に人間は良いのだが、実行力と社交性が全く零《ゼロ》でね」とか、「あの人は実に立派な男なんだが、少しは手を汚してくれないとね」とか、その種の人物評は屢々耳にし、口にもするであらう。組織、集団の一員としての人間と孤立した個人としての人間とは別なのである。言換れば、一人の人間の中には、集団的自己と個人的自己とが共棲してをり、また一口に集団的自己と言つても、国民、県民、村民、公務員、社員、組合員、学生、家長、主婦、等々があり、誰もがその幾つかを兼ねてゐる。

前述のエピローグの中で、国家もフィクションなら、人格もフィクションだと言つた、勿論、それは「拵《こしら》へ物」の意味ではない、「拵へ物」には違ひないが「創造物」であり「建造物」である。人工品だからといつて、法隆寺を軽視する謂はれはあるまい。問題は、すべてはフィクションであり、それを協力して造上げるのに一役買つてゐる国民の一人、公務員の一人、家族の一人といふ何役かを操る自分の中の集団的自己を、これまた一つの堅固なフィクションとしての統一体たらしめる原動力は何かといふ事である。それは純粋な個人的自己であり、それがもし過去の歴史と大自然の生命力に繋つてゐなければ、人格は崩壊する。現代の人間に最も欠けてゐるものはその明確な意識ではないか。

全学連の諸君は初期のマルクスのみを信頼すると言つたが、それは「自己疎外」論の事であらう。マルクスは資本主義社会では、労働者としても、資本家としても、自己の本質を喪失した非人間的状態に置かれるとし、これを「自己疎外」と言つた、が、資本主義社会に限らぬ、どんな社会制度の下でもその種の危険は起り得る。反安保闘争後の全学連の諸君がさうであり、清水氏がさうである。そして、この「非人間的な状態」といふより、この場合は「非人格的状態」としての「自己疎外」の後に人々は自己、或は人格の取戻し、再確認、詰り身元証明を試みようと焦る。が、一度崩壊した人格は果して取戻せるであらうか。繰返し言ふが、清水氏の反安保闘争は共産党を相手に「平和主義」といふ看板の奪合ひをする事であり、どちらが進歩的であるかの競合であつたが、共産主義に対する後ろめたさの為、反米、反安保が頗る曖昧なものとなつて「ナショナリズム」そのものではなく、ナショナリズムの「エネルギー」といふ同じく曖昧なものを錨《いかり》にして身元証明を試みねばならなくなつたのである。その挫折の後では、身元証明の縁《よすが》は何処にも見出せなくなつた。「エネルギー」が消滅したからではない、フィクションとしての明確な枠組を持たない無定型の液体に個人を埋没させ、人格の崩壊を招いたからである。これがコントやプラグマティズムに身元証明を求めて足掻いた近代日本知識人の典型、清水幾太郎氏の宿命である。

社会学にはもともと私の言ふ個人的自己の発想は無い。日本の戦後と同様、フランス大革命が過去の全否定を勝利として出発したものであり、その国家の連続性が失はれた荒地でコントの考へた事は、国家、或はそれに代る何等かの新しい統合、集成であつた。その意味で、集団的自己、或は集団における個人の確立といふ意識に囚《とらは》れ、個人的自己、純粋自我、即ち孤独なる人間といふものの入り込む余地は社会学には全く無い。プラグマティズムも同様である。もし、彼等が孤独なる個人といふ事を考へるとすれば、集団に適応し損つた失意のマイナス面でしか考へぬであらう。清水氏の言ふ「自分を超えたものの存立及びその発展」は自分をその一員とする集団しか意味しない。が、純粋なる個人的自己が強烈な意識を以て感じ取つてゐる「自分を超えたもの」とは、良心[*1]であり、歴史、及び自然の源泉との繋りである。

再び問ふ、私達はたとへ軍人でなくとも、善き国民として「自分を超えたもの」即ち国家への忠誠心を持たなければならない、同時に、善き人間として「自分を超えたもの」即ち、良心への忠誠心をも持たなければならず、その両者の間に対立が生じた時、後者は良心に賭《か》けて前者と対立する自由がある、たとへその自由が許されてゐない制度のもとでも。とはいへ、後者の忠誠心は目に見える仲間、同志の集団に支へられてゐるのに反して、前者の忠誠心は、目の前には見えない、後ろから自分を押して来る生の力の自覚に対する強烈な意識そのものを信ずる以外に法は無い。が、それを信じさへすれば、自己疎外だの、身元証明などと言つて辺りをうろうろ見廻す必要はあるまい。自己欺瞞だと言はれれば、それまでだが、少くとも、この場合、清水氏の様に過去を振返り辻褄合せをする手数も要らなければ、破綻も起らない、なぜなら、過去と黙契を取交してゐる以上、連続性、一貫性は自づと保たれてゐるからである。

しかし、人間を社会的動物と見なし、個人を超えるものとしての集団を認めながら、集団を超える個人を認めない社会学者の口から「日本よ、国家たれ」と言はれれば、どうしても全体主義しか考へられない、勿論、共産主義国家のそれではないが、良くも悪くも、それは個人と国家との馴合ひでしかない、甚だ日本的な一元的、家族主義的な国家観であり、さういふ甘えから脱し切れぬ限り、たとへ核武装して見たところで、「法律も道徳もない……戦国時代の」[*2]国際社会を乗切れるものではなからう。

＊1　清水氏の良心についての考へ方も甚だ社会学的で「戦後を疑う」にはかう述べられてゐる。

「『良心』を避けて、私は『常識』のことを話して来ました。しかし、……この両者は、そう違ったものではないような感じも致します。良心という言葉は、とかく、或る個人の心の奥にある孤独なものを思わせますが、しかし、伝統的な学説によれば、万人の内部に潜んでいるもの、万人共有のものということになっています。また、最近の学説によれば、或る社会に久しく行われて来た道徳的規範が人々の内部に沈澱し結晶したものということになります。どちらへ転んでも、孤独なものではなく、むしろ社会的で歴史的なものということになります……。(両者は) 実は、一つもので、その知識面が常識という名称で呼ばれ、その道徳面が良心という名称で呼ばれていると見てよいでしょう。」(五十六頁)

かうあつさり言はれると、「ヘェ、そんなもンですか、先生にャ、何でもわかッちゃャンだな」と二の句が接《つ》げなくなつてしまふ。が、その接げない二の句を敢へて接いで言ふ、忠誠心は良心を母胎とする、とすれば、良心は「自分を超えたもの」を意識し感知する能力であり、清水氏の言ふ常識とは別個のものではないか。英語、仏語においても「良心」と「常識」とは一つ言葉、或は同語源の言葉で表はされてゐる。「伝統的」であらうが、「最近」であらうが、学説など、私の知つた事ではない、私は自分で考へる。胃袋だつて「万人の内部に潜んでいるもの、万人共有のもの」だが、三度三度食後に消化剤を飲まなければ駄目な胃もあるし、年を取つて、入歯なしで歯茎だけの生《なま》呑み込みでも平気で済してゐる人もゐる、まだ良心カメラといふ便利な道具は発明されてゐないにしても、良心の沈澱量や結晶度に個人差が無いとは思はれない。仮に良心が「万人共有」の財産だとしても、その一部を人知れず盗んでゐるといふ良心の呵責は清水氏にもある筈であり、その苦しみは全く「孤独なもの」ではないのか。また、さういふ「万人共有」の良心＝常識を失つた「戦後を疑う」ところまで行かず、敗戦後、徒らに個人をのさばらせ国家を否定してきた戦後の風潮の反動として、いきなり個人を部品として国家の中に埋没させて済ませてゐられるのも、氏の国家観に個人といふ要素が欠けてゐるからではないか。

＊2　「法律も道徳もない……戦国時代」に等しい国際社会でも結構、損得勘定によつて国家的エゴイズムの自制は行はれるし、利己心をそのまま押出したのでは、却つて己れを利せず、理想や自己抑制が逆に売物になつて得をする事は、国家の場合も個人の場合と同じである。随つて、国家もまた「自分を超えた」ものに対する「忠誠心」を天の何処からか求められてゐるのであり、現実はどうあれ、その点は戦国時代と現代との別は無い、勿論、「国

連」や「世界連邦」の事を意味してゐるのではない。ついでに言つておくが、その意味でも、私は現実主義者と呼ばれる国際政治学者とは異る観点から、いつも物を言つてゐる積りである。気負つた言ひ方だが、一口に言へば、「汝自身を知れ」といふ「大理想」の前に小さくなつて自問自答しながら書く、それが私の「文章作法」である。

（「中央公論」昭和五十五年十月号）

編者解説　「政治」の酷薄さに耐えるために

浜崎洋介

I

若い頃、私は「政治と文学」の問題に苦しんでいた。むろん、それは、外部の現実に違和を抱え込んでしまった青年にはありがちの、内向した自意識の問題に過ぎないと言うこともできる。が、青年には青年なりの理屈があった。

政治とは相対的にでも敵と味方を区別することであり、その区別（一般化）によって、ようやく私は、この現実に適応することができる。が、その時、「この私」の固有性は見捨てられる。一方、「この私」の固有性は、敵と味方の区別に先立っており、その事実性の手応えによって、初めて文学は可能になる。が、その時、現実への通路は見失われる。当時の私には、それは、どこまでいっても解きようのない問題に見えた。

だから、福田恆存の言葉に出会ったときの喜びとも言えない驚きは鮮烈だった。私の眼に映った福田恆存の顔は、「保守反動」のイメージからは程遠く、むしろ、最も現代的な文学者、現代思想家のそれだった。「政治と文学」を区別しつつ、それを媒介しているものを己の足元（宿命）に見つめること。それは、一見、単純なことのように見えて、その実、「自由」の観念に憑かれている青年には決して見えてこない光景だった。「政治と文学」を一致させるのでもないし、切り離すのでもない。私は、そのような関係が「政治と文学」においてあり得ることを初めて知った。

しかし、今から考えれば、それは「政治と文学」というほど大袈裟な話ではなかったのかもしれない。自己と他者とを区別しつつ、それを媒介しているものを己の足元に見つめること。それは、だれもが身につけるべき「生き方」の問題としてある。

そう思えたとき、ようやく、私の中から「政治」への恐れが消えていくのが分かった。と同時に、「文学」への後ろめたさが消えていくのが分かった。私は、「政治と文学」に適切な位置があるのだということを理解した。

II

昭和が終わろうとしていた昭和六十三年一月、七十五歳になっていた福田恆存は、「論壇」における自らの歩みを振り返りながら次のように書いていた。

「私が政治に口出しをしたのは昭和二十九年の「平和論にたいする疑問」が最初であり、それは何も政治論といふほどのものではなく、いはば知識人論であり、二回目が三十五年の「常識に還れ」で、これも「安保闘争」に対する知識人の態度を批判したものである。次が三回目の「アメリカを孤立させるな」（昭和四十年「文藝春秋」七月号）以下、この巻〔『全集』第六巻〕のⅢに収めてあるもの数篇〔「当用憲法論」など〕であり、そして四回目がこの「日米両国民に訴へる」といふ長篇論文である。敢へて五回目を挙げるとすれば、「防衛論の進め方についての疑問」（昭和五十四年「中央公論」十月号）と「近代日本知識人の典型清水幾太郎を論ず」（昭和五十五年「中央公論」十月号）の二篇と言へようか。ほぼ三十年間にこの程度である。」（「覚書六」『福田恆存全集　第六巻』、〔　〕内引用者）

時に「戦後最大の保守派の論客」などと呼ばれる福田恆存だが、しかし実際に書かれた政治的論争文は、福田自身が言うように決して多くはなかった。なるほど、福田恆存の名を高名にしたのは論壇での政治的発言、論争だった。が、それら行きがかり上の時事政論に対して福田は、「とにかくそれは「私の仕事」ではない」（「後書」『福田恆存評論集2』昭和四十一年）とさえ断ることがあったことは覚えておいてよい。つまり、福田恆存は飽くまで文学者だったのであり、政治評論家ではなかったということである。

しかし、それは福田恆存の政治評論が余技だったということを意味しない。むしろ、誰より「文学」を信じていたがゆえに、それとは一線を画する「政治」に対して、誰より敏感に反応せざるを得なかったと言うべきだろう。その意味では、福田恆存の政治評論は、時に文学的感傷を帯びてしまう「政治的情念」や「政治的理念」、あるいは「保守派」の立場とさえあまり関係がなかった。事実、昭和二十六年の時点では、「チャタレイ裁判」の特別弁護人だった福田恆存が、そのたった三年後の「平和論にたいする疑問」(昭和二十九年)によって「保守反動」の罵声を浴びせられるのは、それが、福田自身の思想に因っていたというよりは、単に福田が批判した対象(戦後の「平和と民主主義」)をタブーとする時代の風潮に因るものだったことを証している。

とすれば、本書もまた、単なる「保守派」の政治評論としてではなく、人間のあり方を徹底的に問い詰めた福田恆存における〈常識的＝原理的〉政治評論集として編まれるべきだろう。とはいえ、福田の政治的発言が、主に戦後という時代の中でリアクショナルに発せられていた事実も無視できない。また、それは既に歴史となりつつある「戦後」という時代を反省するのに又とない材料を提供している。

そこで、本書の編集にあたつて、私は、福田恆存における原理的な政治的思考と時事的な政治評論とを同時に示しながら、その両者の交点において戦後という時代の性格を浮かび上がらせたいと考えた。また、その延長線上で、国家と個人との関係についても、福田恆存の考え方を示すことができればと考えた。

構成は次の四部とした。

I　政治とは何か――自律性を要求できない「政治」というものの酷薄さへの認識を綴った福

田の論考を集めた。

Ⅱ　国家とは何か――「政治」の酷薄さを背景に、それでもなお営まれている「国家」というものへの福田の視線が確かめられる論考を集めた。

Ⅲ　戦後とは何か――以上に挙げた政治論、国家論を背景として、「戦後」という時代の中で書かれた福田の主な論争文を集めた。

Ⅳ　国家と個人――最後に、国家と個人との関係を、人間の「生き方」において問うた福田の政治的人物論二篇を収めた。

以上の構成からも分かるように、前回のアンソロジー『保守とは何か』が、福田恆存の論考を年代順に並べながら、その全体像を示した「基礎編」だったとすれば、本書『国家とは何か』は、主に福田の政治観、国家観に焦点を合わせながら、それを主題別に並べて編んだ「応用編」だと言うことができる。

他者と共に生きるということが人間の条件であるなら、政治とは何も政治家や政治学者だけのものではない。それは、私たちにとって、最も卑近で〝どうしようもない現実〟としてある。では、この現実に私たちを耐えさせているものとは何なのか。本書を通じて示したいのは、この福田恆存の根底的な問いである。

Ⅲ

まず、福田恆存の政治観を確かめる上で注目したいのは、福田が卒業論文の主題にも選び、そこから決定的な影響を受けていたD・H・ロレンス『黙示録論』の言葉である。ロレンスは、「個人」と「集団」の違いを語りながら、その性格について次のように述べていた。

「人はひとりになつたとき始めてクリスト教徒たりえ、仏教徒たりえ、またプラトン主義者たりうる。クリストや仏陀の像がこの事実を証明してゐるではないか。他者と共になるとただちに差別が生じ、別々の水準が形づくられる、イエスも他人の前に出るやいなや、一貴族となり、また一人の師となつた。（中略）

さういふものなのだ！　権力は厳として存在する、そしてこの事実は今後も永遠に絶えぬであらう。」（福田恆存翻訳、昭和十六年訳、昭和二十六年刊行）

ロレンスが言うように、ゲッセマネの森で一人祈るイエスと、弟子の前で指導者（権力者）として振舞うキリストとは違う顔をしている。あるいは、ヨハネ福音書が説く愛の教えと、ヨハネ黙示録が吐き出す怨念の言葉とは違う響きをもっている。なるほど「人はひとり」なら、どんなに美しい理想も夢見ることもできるだろう。が、「他者と共になる」と同時に、どんな理想も集団的現実へと引きずり下ろされ、その自律性を奪われていく。しかし、この人間の「二元的相貌」はキリスト教に限った話ではない。実際、後に福田恆存は、このロレンスの言葉に政治力学の全てを読み込んでいった。

たとえば、その認識は福田の「俗物論」（昭和三十一年）の中に明確に示されているだろう。「政治」というものが、必ず二人以上の人間（集団）による営みとしてある限り、そこには、ロレンスが言う「差別」、あるいは支配―被支配の関係としてある「権力」の問題が必ず入り込んでくる。とすれば、「権力」の大小優劣をめぐって、人が「自己拡大欲」に駆られることは避けられまい。そこに福田は、他者を前にして「自分を現実の自分以上のものに見せかけたい」という欲望を、つまり人間の「俗物性」を見出すのである。

しかし、注意すべきなのは、この「俗物性」には外部がないという福田の指摘である。たとえば、己の「俗物性」を克服しようとするそのこと自体が、新たな優越性を帯びてしまうのなら、人が対他的な〈自己拡大欲＝俗物性〉から逃れる路は存在していないということになる。そのうえ、自由と平等の民主主義社会においては、「世間にたいする自己の関係に不安を感じ、その不安を解消するために、劣弱な自己を拡大修飾して現実の自己以上の見せかけをつくらうとする」衝動はより強迫的なものとならざるを得ない。なぜなら、もはや従うべき「権力」（固定的な主従関係）が自明ではない近代社会において、誰もが「自分が本物であることを自分の手で証明してみせなければならな」いからである。

だから、「多数派」の「権力」に抵抗している「少数派」が、ただそれだけの理由で「権力」の汚れから免れているなどと考えてはならない。なるほど彼らは「多数派」の横暴に対しては手も足も出ない弱者であろう。が、それが対他的＝政治的存在としてある限り、彼らもまた「自己拡大欲」に駆られた「俗物」であることには違いない。つまり、「いまは負けてゐても、近く勝てる」ことを見込むことで現在の不遇に甘んじているだけの「少数派」＝「潜在的多数派」なのである（「小数派と多数派」）。

そして、この「俗物論」は、そのまま福田の「国家論」へと接続されていた。「ナショナリズム」とは、その内側から見れば、中世キリスト教社会の「全体感」を失った地域＝断片が、そこから、新しい「全体を造りだそうと」する理想主義的な運動（民族自決）として捉えることができる。が、それを外側から見れば、やはり「自己拡大欲」に駆られた「帝国主義」的な運動と解釈することもできる。それなら「ナショナリズム」とは、「同時に善であり悪であり、しかもいづれとも最後的決定をなしえぬもの」（「国家的エゴイズム」）であり、それは個人のエゴイズムと同じように、理念であるより前にまず事実として扱われるべき現象なのではないか。そして、福田は次のようにさえ言うのである。「他国の事はどうでも良い。吾々は吾々の国家的エゴイズムに徹底してはどうか」（「現代国家論」）と。

なるほど、福田恆存の政治評論は、どんな時でも、「自己拡大欲」における非情な事実性を忘れたことはなかった。が、その一方で、福田が「国家は個人に優先する、が、国家に優先するものは何も無いのか」（同前）と問うていたことも忘れてはならない。おそらく、この問いの向こうに、単なる現実主義者＝国家主義者ではなかった福田恆存の顔が覗いている。それはたとえば、「結局最後は、エゴイズムとエゴイズム、つまり力と力との闘争になる」という酷薄な国際政治の現実を綴りながら、しかし、その末尾で「私は天を信じます。その意味で私は理想主義者です」と述べていたこととも通じているだろう。福田は言う、「私は現実主義者のやうに扱はれてゐますが、本当は天を信じてゐる。天を信じてゐる現実主義者とも言へるでせう」（「私の政治教室」）と。

では、この「天」と「現実」とは、福田恆存においてどのように関係していたのか？　ただし、それを問うには、「集団」の側からのみならず、「個人」の側からも政治を見つめ直す必要がある。福田の視線は飽くまでも複眼的だった。

Ⅳ

「個人」の側から福田恆存の政治を問おうとしたとき、戦後の「政治と文学」論争のなかで書かれた「一匹と九十九匹と─ひとつの反時代的考察」（昭和二十二）は無視できない。それは、また、福田が「保守反動」とされる「平和論にたいする疑問」（昭和二十九）以前と以後で、その基本的な政治観が変わっていなかったことを示している。

「なんぢらのうちたれか、百匹の羊をもたんに、もしその一匹を失はば、九十九匹を野におき、失せたるものを見いだすまではたづねざらんや。」（ルカ伝第十五章）（中略）このことばこそ政治と文学との差異をおそらく人類最初に感取した精神のそれであると、ぼくはさうおもひこんでしまつたのだ。かれは政治の意図が「九十九匹の正しきもの」のうへにあることを知ってゐたのにさうゐない。かれはそこに政治の力を信ずるとともにその限界をもみてゐた。なぜならかれの眼は執拗に「ひとりの罪人」のうへに注がれてゐたからにほかならぬ。九十九匹を救へても、残りの一匹においてその無力を暴露するならば、政治とはいつたいなにものであるか――イエスはさう反問してゐる。（中略）

善き政治はおのれの限界を意識して、失せたる一匹の救ひを文学に期待する。が、悪しき政治は文学を動員しておのれにつかへしめ、文学者にもまた一匹の無視を強要する。」（『保守とは何か』文春学藝ライブラリー所収）

この「一匹」（文学）と「九十九匹」（政治）の差異の認識は、その後も福田恆存の基本的認識であり続けた。「政治」が「知性や行動で解決のつく」問題を飽くまでも相対的に扱う営みだとすれば、「文学」は、「知性の力のおよばぬ領域」において、自らの思想（生き方＝信）を絶対的に問う試みとしてある。たとえば、取り返しのつかない過去に苦しむ「ひとりの罪人」に対して、どんなに明るい社会改良の話も意味をなさないだろう。あるいは、どんな「善き政治」も、いつかは死んでしまう〝この私〟の存在を意味づけることはできまい。この時、福田恆存において見出されたものこそ、「九十九匹」の相対性を超える「一匹」の領域にほかならなかった。では、「政治」の物差しからこぼれ落ちる、この「一匹」は、一体何によって救われるのか。あるいは、何によって支えられているのか。

　しかし、福田が、それに確信をもって答えるには時間が必要だった。後に「辛い年であった」と回想される昭和二十四年に前後して、福田は、アイロニカルなアフォリズム集である『否定の精神』（昭和二十四年）や、小説「ホレイショー日記」（昭和二十四年）、また戯曲「最後の切札」（昭和二十三年）や「キティ台風」（昭和二十五年）などによって試行錯誤を繰り返していく。そして、昭和二十五年六月、『藝術とは何か』の執筆によって、ようやく福田は、「一匹」の「救ひ」について正面から語りはじめることになるのだった。福田は言う、「藝術」とは、「人間が自然に合一し、みずから自然物となる」行為であり、その充実と生きる喜びにおいて、「われわれを孤独〔一匹―引用者〕から解放するもの」なのだと。

　以降、福田恆存は、『人間・この劇的なるもの』（昭和三十一年）などの著作によって、この「自然」に型どられた「藝術」という概念を更に追究していった。福田によれば、「自然」の〈リズム＝生と死〉によって形づくられた人々の「生き方」こそが「文化」であり、その「文化」を統べ伝えているものが「言葉」だった。それなら、私たちは、その「言葉」に習熟することによって文化の「歴史」に通じ、また「自然」にも通じることができるだろう。だから福田にとって「国語の伝統」とは、「九十九匹」の領域で処理されるべき対象などではなく、「一匹」である私の自然なリアリティを支えている存在の基盤、その理想において守り生きられるべき地平として見出されていたのである（『保守とは何か』参照）。

　後年のことになるが、福田は、「自分の中の集団的自己〔九十九匹〕を、一つの堅固なフィクションとしての統一体たらしめる原動力は何か」と問うて、次のように答えていた。「それは純粋な個人的自己（一匹）であり、それがもし過去の歴史と大自然の生命力に繋つてゐなければ、人格は崩壊する」（〔　〕内引用者、「近代日本知識人の典型清水幾太郎を論ず」）と。この言葉には、福田恆存の思想のかたちがくっきりと現れている。「九十九匹」からこぼれ落ちる「一匹」、そして、その「一匹」を支える場所に「自然」が見出されるのなら、それはまた逆からも語り直すことが可能となる。すなわち、「自然」に繋がっている「一匹」、そして、その「生命力」に支えられた「一匹」によってのみ処すことができる地平として、「九十九匹」の現実が見出されるのだと。

既に、福田恆存における「天」と「現実」との関係は明らかだろう。

ただし、福田恆存の政治評論を考えた場合、注意すべきなのは、この「一匹」と「九十九匹」の区別それ自体――分離ではない――は維持され続けたということである。

この区別を見失い、「一匹」の問題を「九十九匹」の問題（相対的な支配―被支配の問題）と混同してしまえば、私の足元を支えている「自然」は失われ、価値相対主義（ニヒリズム）が帰結してしまう。のみならず、その自己喪失による不安が、「九十九匹」の領域それ自体を絶対化しようとする欲望を招き寄せ、〈自然＝個人〉を〈政治＝社会〉に還元し、それを操作対象化しようとする全体主義的思考を許してしまうのは必然ではないか。

文藝評論家である福田恆存が、敢えて「政治に口出し」を始めるのが、この理想と現実の混同が「常識」の域を超えはじめる時期、つまり「戦後体制」が固まり始める昭和三十年（一九五五）前後だったことは偶然ではない。

V

戦後は、戦前の「国家」という理念を失った。そして、その空位に代入されたのが「平和と民主主義」という理念だった。が、結局、それが政治的理念でしかなかったという点で、戦前と戦後とは何ら本質的な違いはない。にもかかわらず、戦後という時代は、その新しい理念に自己陶酔し、それを絶対化した。ここに戦後特有の欺瞞がある。

たとえばサンフランシスコ条約締結を前にして、アメリカを中心とした自由主義陣営との部分講和を主張した政府与党に対して、ソ連など共産主義国を含めての全面講和を主張した野党とが対立するなか、いわゆる「進歩的知識人」（清水幾太郎・丸山眞男・都留重人など）によって「平和問題談話会」の声明文が発表される（『世界』昭和二十五年）。それは、国連主義、全面講和、非武装中立、軍事基地反対、などを謳いながら、「平和を最高の価値と信ずる共通の態度」によって、あらゆる政治問題を、その「広汎な平和問題の文脈のうちに」取り入れるべきことを主張していた。その後、この声明文は、共産党を除く当時の左派勢力（社会党・市民運動諸派）に取り入れられ、戦後の「革新」的空気を形づくっていくことになる。

しかし、昭和二十九年、この「平和問題の文脈」のあまりの「広汎」性に疑問を呈する一つの論考が現れる。福田恆存の「平和論にたいする疑問」である。福田は、基地周辺の学童教育の問題として提出されていただけの基地問題を、「平和」のための「民主戦線とか統一戦線とかいふことば」によって無際限に拡大していく平和論を牽制しつつ、次のように問うていた。平和論者が前提にしている〈共産主義国＝善玉〉対〈資本主義国＝悪玉〉という構図は本当なのか、また基地問題における「現地解決主義、不拡大方針」や、あるいは自由主義国（アメリカ）と手を組むことの限定的な合理性は本当にないのかと。

今読めば、何が「保守反動」なのかが不明なほどに常識的な議論だろう。が、それが論壇から猛攻撃を受けたという事それ自体が「戦後」という時代の「空気」の異様さを物語っている。ただ、それ以上に注目すべきなのは、当時の「進歩的知識人」よりも、むしろ福田恆存の議論の方が、語の正しい意味で〝リベラル〟だったという点であろう。

たとえば、具体的で限定的な政治問題から、抽象的で無限定なイデオロギーを排そうとする姿勢は、後にアイザイア・バーリンによって定式化される「消極的自由」（〜からの自由）と「積極的自由」（〜への自由）との区別に対応しているだろうし、それはまた、価値中立的手続きとしてある政治（公正）と、価値内在的行為としてある信仰（美徳）とを区別し、その政／教分離によって個人の「自由」を確保することを試みたヨーロッパ近代政治学の原則にまで繋がっている。その意味で言えば、福田恆存の政治的姿勢は、一貫して消極的自由主義者、あるいは漸進的現実主義者のそれだったと要約できる。

しかし、戦後の「平和と民主主義」の信奉者たちは、この「公正」（政治）と「美徳」（信仰）を区別する能力を完全に欠いていた。たかが戦争のない状態（あるいは力の均衡）として消極的にしか定義できない「平和」という現象に、実現するべき積極的なユートピアの夢を仮託してしまうという倒錯。あるいは単に死にたくないというエゴイズムを、命は何よりも大事だというヒューマニズムで糊塗してしまうという欺瞞。彼らは、「臭いものには蓋」とばかりに、近代日本の自己喪失（文化喪失）という本当の問題から目を背け、自らの空虚を、都合のいい政治的理念（平和と民主主義）で埋め合わせていった。

が、福田恆存は、この「進歩派」の自己欺瞞をこそ見逃さなかった。その後も福田は、耐えるべき妥協の方法としてある「民主主義」を、寛容の美徳へとすり替える「政治主義」の危険を指摘しながら（「政治主義の悪――安保反対運動批判」）、また「価値を数量に還元し、再組織する営み」でしかない「科学」に、「人類の幸福を委ね、自然科学の方でもそれを引受けたつもりになつてゐる現状」に真の「悪魔」的状況を剔抉していった（「現代の悪魔――反核運動批判」）。あるいは、手続きを通した折り合いを無視して「人類普遍の原理」を僭称するがゆえに、自衛隊合憲論・違憲論ともに苦しい言い訳を強要し、結果として政治的な機能不全を露呈せざるを得ない日本国憲法に対しては、「現行憲法が国民の上に定著する時代など永遠に来る筈はありません」と断言しながら（「当用憲法論――護憲論批判」）、その〈砂上の楼閣＝憲法〉の上に積み上げられた、あまりに非人間的な防衛論＝国家論の戦後的頽廃を突くのだった（「防衛論の進め方についての疑問――防衛論批判」）。

VI

ただし、最後に、これら論争の全てが、「天を信じてゐる現実主義者」によって為されていたことを改めて思い出しておきたい。なるほど、福田の論争文は、現実の相対性を前提に、その条件を無視して造られた「建造物」の脆弱さ、もしくは筋の通らない「フィクション」に対する批判としてあった。が、平和論争の渦中においてさえ、福田は書いていたのである。「現地解決主義」が成りたつためには、物事を相対的にのみ見る歴史の世界に、いはば垂直に交る不動の絶対主義がなくてはなりません」(「個人と社会——平和論批判」)と。

そして、この政治における「相対」と「絶対」との交点を見つめて書かれていたのが、同じ昭和五十五年に発表された二つの論考、「孤独の人、朴正煕」と、「近代日本知識人の典型清水幾太郎を論ず」だった。たとえば、「現地解決主義」と「絶対主義」との際どい均衡は、「独裁者」と呼ばれながらも、韓国を近代国家へと育て上げ、しかし最後は非業の死を遂げなければならなかった朴正煕の一貫した「生き方」のうちに描かれているだろう。あるいは逆に、その均衡の崩壊は、「歴史、及び自然の源泉との繋がり」(絶対)を見失ってしまったがゆえに、己の身元保証に汲々とし、その結果、支離滅裂な論壇政治をしか生きることができなかった清水幾太郎の「宿命」のうちにはっきりと示されているだろう。

「理想」は、「現実」に直接反映されるのではない。それは「垂直に交る」のだ。この二つの論考が示しているのは、そんな「理想」と「現実」との関係のあり方だった。

政治とは、国家とは、酷薄なものである。しかし、だからこそ私たちは、その酷薄さに拮抗できる何かを求めざるを得ない。が、それを眼前の目的＝理念の内に求めてはならない。なぜなら、目的＝理念は、それが眼前に見据えられているという限りで、常に既に選択可能性（相対性）に晒されているのだから。

とすれば、できることは限られている。この現実の酷薄さに直面しながら、なお、その現実に私たちを耐えさせているものを見つめること。この徹頭徹尾相対的な世界で、私を、この私たらしめているものの力を自覚すること。福田恆存の「絶対」は、この自らの足元（宿命）への問いからしか汲み上げられないものとしてあった。


（文藝批評家）

本書には、今日では不適切とされる表現がありますが、著者が故人であることなどを考慮し、底本のままとしました。ご理解賜りますようお願い申し上げます。

編集部

福田恆存（ふくだ つねあり）
1912（大正元）−1994（平成６）年。東京本郷生れ。東京大学英文科卒業。中学教師、雑誌編集者、大学講師などを経て、文筆活動に入る。評論、劇作、翻訳の他、チャタレイ裁判では特別弁護人を務め、自ら劇団「雲」（後に「昴」）を主宰し、国語の新かな、略字化には生涯を通じて抗した。1956（昭和31）年、ハムレットの翻訳演出で芸術選奨文部大臣賞を受ける。主著に『作家の態度』『近代の宿命』『小説の運命』『藝術とは何か』『ロレンスの結婚観――チャタレイ裁判最終辯論』『人間・この劇的なるもの』『私の幸福論』『私の恋愛教室』『私の國語教室』『日本を思ふ』『問ひ質したき事ども』『保守とは何か』など多数。

浜崎洋介（はまさき ようすけ）
1978（昭和53）年生れ。文藝批評家。日本大学非常勤講師。著書に『福田恆存　思想の〈かたち〉――イロニー・演戯・言葉』（新曜社）『アフター・モダニティ――近代日本の思想と批評』（共著、北樹出版）、編書に『保守とは何か』（福田恆存著、文春学藝ライブラリー）。

文春学藝ライブラリー
思12

国家《こっか》とは何《なに》か

2014年（平成26年）12月20日　第1刷発行
著　者　福田恆存
編　者　浜崎洋介
発行者　飯窪成幸
発行所　株式会社　文藝春秋
〒102-8008　東京都千代田区紀尾井町3-23
電話（03）3265-1211（代表）

定価はカバーに表示してあります。
落丁、乱丁本は小社製作部宛にお送りください。送料小社負担でお取替え致します。

印刷・製本　光邦
Printed in Japan
ISBN978-4-16-813034-2

文春学藝ライブラリー

（　）内は解説者。品切の節はご容赦下さい。

中西輝政
アメリカ外交の魂
帝国の理念と本能

超大国への道を辿った米国の20世紀の外交・歴史を回顧。中国が台頭する中、米国外交の魂がどこを彷徨っているのかを問い質す。国際政治学の第一人者による記念碑的労作。

原　武史
完本　皇居前広場

明治時代にできた皇居前広場は天皇、左翼勢力、占領軍によって、それぞれの目的のために使われた。定点観測で見えてくる日本の近代。（御厨　貴）

橋川文三
西郷隆盛紀行

「欧米とアジア」「文明と土着」といった相反する価値観に引き裂かれた近代日本。その矛盾を一身に背負った西郷隆盛という謎に迫る。（中野剛志）

江藤　淳
近代以前

日本文学の特性とは何か？　藤原惺窩、林羅山、近松門左衛門、井原西鶴、上田秋成などの江戸文藝に沈潜し、外来の文藝・思想の波に洗われてきた日本の伝統の核心に迫る。（内田　樹）

福田恆存（浜崎洋介　編）
保守とは何か

「保守派はその態度によつて人を納得させるべきであつて、イデオロギーによつて承服させるべきではない」――オリジナル編集による、最良の「福田恆存入門」。

山本七平
聖書の常識

聖書学の最新の成果を踏まえつつ、聖書に関する日本人の誤解を正し、日本人には縁遠い旧約聖書も含めて、「聖書の世界」全体の見取り図を明快に示す入門書。（佐藤　優）